Vue mer

Hélène Amalric présente

Luce Michel

Vue mer

BLACK LAB

À mes grands-mères qui, comme Laurette,
ont aimé sans condition la petite-fille que j'étais.

Parfois, pour désigner le continent, les gens d'ici disent : à terre. Le sol de l'île est toujours mouvant.

Christophe Carlier, *Ressentiments distingués*

She had the morals of a vacuum cleaner
and the soul of a pari-mutuel machine,
a good figure, and that lovely vicious face.

Ernest Hemingway, *Islands in the Stream*

Partie I

À louer, vue mer

Dans ces maisons louées tu laisses derrière toi deux,
trois ans de ta vie et un peu de ta voix.

Françoise Sagan, *Maisons louées*

Un dernier regard à mon reflet dans le rétroviseur. Une mèche de cheveux que je remets en place, une moue, mon nez se plisse, les légères rides autour de mes yeux s'accentuent. Et dire qu'à vingt-cinq ans, je trouvais qu'elles me donnaient du caractère. Quelle connerie !

Mon pouls s'emballe. Nouvelle vie, nouveau départ.

Les entretiens, d'ordinaire, c'est moi qui les mène. Celui-là, je compte bien le réussir. Je veux ce logement, je veux vivre sur l'île, je veux la vue mer. Je veux les apéros au soleil couchant, le sable entre mes orteils, la traversée vers le continent tous les matins du monde. Je veux du rêve, de l'amour, de l'espoir, bordel. Je les mérite. Foufoune Power !

Mon poing frappe le volant, plus fort que je ne l'aurais souhaité. Je suçote l'endroit où ça fait mal, ferme les yeux. It's the final countdown. *Ça chante dans ma tête. Oui, dernier compte à rebours. Et je remporterai la manche.*

Je suis prête.

Robert

— Asseyez-vous, asseyez-vous.

— Merci.

— Donc, vous venez pour l'annonce. Pourriez-vous me rappeler votre nom, je vous prie ? J'ai reçu tellement de réponses que je m'y perds un peu.

Je souris, penaud. Elle aussi, compatissante.

— Natacha Royet.

L'idée me vient que Natacha, c'est un nom de pute russe. Puis qu'elle n'a rien d'une pute. Et rien de russe non plus. Avec ses yeux de biche, ses boucles brunes indisciplinées, sa silhouette sportive aux formes féminines, son visage au naturel, elle affiche une petite quarantaine bien portée. Elle serait parfaite dans une pub Yves Rocher, avec cascade verte et jolie rivière qui coule sur des pierres recouvertes de mousse. Mais mon cerveau n'a cure du bucolique et se met à faire défiler des images de blondes à forte poitrine et aux regards veloutés, dans des poses plus lascives les unes que les autres, entrecoupées de celles de babouchkas en pantoufles et rondes comme des culbutos. Un mélange peu alléchant. Je me dis que je suis un sexiste de la pire espèce, puis que je suis mâle et fier de l'être. J'ai aussi le temps de remarquer que je ne suis jamais allé aux putes de ma vie, russes ou non. Et pourtant, à une époque, Laurette habitait non loin du plus célèbre bordel parisien. Est-ce que je le regrette ?

Natacha se racle poliment la gorge, me tirant de toutes ces élucubrations qui m'ont entraîné bien loin de l'île.

— Oui… Bon… Parfait. Natacha, parlez-moi de vous.

Psychiatre un jour, psychiatre toujours. J'ai remplacé le « *Tell me what you don't like about yourself* » de Christian, dans *Nip / Tuck*, par ce « Parlez-moi de vous » il y a des années de cela. Il n'en faut souvent pas plus pour que sautent tous les barrages et verrous de la plupart de mes patients, pris alors d'une véritable diarrhée verbale.

Natacha, elle, marque un temps.

— Oui ? la bousculé-je un peu, voyant que le silence s'éternise.

Après tout, je n'ai pas que ça à faire, régler les problèmes d'intendance de Laurette.

— Eh bien, je ne sais pas trop par où commencer. Disons que lorsque j'ai vu l'annonce, j'ai cru rêver : c'est exactement ce que je recherche. La vue mer, vous comprenez…

Oui, je comprenais.

À louer, vue mer, appartement semi-indépendant dans maison de maître, à quinze minutes du continent. Navette maritime assurée à heures régulières. Hommes s'abstenir.

C'était ainsi que Laurette avait décidé que l'annonce serait publiée dans la presse locale, et quand Laurette avait décidé de quelque chose, nous n'avions plus qu'à nous incliner. Personnellement, j'étais certain que ce type de proposition ne pourrait attirer que des timbrées – ce qui n'avait pas manqué d'arriver les fois précédentes – et je n'avais pas caché mon opinion, une fois encore. Ce à quoi Laurette m'avait répondu que si, pour moi, une personne saine d'esprit était un être ressemblant à ma femme, alors effectivement, elle espérait bien ne voir débarquer chez elle que des dingues. Je n'avais pas relevé. Ma mère a toujours eu le chic pour s'en prendre à mes compagnes et les mépriser ouvertement. Elle n'a même pas eu la décence de pleurer Colette, partie si jeune, alors que nous nous apprêtions à fêter nos cinq ans de mariage.

Je soupire. S'il revenait à Laurette de rédiger l'annonce, il m'incombait de recevoir les aspirantes à la vie sur l'île. Or la plupart n'avaient pas une vision très réaliste de ce que cette nouvelle existence leur réserverait. L'idée leur semblait romantique à souhait. Mais moi qui connaissais l'île, la maison et plus encore Laurette, je savais bien qu'on était loin du paradis. Très loin, même.

Laurette

C'est jour de vent. Je frissonne, tâtonne à la recherche de la couverture en boutis qui a glissé au bout du lit et la tire jusqu'à mon menton en marmonnant. Je n'aime pas le vent. Il réveille mes rhumatismes, surtout celui de mon épaule gauche, et me laisse presque impotente quand souffle le troisième jour de mistral.

Mais nous n'en sommes qu'au premier et peut-être cela se calmera-t-il dans la journée. On peut toujours rêver, ricane en moi une petite voix que j'ai renoncé à faire taire il y a bien longtemps. Je hausse les épaules (tant que la météo me le permet encore), renifle un peu, étire mes orteils dont les ongles raclent le drap en coton épais, et souris.

Qui dit vent dit soleil. Soleil haut et cuisant. Soleil aveuglant. Et ce que j'aime par-dessus tout sur l'île, ce sont les jours comme ceux-là. Où le bleu du ciel irradie, où la mer y répond, où la frontière entre les deux s'estompe. Les jours où les cigales s'affolent, où les épines de pin craquent sous la plante des pieds, où la terre semble encore plus rouge qu'à l'habitude, cette terre qui colle aux semelles, s'infiltre en toute discrétion dans les chaussures et teinte mes bas d'une sorte de rose poudré tirant sur l'orangé que même la machine à laver est impuissante à effacer. Les jours où le corps lutte pour maintenir sa température, pour ne pas bouillir, s'enflammer. Où vivre est un exploit à nul autre égal.

Je repousse draps et couvertures, me redresse et envisage de m'asseoir lentement, comme le docteur me l'a conseillé. Sans succès, ça demande vraiment trop de patience. Prendre le temps, quand on n'en a plus vraiment à perdre, quelle ironie. Le temps de se lever en plusieurs mouvements. Le temps de réveiller les muscles endoloris par la nuit. Le temps d'avancer pas à pas sur les tomettes.

De s'accrocher à la rampe de l'escalier jusqu'à la cuisine. De laisser le lait chauffer à petit feu pour éviter de se brûler. Le temps de se laver, arrimée à une barre hideuse qui coupe en deux la cabine de douche (et encore, j'ai refusé tout net le siège de bains ! et ensuite, quoi ? Un petit fauteuil à moteur pour grimper l'escalier ?). Le temps d'enfiler les bas antivarices. Le temps de descendre au village, appuyée à une canne… comme si j'en avais besoin ! Pour le moment, mon vélo me convient très bien, merci, et tant pis si mes enfants s'imaginent le contraire. Le temps, le temps, le temps. Je rage d'être au ralenti.

Bêtement, j'avais toujours pensé que je « descendrais la pente » en douceur. Je n'avais jamais vraiment prêté attention aux vieux qui m'entouraient. De toute manière, ils étaient tous morts jeunes. À soixante ans, j'avais dans l'idée que la vieillesse était une chose qui interviendrait dans très longtemps, dans un avenir que l'horizon me cachait, et que j'y arriverais à mon rythme, voire jamais. Quelle idiotie ! Un jour, vous êtes capable d'accomplir une tâche qui vous semble toute naturelle, comme prendre un avion pour la Thaïlande, et le lendemain, vous voilà clouée au lit, même pas foutue d'attraper le verre d'eau qu'on a gentiment mis à votre disposition sur votre table de chevet. C'est ça, vieillir. Ça et rien d'autre. Une impuissance qui gagne par paliers et ne vous épargne rien. Je m'étonne d'avoir imaginé un moment qu'il en serait autrement. N'avais-je pas, à d'autres époques de ma vie, été tout autant surprise (et trahie) par mon corps ? Comment effacer mon étonnement et ma légère sensation de dégoût lors de mes premières règles ? Comment nier ma réaction face à ma première grossesse ? Et à qui faire croire que j'ai un jour maîtrisé mon fonctionnement interne, cette carcasse qu'au bout du compte je me suis contentée d'affronter quand elle se rappelait à moi, de mépriser autrement ? Je n'ai pas oublié le jour où je me suis croisée dans le miroir d'une cabine d'essayage, à quarante-cinq ans. L'image que j'avais de moi-même et ce reflet avaient si peu en commun qu'une inconnue me toisait, l'air sévère et pincé, marquée, le teint blême et les traits tirés, la peau d'orange rosacée. Alors que je m'imaginais encore avenante, le buste ferme, la chair attirante, il avait bien fallu, sous un éclairage cruel et sans concession, reconnaître que ces jours-là étaient déjà derrière moi. Ils s'en étaient allés discrètement, sur la pointe des pieds, sans que craque la moindre latte du plancher, et je n'étais plus que le souvenir d'une période dont, me semblait-il, je n'avais pas pleinement profité. Ainsi, on m'avait toujours dit que j'avais de jolies jambes. Quand j'ai enfin admis que le compliment était justifié, il était trop tard pour porter des jupes courtes ou des shorts bien taillés. La jambe restait fine, certes, mais s'y dessinait tout un chemin complexe et labyrinthique de veines bleues tirant sur le vert, d'éclats violets de varices dont le bombé donnait l'impression d'un barrage infranchissable. Chemin de vie, chemin de croix, si vous voulez mon opinion. J'ai donc continué à porter mes immuables pantalons de toile, mes corsaires l'été se sont rallongés, les manches de mes chemises et tee-shirts suivant la même tendance, pour dissimuler les taches de vieillesse. Car si celles des Dalmatiens font leur beauté, les nôtres n'indiquent aucune carte de Tendre, seulement que le trésor a vieilli et s'est parcheminé.

Ce n'était pas la première fois que j'éprouvais une telle prise de conscience, et ça n'a pas été la dernière. Je mesure mon vieillissement dans le regard des autres, dans ce geste du boucher qui me prend le bras pour me faire avancer jusqu'au seuil du magasin, dans le sourire compatissant de l'assistante du dentiste, dans le ton qu'on hausse là où on ne me connaît pas, de peur que je n'entende pas bien. Prévenance qui a le goût amer d'une ciguë bue à petites gorgées. Le reste du temps, se mêlent en moi l'adolescente butée, la femme libre car elle ne savait pas qu'il pût en être autrement, l'épouse infidèle, la voyageuse, la lectrice, la grand-mère, l'amante ; et toutes cohabitent dans ce corps qui m'intéresse de plus en plus rarement, puisqu'il ne se rappelle à moi que par des élancements, des douleurs ou des courbatures. Ridicule. Quant à ma tête...

Et pourtant, comme me le font remarquer Robert et Aline, je m'en sors bien. Ils l'affirment, dodelinant de concert, comme ces petits chiens hideux sur les plages arrière des Renault du siècle dernier. Chaque fois qu'ils me sortent cette formule toute faite, j'ai des envies de meurtre. Mais bon, on n'assassine pas ses enfants pour si peu. Il faut quand même avoir de meilleures raisons pour passer à l'acte. Enfin, il paraît. J'ai toujours pensé que le peu de moralité qu'il nous reste expliquait le faible nombre d'infanticides. Car vraiment, comment décemment reprocher à des femmes de jeter un jour d'épuisement leur bébé contre un mur, pour qu'enfin il se taise ? Comment les accuser de maltraitance si elles achèvent leur adolescent à coups de hache, elles qui en sont les victimes depuis des mois, voire des années ? Notre conditionnement social n'a jamais cessé de m'épater. Car vous ne me ferez pas croire que c'est par amour que nous épargnons notre progéniture. Quoi qu'il en soit, il n'y a peut-être bien que dans ce domaine des rapports mère / enfants que le poids des règles sociales aura servi de rempart à mes pulsions.

C'est donc lentement que je rejoins le palier et attaque la descente. Pas de témoin, je peux traînasser. Car j'ai refusé tout net de m'installer au rez-de-chaussée. J'avais cédé pour les locataires, mais il ne fallait pas non plus exagérer. J'ai toujours préféré le premier étage et son petit balcon en fer forgé sur lequel ouvre la chambre principale. Cette dernière, avec son papier peint désuet, à petites fleurs roses des champs, m'a accueillie à de bien trop nombreuses reprises pour que j'envisage d'en changer. Et puis, il y a la salle de bains, rose elle aussi, avec son bidet centenaire, ses carreaux de faïence légèrement fendus, son lavabo ancien écaillé. Plus loin, sur le palier, le bureau de Paul, mon grand-père, a été une pièce interdite de son vivant. Je me fais dorénavant une joie d'en ouvrir en grand les rideaux et la fenêtre qu'une vigne vierge folle cherche à dévorer d'un commun accord avec le bougainvillier luxuriant. Puis je farfouille sur les étagères pleines, ne remettant jamais à leur place les ouvrages dérangés, me débarrassant de certains, y ajoutant quelques-unes de mes dernières lubies littéraires. La pièce donne sur le village, que la maison, hautaine, surplombe.

Pourquoi donc aurais-je renoncé à tous ces plaisirs ?

« Mais, maman, l'escalier… » a tenté Aline sans achever sa phrase, par courtoisie, probablement.

En toute franchise, il n'est pas une fois où je n'aie regardé la femme qu'elle est sans me demander comment il pouvait s'agir là de ma fille. Elle est tellement… effacée. Je ne trouve pas d'autre mot. Terne, pâlotte, sans éclat, passe-muraille. Des cheveux qui lui tombent platement jusqu'aux épaules, sans aucun volume, aucune tenue. Des yeux bleus, qui auraient été beaux si on y avait discerné la moindre lueur de vivacité, à défaut d'intelligence. Une peau blafarde alors qu'il s'en serait fallu d'un rien qu'elle ne soit de porcelaine. Et de gros sourcils noirs, épais, qu'elle a toujours refusé d'épiler. Il me prend parfois l'idée qu'un jour, ils se mettront en route pour quitter son front, comme une procession de chenilles en quête d'un meilleur lieu de villégiature. Le reste est à l'avenant.

La taille inexistante, les seins trop lourds, les mollets gras. Qu'elle ait pu enfanter, qu'un jour elle ait été désirée constitue à mon sens un mystère à côté duquel celui de la Nativité tient de l'énigme Carambar mal ficelée. Le gaillard ne s'est d'ailleurs pas éternisé. Peut-être, une fois la lumière allumée, a-t-il pris peur devant les chenilles, allez savoir ! On en a connu de plus couards.

Je tape des talons sur chaque marche, signalant ma présence. Mais à qui ? Il n'y a personne à impressionner. Au rez-de-chaussée, les deux appartements sont vides. Lise est la dernière à nous avoir quittées, il y a bientôt un mois. Un peu brutalement d'ailleurs, sans pour autant avoir eu le mauvais goût de partir à la cloche de bois. Là, sûrement, j'aurais prévenu les autorités, il ne faut quand même pas me prendre pour une vieille toupie à qui on peut tout faire avaler. Je me vexe facilement. Mais son dernier loyer était payé, et, ma foi, si elle avait été appelée ailleurs pour couler des jours meilleurs, qui étais-je pour m'en soucier ? Certes, elle avait laissé derrière elle la plupart de ses affaires. Non pas qu'elles aient eu beaucoup de valeur, à sa place, j'aurais agi de même. Mais enfin, il avait encore fallu s'occuper du ménage et de tout ranger pour la suivante.

Ce départ m'a quand même étonnée, car je n'aurais pas cru ça d'elle. Elle avait l'air sérieuse. Une araignée au plafond, peut-être, mais sérieuse, au point d'ailleurs d'en devenir une vraie pimbêche. Cela dit, qui, de nos jours, ne souffre pas d'un trouble ou d'un autre ? J'ai souvent le sentiment que les gens équilibrés sont une espèce en voie de disparition. Je lui ai donc mentalement tiré mon chapeau – il est rare qu'on arrive encore à me surprendre –, ai exigé de Robert et Magalie qu'ils se chargent de remettre les lieux en état (dans ces moments-là, je n'hésite pas à recourir à l'excuse de mon grand âge et de mes membres fragiles), et je suis passée à autre chose.

Il ne reste donc que moi et Magalie, installée dans la petite loge de gardien. Elle, quand elle parle, on dirait qu'elle suçote un berlingot.

« Bonjour, je suis Magali-avec-un-e, s'est-elle présentée le premier jour, il y a maintenant trois ans.

— Bonjour, je suis Laurette avec deux "t" », ai-je répondu.

Dans le dos de Magali-avec-un-e, mon fils levait les yeux au ciel.

Magalie a souri à demi, ne sachant visiblement pas sur quel pied danser. J'ai choisi de me montrer sous mon meilleur jour. Après tout, je n'avais aucune idée de ce que Robert avait pu lui raconter sur mon compte. Pas de quoi la faire fuir, en tout cas. Puisqu'elle était là.

« Venez, venez, ma petite, une collation nous attend au salon. »

J'avais effectivement pris le temps de préparer un thé accompagné de biscuits secs et de meringues, mon péché mignon. Je pourrais m'en nourrir exclusivement, mais il va sans dire que le docteur et le dentiste me le déconseillent vivement. Quels rabat-joie.

Magalie, tout empruntée, m'a suivie docilement, Robert fermant la marche.

La table était dressée dans ce que nous appelons pompeusement le salon d'hiver, une espèce de véranda où règne une ombre perpétuelle qui ne rend les lieux agréables qu'au plus fort de l'été. Nous étions en juillet, c'était parfait.

Comme de bien entendu, la petite s'est récriée, mains portées à la bouche, joues rosissantes, devant tant de beauté. « Vraiment, affirmait-elle, vous n'auriez pas dû vous donner tant de peine ! C'est somptueux ! Et le cadre ! Tellement merveilleux ! » Au bout de trois minutes, elle avait épuisé ma patience au point que je regrettais déjà de ne pas avoir laissé couler une goutte d'arsenic dans son thé.

Nous avons pris place, moi sur la bergère, elle sur le fauteuil en rotin, bien moins confortable, tandis que Robert se chargeait du service, avec sa balourdise habituelle.

« Alors, Magalie (j'ai ravalé à la dernière seconde le « avec-un-e » qui ne demandait qu'à sortir), dites-moi ce qui vous attire ici. Car à votre âge, vous installer avec une vieille dame, quelle idée ! »

Elle a de nouveau rougi, ne sachant comment me détromper. Elle aurait été bien en peine de le faire. Je comptais quand même quatre-vingts printemps à l'époque, et n'avais rien d'une Jane Fonda. Qui pourrait être ma jumelle à en croire l'état civil, mais qui semble depuis toujours avoir dix ans de moins que moi. Je ne l'ai jamais aimée. Être femme n'est pas si compliqué que ça, qu'on ne vienne pas me prétendre le contraire ! Enfin, je sais quand même de quoi je parle ! Pourquoi prendre un porte-voix pour briser les oreilles de tous avec vos ovaires, vos rides et votre désir sexuel ? Elle n'est pas la seule dont les seins pendent, malheureusement ! Un peu de décence. Ces revendications de libération de la femme m'ont toujours laissée songeuse. La liberté, ça ne se revendique pas, ça se vit, c'est tout. Et personne n'a jamais eu l'outrecuidance de chercher à m'en empêcher. Il ne manquerait plus que ça ! Ou plutôt, ceux qui ont cherché à le faire ont appris à leurs dépens ce qu'il en coûtait.

Magalie a fini par retrouver sa voix, ce petit bruit plein de succions qui franchissait ses lèvres, pour m'expliquer qu'elle était vannière, qu'elle cherchait un endroit au calme pour créer et que le petit pavillon serait en plus parfait pour exposer ses créations et les vendre. J'opinais en buvant mon thé noir (un nuage de lait, une touche de sucre, merci) dans lequel trempait une meringue rose. Pour mon public, cette vision était peu ragoûtante. Mais pour moi, c'était le summum du plaisir et je ne comptais pas m'en priver. Après tout, la marche du temps ne jouait pas en ma faveur, et je considérais que je n'avais pas à me frustrer de quoi que ce soit pour les années qui me restaient encore à passer sur cette terre. Non pas que je me sois beaucoup frustrée auparavant.

Magalie, donc, approchait de la cinquantaine. Avant de tisser l'osier, elle avait été employée de banque, mais à la lecture d'un livre de développement personnel, elle avait compris qu'elle ne s'épanouissait ni dans son couple ni dans son métier et qu'il était temps de changer de vie, puisqu'on n'en avait qu'une. Elle avait donc quitté l'homme, le bureau, la ville de banlieue terne où ils avaient investi dans un petit trois-pièces-cuisine vue sur le périphérique avec un crédit sur vingt ans dont douze étaient écoulés, et voilà.

Je me suis fait la réflexion que cette petite dinde n'était finalement peut-être pas si idiote que ça. Le gris avait beau compter cinquante nuances, nous rabâchait-on à l'envi, il n'en restait pas moins étouffant. Ici au moins, nous nagions dans des tons plus vifs, plus violents, plus définitifs. Nous avons poursuivi la conversation lors de la visite de son futur logis, qu'elle a trouvé tout à fait à son goût. Le bail a été signé, les règles de vie établies : Magalie avait accès à la cuisine commune, la petite maison où elle s'installait n'en comportant pas (je n'avais pas tenu à me ruiner à en faire poser une). Elle avait le droit de recevoir chez elle, de se rendre dans la partie est du jardin en journée, mais pas le soir. Et interdiction absolue d'approcher des falaises. Elles étaient dangereuses, on n'est jamais trop prudent. Elle devait s'assurer que le portail était bien fermé à toute heure. Et si elle avait besoin de quelque chose, qu'elle consulte Robert.

La petite souris a acquiescé à tout et, depuis, nous vivons en bonne intelligence. Après tout, elle a survécu aux autres locataires, ce qui en dit quand même beaucoup sur elle.

Mon lait est chaud, à la température idéale. J'en noie le cacao, ajoute du sucre et un peu de crème. S'il y a un avantage à mes quatre-vingt-trois ans, c'est que j'ai cessé de me soucier de mon poids, de ma ligne ou de mon taux de cholestérol (qui, à vrai dire, n'ont jamais fait partie de mes préoccupations, j'appartiens à cette race de femmes dotées d'une constitution résistant à tout excès). Et puis la vie est définitivement bien trop courte pour la perdre à ce genre de considérations. Je lape mon breuvage comme un chaton affamé. Je peux faire tous les bruits les plus écœurants du monde, qu'importe, je suis seule dans la maison. Si cela ne tenait qu'à moi, les choses resteraient ainsi. Mais les enfants insistent. Ils n'aiment pas me savoir isolée. Et si je tombais ? Et si j'avais besoin d'aide ? J'ai renoncé à leur rappeler qu'il y a deux ans encore, je suis partie en Inde avec Marissette, cette traîtresse. Certes, elle n'a pas survécu au voyage, mais moi, je suis revenue en pleine forme ! Depuis, c'est tout juste s'ils m'autorisent à aller jusqu'au village, et si j'ai le malheur d'annoncer que je dois me rendre sur le continent, c'est toute une affaire. Résultat, je m'échappe sans un mot, ce qui est sûrement bien plus dangereux que signaler mes déplacements. Mais je n'ai pas le choix. Il est exclu que je me laisse emmurer vivante ici. Une île, si on n'y prête pas attention, devient vite une prison à ciel ouvert. On y étouffe. On y tourne en rond. Chaque pas ne fait que vous rapprocher de votre point de départ. C'est à devenir fou. Et n'en déplaise à ceux qui en sont privés, la vue mer ne me suffit pas. Même si elle est bien plus agréable que celle dont je disposais depuis ma chambre de cet EHPAD parisien qui cachait son jeu derrière un nom bucolique et dans lequel on a tenté de me ranger. Dieu merci, cela n'aura pas duré longtemps. Quelle histoire ! Quand je pense que je me suis laissé avoir comme une bleue. J'en frissonne encore de dégoût et de rage. Le week-end à Honfleur avec Aline, sous prétexte que Marissette et les autres me préparaient une surprise pour mon anniversaire. Mes efforts pour m'intéresser un peu à elle et à ses anecdotes insipides de vie de classe. Croit-elle vraiment que les programmes de CM1 me passionnent ? Que le manque d'éducation des enfants me concerne ? Que sa « carrière » d'institutrice me fascine ? Notre retour vers la capitale. Mon impatience à retrouver mon petit appartement de la place Saint-Ferdinand. Et puis, la voiture qui s'engouffre dans une autre direction, qui pique vers la banlieue, dépasse Neuilly, plus loin encore, au point que j'en avais perdu tous mes repères. Aline qui transpirait. Une odeur rance dans l'habitacle. Et l'arrivée à la Roseraie, cette vieille bâtisse moche retapée à moindres frais pour que des vieux snobs viennent y achever leur pauvre existence. Pas un rosier en vue, évidemment. Deux clématites anémiques, un buis maigrichon. Point barre. Tu parles d'un cadeau d'anniversaire. Pas près de leur pardonner, aux héritiers. Quant à Marissette, elle a payé, que Dieu ait son âme. Tout ça parce que j'avais oublié une ou deux fois mes clés dans l'appartement, et chuté un jour devant la pharmacie. Cette fouine de pharmacienne, obèse comme une dinde farcie un jour de Thanksgiving, n'avait rien trouvé de mieux que d'appeler les pompiers. Quel cirque. Aline était arrivée à l'hôpital pâle comme un linge, j'avais vu le moment où je me retrouverais à lui administrer une bonne claque pour qu'elle se reprenne. Bref, j'imagine que des conciliabules sans fin s'étaient tenus entre elle (« Je n'y arrive plus, Robert, c'est trop dur ») et son frère (« Aline, tu es admirable, tu en fais déjà beaucoup pour maman ») et, résultat, je m'étais retrouvée du jour au lendemain balancée dans cette sorte de SPA pour vieux croulants. Beurk. Croyez-moi, ce n'était pas l'adoption par une famille aimante qui nous attendait, ça non.

Je n'y serai pas restée longtemps, remarquez. Et depuis que je suis de nouveau la seule occupante de ma propre demeure, il m'est bien plus facile de me livrer à mes petites escapades. Magalie travaille à ses paniers dans la pièce qui ouvre sur le mur d'enceinte de la propriété, elle ne me voit donc pas franchir le portail, que je prends soin de garder bien huilé. De là, je n'ai plus qu'à monter à vélo (celui que je cache dans la vieille remise qui menace de s'écrouler, où personne ne met jamais les pieds) et filer au port. Je m'y mêle à la foule des estivants, et le tour est joué. Une fois à terre, le bus attend la navette. Quarante minutes de trajet et me voilà en ville. À moi le casino, les magasins, une manucure (discrète) et la boutique de chocolats. Je rentre avec le dernier bateau, et personne n'en sait jamais rien. Si, par malheur, Robert ou Aline ont cherché à me joindre, j'adopte un ton contrit pour leur expliquer que je n'ai pas entendu le téléphone sonner, que je devais être au jardin. Revient alors la même ritournelle sur le fait qu'il me faut un portable, qu'ils seraient rassurés, que tout ça leur cause du souci, que je ne suis pas sérieuse. Je connais la comptine par cœur. Tout comme ils ne nourrissent aucune illusion quant à ma réponse.

En fait, le seul risque que je cours lors de mes virées est de tomber sur Robert, qui habite non loin du terminus du bus. Mais aux heures où je me promène en ville, il est censé être à son cabinet. De nous deux, je ne serais peut-être pas celle prise en faute. Et s'il lui est arrivé d'apercevoir mon ombre au détour d'une rue, il a sûrement détourné le regard.

Je m'étire avec lenteur, l'estomac lesté. Il fait déjà chaud, mais la tomette est encore fraîche sous mon pied nu. Il est 9 heures. Magalie ne va pas tarder à se montrer pour son thé vert du matin. Ai-je envie de la croiser ?

Magalie

Je n'aime pas Laurette. Enfin si, je l'aime bien. Et puis non. Je ne sais pas. Tout est toujours si compliqué avec elle. On a en permanence l'impression que ses yeux racontent une autre histoire que celle qui sort de sa bouche. Je serais incapable, par exemple, de dire ce qu'elle pense vraiment de moi. Ou de quiconque, d'ailleurs. Par moments, j'ai l'impression qu'elle nous joue une sacrée comédie, à nous tous. Et qu'elle est bien plus maléfique, ou bien plus angélique qu'il n'y paraît. La difficulté est d'abonder dans un sens ou dans l'autre.

Pourquoi est-ce que je passe tant de temps à m'interroger à son sujet ? Certes, mes journées sont solitaires, d'autant plus qu'elle a refusé que j'adopte un chat pour me tenir compagnie l'hiver, parfois bien long, quand l'île se retrouve coupée du continent pour cause de tempête. Mais j'ai choisi cette vie et je l'assume parfaitement. Plus de chef pour me dire à quelle heure aller faire pipi. Plus de mari pour m'en empêcher parce que la météo va commencer à la télé et qu'il faut alors observer un silence religieux pour ne pas en rater une seule seconde. Plus de clients bavards qui ne comprennent pas que, si vous vous trémoussez sur votre chaise, ce n'est certainement pas parce que l'histoire de leur divorce et de ses conséquences financières vous pousse à l'hilarité. Je fais pipi quand je veux, *ergo*, je suis libre !

Je glousse toute seule à cette déclaration d'indépendance. D'ailleurs, je fais aussi tout le reste quand je veux. Tout. Manger. Dormir. Lire. Travailler. Si cela m'a grisée les premiers temps, si devant le manque de tentations la tête me tournait, il m'arrive de reconnaître que ne pas avoir de contradicteur me lasse un peu. Ma vessie n'est pas la seule à être vide. J'imagine que le paradis doit vaguement ressembler à ça : un espace où la liberté est telle que le péché n'a plus de raison d'être. Ici, je me surprends à parler toute seule, à commenter la couleur du ciel en marmottant, à établir à voix haute une liste de courses tout en cherchant mon porte-monnaie, à chantonner en retirant les graines d'un melon. C'est bien cette vacance que je recherchais en venant m'installer sur l'île. Ce qui n'empêche pas le silence et la solitude de me peser parfois. Et depuis ma dernière rencontre avec Lise, j'ai l'impression que tout est exacerbé : les bruits, leur absence, la lumière du soleil, le sentiment que les jours se fondent les uns dans les autres au point de ne pas savoir lequel nous sommes. Mais je m'accroche. Ça, oui, je m'accroche.

Et puis, il y a Laurette. Avec qui j'échange à l'occasion quelques mots. Nos relations sont… étranges, à défaut d'un terme plus juste pour les qualifier, et pour des gens qui partagent le même toit, si l'on peut dire, depuis trois ans. Certains jours, j'ai le sentiment que nous nous sommes rapprochées, que nous pourrions partager des confidences, que nous ne sommes pas si différentes que ça. D'autres, qu'elle se moque de moi sans vraiment plus prendre la peine de le dissimuler. Parfois, je ne la croise pas de la semaine. Et puis, soudain, nous nous retrouvons tous les matins à la cuisine. Le petit déjeuner s'éternise alors de manière bien agréable, entre les miettes de pain rendues collantes par la confiture et mon thé qui refroidit. Dans ces moments-là, nous papotons de tout et de rien, des autres locataires, quand il y en a, de ses enfants, Robert et Aline. Je lui dis qu'elle a bien de la chance qu'ils soient aussi attentionnés envers elle, remarque qu'elle balaie toujours d'un mouvement d'épaules dont la vivacité dépend des frimas. Je n'ai jamais rencontré de femme plus mystérieuse qu'elle. Jamais. Même la mère de Jean-Louis, paix à son âme, était plus facile à deviner. Je n'ai pas longtemps été dupe de ses mines doucereuses. Dans le rayon belles-mères caricaturales, la mienne aurait tenu une place de choix. Elle était de celles qui sont tout sourires, qui s'excusent d'exister, qui affirment haut et fort qu'elles ne s'imposeront pas, mais qui, insidieusement, font de votre vie la leur et s'accaparent chaque minute d'un temps qu'on voudrait passer à deux. Son décès a été un soulagement. Pour moi. Mon époux, lui, fils unique, a été grandement ébranlé par cette perte subite. Plus personne, jamais, ne lui cuisinerait des tartelettes au fromage comme celles de sa maman chérie. Il est devenu plus silencieux, plus renfermé encore, et la voix d'Évelyne Dhéliat résonnait plus fort dans le salon à l'heure d'annoncer soleil ou pluie. Qui me reprocherait d'avoir cherché à m'évader ?

Oui, Laurette reste une énigme. Pour autant, elle serait étonnée d'apprendre qu'elle n'est pas la seule ici à se cacher derrière un masque. Ce qu'elle ne saura jamais, n'est-ce pas ? J'ai tout fait pour que cela n'arrive pas. Non, je ne m'y laisserai pas prendre une nouvelle fois. On ne mesure jamais assez les conséquences qu'il y a à montrer son vrai visage. Et quand on en prend conscience, il est déjà trop tard.

J'hésite à me rendre à la cuisine. À cette heure-là, Laurette s'y trouvera peut-être. Ce matin, je n'ai pas trop envie de la voir. La chaleur s'installe déjà, j'ai laissé les volets croisés pour éviter qu'elle ne brûle avant midi les vieilles tomettes bordeaux sur lesquelles j'aime tant marcher pieds nus. Avec un temps pareil, je devrais être pleine d'entrain et de joie de vivre, et pourtant, je me sens... irritée, à défaut d'un mot plus juste pour décrire mon état. Impatiente, nerveuse. La faute au vent ? La faute aux circonstances ? La faute à la saison ? Je suis toujours plus agitée en juillet, rien n'y fait.

J'ai toujours aimé l'été jusqu'au jour où cela n'a plus été le cas. Ce désamour a été brutal. Aujourd'hui, je ne supporte plus de transpirer, d'avoir les mains moites, envie de sieste, pas plus que le chant des cigales et l'odeur des crèmes solaires dont se tartinent si généreusement les touristes en balade sur l'île. Je fuis la plage, rase les murs pour me tenir à l'ombre. Ma peau reste blanche, si blanche. Mon nez ne pèle plus.

Impossible pour autant de rendre le climat seul responsable de ma tension du jour. Mon état est-il lié aux entretiens que Robert fait passer aujourd'hui ? Peut-être. Jusque-là, j'ai réussi à me débrouiller pour que les précédentes locataires ne me gênent pas. Il y a eu Arlette, qui ne sera restée que six mois avant de disparaître. Claire, elle, a fait un passage éclair avant d'être placée en maison de retraite par ses enfants, je n'ai même pas assisté à son départ et ai raté l'occasion de lui faire mes adieux. Les horaires fantasques de la navette pour le continent ont rendu folle Philomène. Mylène est tombée amoureuse d'un pompier de l'île et est partie s'installer chez lui. Sylvie a préféré prendre son propre petit studio au village, notre cohabitation ne lui plaisait finalement pas tant que ça, elle manquait d'intimité, a-t-elle expliqué le jour de son départ en rougissant et en coulant un regard en biais à une Laurette que tout cela indifférait totalement. Et puis, bien sûr, il y a eu Lise, qui a occupé l'appartement du bas, le plus grand, jusqu'à il y a peu. Elle, elle me portait sur les nerfs. Quand elle vivait là, ma vie était un enfer. Au début, ça allait. Je me méfiais d'elle instinctivement, mais la supportais. C'est plus tard que tout a commencé à se gâter.

À son arrivée, elle arborait de grands airs de Parisienne égarée en province nous faisant l'honneur de sa présence. Elle écoutait de la musique fort, toutes fenêtres ouvertes, et mettait un point d'honneur à ne jamais refermer le portail derrière elle, comme si elle était au-dessus de ces contingences et que ma présence sur place se justifiait par ce rôle de gardienne des lieux. Elle m'humiliait de petits gestes, de piques, de réflexions lâchées à mi-voix. Et puis, après l'incident des sandalettes, il m'est devenu impossible d'échapper à ses brimades perpétuelles. Elle ne me laissait plus aucun répit. Elle prenait des airs de complotiste professionnel type perceur de coffre-fort, susurrant qu'elle créait, mais quoi, on ne l'a jamais vraiment su, que sa vie même était une œuvre requérant son entière attention car il s'agissait de lui donner LA forme, LES formes, les plus abouties. Elle aurait malgré tout dû se montrer plus humble, moins la ramener. On en est tous à façonner nos vies jour après jour, sans pour autant éprouver le besoin de le crier sur les toits. Un gloussement nerveux m'échappe. Finalement, sa santé insolente et son arrogance ne lui ont pas porté chance, à Lise.

Enfin, c'est de l'histoire ancienne tout ça, et je compte sur Robert pour lui trouver une remplaçante moins menaçante. Ça vaudrait mieux pour tout le monde.

Oui, quand j'y pense, j'en ai vu défiler de ces femmes, durant ces trois dernières années. Est-ce que ma cohabitation avec Laurette est rendue plus facile parce que ma petite maison m'offre un refuge qui lui est totalement interdit ? Est-ce que ces locataires, au bout du compte, ne vivent pas si bien que ça le célibat qui leur est imposé *de facto* ? Les hommes sont-ils cause de leur défection ? Ou est-ce la vie plus trépidante du continent, avec ses cinémas, ses restaurants, ses librairies et ses grandes surfaces qui leur manque ? En tout cas, je n'en regrette aucune et espère que les suivantes sauront mieux trouver leur place ici, parce qu'en toute sincérité, expliquer de nouveau les règles de vie de notre petite communauté me fatigue à l'avance, tout comme devoir raconter mon parcours et montrer mes paniers qu'elles se croient obligées de trouver magnifiques et originaux alors que j'ai tout à fait conscience qu'ils ne sont ni l'un ni l'autre. Je ne suis pas aveugle. Des talents, j'en ai, mais pour la vannerie, aucun.

Au fil des ans, Laurette et moi finissons par nous ressembler de plus en plus. Tout comme Laurette, j'offre aux autres l'image qu'ils souhaitent se faire de moi. Je suis passée maître dans l'art de présenter le portrait d'une femme sans âge, sans enfants, sans famille, une ombre finalement, qui ne dérange vraiment personne, un objet qui s'est de tout temps trouvé là et qu'on regarde un jour, étonné, en se demandant à quoi il peut bien servir. Il est si facile de tromper son monde. Et ceux qui ne sont pas dupes en paient malheureusement le prix.

Qui, donc, cette fois-ci, va nous rejoindre, et pour combien de temps ?

Jusque-là, tout va bien.

Jusque-là tout va bien.

Je veux la vue mer, je veux la vue mer.

Voici venu le temps, de l'île aux enfants… des monstres gentils…

Oui, c'est le paradis…

Casimir, sors de ce corps tout de suite ! Je suis vraiment la reine lorsqu'il s'agit d'avoir un air débile dans la tête. Avec ma chance, celui-là va me poursuivre toute la journée.

Concentration. Sourire. Acquiescer. Minauder ?

Robert

— Donc…

— Je vis actuellement en ville, mais je viens de divorcer et un changement de décor serait bienvenu.

Natacha a presque l'air de s'excuser. Comme si ce n'était pas des plus humains. Un divorce, le désir d'un souffle nouveau, de se débarrasser des oripeaux d'une autre vie. Je connais ça par cœur. Le divorce est au bout du compte comme une nouvelle naissance, une révélation à soi de ce qu'on est capable d'affronter seul, une reconquête de son moi intérieur. Bien sûr, retrouver un équilibre prend du temps, le travail de deuil du couple peut être éreintant et très déstabilisant, mais je suis sûr que cette femme n'aura aucun mal à se remettre.

— Je suis désolé.

La formule est convenue, mais que dire d'autre ? Après tout, je ne sais rien d'elle.

Elle s'agite, balaie l'air de ses mains sans bagues, aux ongles courts.

— Oh non, ne le soyez pas. C'était d'un commun accord. Patrick et moi étions arrivés au bout de notre histoire.

Il me vient soudain à l'esprit que, vu son âge, elle a peut-être des enfants.

— Des enfants ?

Son sourire disparaît. Elle se renferme un peu, m'observe derrière ses cils mi-clos. Craint-elle de voir l'appartement lui échapper si elle avoue être mère de triplés hyperactifs ?

— Oui.

Je hausse les sourcils dans une interrogation muette. Faudra-t-il que je lui arrache les mots un à un ?

Elle soupire.

— J'ai un fils de dix ans, Timothée. Il vient d'entrer au collège. Cela pose problème ?

Je pianote sur la table qui nous sépare. L'annonce n'a jamais précisé que les enfants n'étaient pas autorisés dans la maison. Le cas ne s'est pas présenté jusqu'à aujourd'hui. Qu'en penserait Laurette ?

En moins de dix secondes, je suis décidé. Après tout, elle m'a chargé de trouver la meilleure locataire possible et Natacha m'a plu dès qu'elle a franchi le seuil de mon bureau. Et puis, pourquoi ne pas jouer un tour à ma mère ? À cette pensée, un frisson (qui doit autant à l'excitation de la transgression qu'à la crainte des conséquences de ma petite initiative) me parcourt le dos. J'imagine sa tête le jour de la présentation. Lorsqu'elle aura préparé son thé infâme et ses meringues qui s'effritent et verra débouler un gosse hirsute, ballon de foot au pied, prêt à ravager ses massifs d'hortensias. L'image ne manque pas de charme.

Natacha se tortille sur sa chaise, mal à l'aise. Je me redresse sur la mienne, carre les épaules. Est-ce enfin là l'occasion de montrer à Laurette que je ne suis pas qu'un factotum un peu balourd, un Quasimodo qu'on tolère de loin ? Que moi aussi, j'ai mon libre arbitre. Et qu'après avoir rêvé toute ma vie de lui en fournir la preuve, je saisis aujourd'hui l'occasion de l'utiliser pour déplacer un nouveau pion sur l'échiquier de nos relations mère / fils.

— Pour être honnête, la question ne s'est jamais posée. Ma mère vit sur place et jusqu'à aujourd'hui, ses locataires étaient des femmes seules. Parlez-moi de lui.

Natacha se détend immédiatement, se penche vers moi, les yeux illuminés d'un nouvel éclat.

— Timothée est un petit garçon plein de vie. Il adore la mer, depuis toujours. Il a fait ses premiers pas sur la plage, vous comprenez ? C'est un véritable poisson. Je mentirais si je disais qu'il est calme et réfléchi, mais il n'est pas pour autant aussi turbulent que certains de ses copains. Il…

J'ai appuyé sur le bon bouton. Comme bien des mères, elle est prête à passer le reste de la journée à me parler de sa progéniture. Elle suinte l'amour maternel par tous les pores, ce qui, étrangement, ne la rend que plus attirante. Elle s'enflamme, ses joues rosissent, son regard pétille. J'opine à intervalles réguliers. Laurette a-t-elle jamais eu ce genre de réactions quand on l'interrogeait sur ses enfants ?

J'en doute. Elle est incapable de s'intéresser profondément à qui que ce soit d'autre qu'elle-même. Il n'est pas un souvenir d'elle qui me revienne où elle ne serait en représentation. Une maman un peu lointaine, distante, aux marques d'affection rares que nous guettions, Aline et moi, comme des moineaux attendent la becquée.

Il a bien longtemps que j'ai analysé tout ça ; on ne devient pas psychiatre sans mener tout d'abord un travail de fond sur soi-même. Il n'empêche qu'avec cette mère en face de moi remontent à la surface des souvenirs que je croyais enfouis pour toujours. Ma certitude, qui a duré longtemps, d'avoir été adopté afin de répondre à un besoin particulier, comme ces enfants dans les contes qui ne servaient que de main-d'œuvre bon marché, et de ne pas correspondre à ce qu'on attendait de moi. La crainte, alors, de me retrouver abandonné dans une forêt sombre, hostile et emplie de monstres, d'où je ne réussirais jamais à m'échapper. Les questions, sans réponse, sur mon père, dont pas une photo ou presque n'avait survécu à sa disparition. L'amour fou que je portais à Laurette, au point de pénétrer en catimini dans sa chambre pour me repaître de son parfum en ouvrant les tiroirs de sa commode. J'embrassais même son tube de rouge pour découvrir le goût de ses lèvres. Elle était mon étoile impossible à atteindre, mon phare, ma récompense et ma punition. Aline avait des rapports plus conflictuels avec elle, notamment à l'adolescence. Les deux ans qui nous séparent y sont peut-être aussi pour quelque chose. Car si j'ai conservé quelques souvenirs épars de papa, elle n'en a aucun et ce vide, rien n'est venu le combler. Jusqu'à la naissance de sa fille. Pour laquelle elle a d'ailleurs reproduit le même schéma : pas de père dans le tableau. Évidemment, sur le plan psychologique, Aline est un cas d'école. Mais c'est avant tout ma sœur, et bien que nous ne soyons plus aussi proches que par le passé, elle n'en reste pas moins la femme qui me connaît le mieux. Malgré mes trente ans de mariage avec Sybille.

Natacha a saisi son téléphone et le déverrouille. Je suis bon pour la séance photos. Décidément, les putes russes sont loin.

Magalie

J'ai trouvé Laurette à la cuisine. Elle avait l'air plus fatiguée qu'à l'accoutumée. Pieds nus, elle balançait les jambes sous sa chaise comme une enfant récalcitrante à qui l'on demande de terminer son assiette de légumes verts. J'ai souri en la saluant, un petit sourire contrit, comme si je m'excusais d'exister.

Elle m'a indiqué une chaise de l'autre côté de la table, avec ce regard en biais qui présage toujours quelques piques bien senties. Au début de notre cohabitation, ces flambées de mépris, parfois même de haine, me semblait-il, me laissaient impuissante, abattue. J'étais encore si fragile. Au fil du temps, j'ai appris à composer, à m'armer, brandissant ma prétendue bêtise comme une armure inviolable sur laquelle son dentier branlant s'est brisé plus d'une fois. De toute manière, je n'avais pas le choix. Il fallait que je reste ici, que je m'ancre. Sur l'île, je ne risquais rien. Pensais-je. Depuis, nous jouons à ce jeu du chat et de la souris qui, de temps en temps, nous distrait de notre véritable curiosité : qui est cette femme qui partage mon foyer ?

Car je sais toujours aussi peu de choses sur elle. Robert, le jour de mon entretien, m'en aura raconté plus qu'elle-même en trois ans. Discrétion ou perte de mémoire ? Laurette parle quelquefois beaucoup, mais tout cela en révèle bien peu. Lui m'avait dressé un portrait de sa mère tout en ombres et trompe-l'œil, auxquels je me suis à cette époque laissé prendre. La biographie officielle était quoi qu'il en soit assez succincte. Née à Paris en 1933 d'une mère anglaise et d'un père français qui faisait des affaires, Laurette avait passé les premières années de son existence dans le XVIIe arrondissement de la capitale, entourée d'amour paternel et d'une nurse, sa mère étant décédée en couches. Son père, excentrique aussi bien dans son foyer que dans sa vie professionnelle, l'avait gâtée outre mesure, avant d'avoir le flair de l'entraîner à Londres en 1937, elle ainsi que toute sa fortune. Lui-même avait mystérieusement disparu quelques années plus tard, mais où ? En Amérique latine, pour éviter l'appel sous les drapeaux ? Tué par un concurrent malheureux ? par un rival amoureux ? Mon imagination débordante m'a fourni plusieurs versions de l'histoire, toutes aussi plausibles les unes que les autres. Je n'ai jamais osé en faire part à quiconque, de peur du ridicule. Après tout, le pauvre est peut-être mort d'une syphilis mal soignée ou d'une banale chute de cheval à son club de polo. L'idée me plaît. J'imagine un grand type mince, favoris et pattes-d'oie, en train de cavaler maillet à la main, ou quel que soit le nom donné à la chose. Mais rien n'assure qu'il ait pratiqué ce sport, ou que les clubs de polo aient survécu à la guerre.

Laurette avait alors été recueillie par une vieille tante qui vivait dans l'Oxfordshire (charmant, on se serait cru dans un *cozy mystery* bien ficelé). Notre jeune héroïne y avait attendu sagement d'être en âge de se marier, ce qui avait fini par arriver plus rapidement que prévu, si on se fiait à la chronologie.

La légende familiale version Robert passe sous silence quelques années (ne faisant qu'attiser davantage ma curiosité), et nous retrouvons Laurette à Paris, au début des années 1950, épouse d'un certain Alain Reynaud, roturier, probablement. Là, le film se déroule encore plus vite, naissance de Robert, puis d'Aline, décès d'Alain (un accident, une fois encore ?) et Laurette se retrouve libre et à l'aise (quand on veut éviter de dire qu'elle bénéficiait de fonds défiant la décence, surtout dans ces années d'après-guerre qui furent difficiles pour tant de familles). Les années 1960 sont une fête permanente (surtout pour Laurette, les enfants, eux, grandissent entre écoles huppées et précepteurs, entrapercevant leur mère qu'il ne faut pas réveiller le matin ni retarder le soir quand elle s'apprête à sortir). La famille, qui a hérité de cette belle demeure dans le sud de la France, prend l'habitude de venir s'y ressourcer l'été. Robert se met à la voile, Aline à la peinture. Lui me décrit des scènes idylliques où, sur son bateau, il pêche à la nuit tombée, entouré de bancs de dauphins. Là, il est libre. Car Laurette n'a pas le pied marin. Et Aline prend peur dès qu'il faut faire deux brasses pour avancer. Celle-là, je ne l'ai croisée qu'une paire de fois, et elle ne m'a pas donné l'impression d'avoir des souvenirs d'adolescence inoubliables. Ceux qui ont suivi sont sûrement tout aussi fades, mais je ferais bien de ne pas m'y fier. Je suis bien placée pour savoir que l'habit ne fait pas le moine.

Un premier mariage pour Robert, qui s'achève de façon tragique par la mort de sa femme, lors d'un réveillon de Noël en famille. Un deuxième qui sera sans enfant. Aline, de son côté, se retrouve fille-mère (quelle horrible expression !) à dix-huit ans. Laurette l'aide autant que possible (je me demande bien de quelle manière) et sa petite-fille chérie fête cette année ses quarante ans.

Elle, je la connais. Elle s'appelle Agathe. Elle est aussi ouverte et franche que les autres sont renfermés et menteurs. Enfin, rien ne me permet d'affirmer que Robert le soit, mais il y a trop de part d'ombre dans cette famille, dans cette maison, dont l'ambiance me rappelle parfois le mal-être lancinant que j'avais ressenti à la lecture de *Rebecca*, de Daphné Du Maurier.

D'ailleurs, confidence pour confidence, j'ai menti à Robert et Laurette en m'installant ici. Par omission, peut-être, mais le mensonge n'en est pas moins réel. Je leur ai laissé croire ce qu'ils avaient envie de croire, et je dois bien reconnaître que j'ai été surprise de duper aussi facilement un psychiatre. Peut-être est-il moins à l'affût lorsqu'il quitte son cabinet, offrons-lui le bénéfice du doute. En tout cas, ils ont gobé mon histoire de divorce, de découverte de mon vrai moi après avoir lu un livre de développement personnel. Mais qui changerait ainsi de vie, se lâcherait des deux mains après avoir feuilleté un tel ouvrage ? Il n'y a quand même rien de plus creux et vide que ce genre de lecture. Autant faire confiance à son confesseur pour comprendre le péché de chair ! Et passer de la banque, avec ses congés payés, son CE, ses RTT pour devenir tricoteuse de paniers en osier ? Vraiment ? La prochaine étape de révélation de moi à moi-même serait quoi, dans ce cas-là ? Répondre à une annonce pour participer à *L'amour est dans le pré* ?

Leur naïveté m'a touchée, puis inquiétée, et enfin rassurée. Touchée, que l'on puisse imaginer que mon épanouissement passe par une réclusion volontaire sur une île microscopique où il ne se passe jamais rien. Inquiétée, quant à leurs capacités mentales que je trouvais quand même bien limitées et quant à l'image que je donnais de moi-même, même si j'avais travaillé dur pour qu'il en soit ainsi. Et rassurée, car si Robert, avec son expérience de praticien, et Laurette, avec son flair de femme aguerrie, se laissaient avoir, il en serait de même des autres. Finalement, il n'y aura eu que Lise pour se montrer un peu plus perspicace. Elle avait ses raisons, et j'ai joué de malchance. Elle aussi, d'ailleurs. Car on n'efface jamais complètement le passé, qu'importe le soin qu'on y apporte, et Dieu sait que je m'étais donné du mal. Mais la curiosité est un vilain défaut et la malheureuse l'a appris à ses dépens.

Enfin, ce matin, j'ai donc trouvé Laurette les traits plus tirés, mais j'ai compris il y a déjà un moment que lui proposer de l'aide n'est pas une option. Je me suis donc comportée comme si de rien n'était et ai accepté la place qu'elle m'offrait à sa table.

Elle avait déjà achevé son petit déjeuner, comme en témoignaient les miettes innombrables et les grandes traînées de chocolat sombres qui marbraient le Formica usé. Visions proprement écœurantes, surtout chez une femme qui se targue de respectabilité bourgeoise et d'une tenue impeccable en toutes circonstances. Elle m'a demandé si j'avais bien dormi, si le vent ne m'avait pas gênée. Il est vrai que les volets grincent lorsqu'il est trop violent, leurs gonds usés résistant mal à ses assauts répétés. J'ai menti en prétendant n'avoir rien entendu, alors que je n'avais pas fermé l'œil. J'avais été occupée à mon insomnie plus qu'à mes paniers. Soit dit en passant, ils ont beaucoup de succès l'été auprès des touristes, surtout ceux originaires d'Europe du Nord. Les autres doivent avoir plus de points de comparaison en matière de folklore local et sont plus difficiles à convaincre quand il s'agit de mettre la main au porte-monnaie.

Elle m'a annoncé la visite d'Agathe dans la journée. Ça m'a fait plaisir, elle passe toujours me dire bonjour et papoter un moment. Laurette lui est très attachée. Je pense que sa petite-fille est la seule dans sa maigre famille à trouver grâce à ses yeux. J'ai bien vu comment elle observe Aline quand cette dernière n'y prête pas attention. Un regard méprisant, il n'y a pas d'autre manière de le décrire. Comme si Laurette se demandait comment expliquer que sa maison se retrouve la proie d'une invasion de cafards. Quand je pense qu'elle agit là en mère, j'en suis malade.

À la décharge de Laurette, rien en Aline ne suscite la sympathie. Elle semble gémir à chaque mot et porter le poids du monde sur ses épaules. Elle est institutrice et attend avec impatience la retraite, cochant sur un grand calendrier mural comme un vulgaire prisonnier de droit commun les jours qui passent et l'en rapprochent.

Triste. Peut-être devrait-elle lire des ouvrages de développement personnel. Ça l'aiderait.

Agathe, elle, est une brune pétillante, pas complètement sortie de l'adolescence et ayant gardé de cette période la légèreté et la curiosité qui font défaut à tant d'adultes se croyant arrivés. Où, c'est d'ailleurs la question, mais ils n'ont pas l'air de se la poser. Agathe, donc, passe d'une vie à l'autre en bondissant comme un cabri, d'un amour à l'autre avec une fougue et un enthousiasme toujours intacts. Sa visite est une bouffée d'air frais. Elle n'est vraiment fidèle qu'à son chien, une espèce de bâtard attaché à ses pas et dont les origines indéterminées laissent à penser que l'évolution des espèces est définitivement un mystère. La bestiole doit malgré tout frôler les cinquante kilos, et elle a beau se conduire comme un chihuahua taille sac à main, sa corpulence ne se laisse pas ignorer. Comme, par exemple, lorsque Agathe s'installe sur le petit tabouret en rotin et que Clim (c'est son nom) lui saute sur les genoux. Depuis, le tabouret a été remplacé par un autre, plus solide, de facture classique et sans charme.

Évidemment, Agathe ne devine en moi qu'une quinquagénaire un peu flétrie que les affres de la ménopause achèveront bien assez vite. Mais il m'est arrivé de déceler une lueur dans ses yeux me poussant à penser que mon petit jeu ne la leurre pas complètement. En tout cas, si je devais un jour me choisir une amie, je me tournerais vers elle. Dieu merci, ce n'est pas ce désir-là qui m'empêche certains soirs de trouver le sommeil.

Laurette a semblé reprendre goût à la vie lorsque nous avons évoqué notre future colocataire. Qui, cette fois-ci, Robert allait-il nous dégotter ?

« Ma petite Magalie, m'a-t-elle avoué en baissant la voix, Robert a toujours su me surprendre. Vous vous souvenez d'Arlette ? »

Comment l'oublier ? Son séjour a été court, mais intense.

J'ai opiné.

« Franchement, aurait-il pu opérer un choix plus improbable que celui-là ? » a repris Laurette.

Je ne pouvais qu'en convenir.

Arlette avait vingt-six ans, des piercings dans le nez et les oreilles (et sûrement dans d'autres parties du corps), les cheveux teints en rouge électrique. Elle portait des jupes tellement courtes que la première fois que je l'avais rencontrée, je lui avais fait remarquer qu'elle avait oublié d'en mettre une, provoquant chez elle une crise d'hilarité telle qu'on aurait cru qu'un éléphant s'était mis à barrir au milieu du salon. Dans sa précipitation, Laurette, attirée par le bruit, avait manqué tomber dans l'escalier. Lorsque Arlette lui avait rapporté ma réflexion, elle s'était contentée de la toiser avant de tourner les talons pour remonter dans ses appartements. J'étais restée mortifiée dans le hall, assourdie par les bruits improbables qui montaient de la gorge d'Arlette et marquaient la fin de sa crise de rire.

Je n'avais eu ensuite que peu d'échanges avec elle. Qu'aurions-nous eu à nous dire ? De toutes les locataires qui étaient passées ici depuis mon arrivée, elle était d'ailleurs la seule à n'avoir jamais fait preuve de la moindre curiosité (ou politesse) en demandant à voir mes réalisations.

« Enfin, a conclu Laurette en me lançant un regard, elle n'a pas fait de vieux os parmi nous. »

J'ai frissonné. Était-ce de la complicité ? Une menace à peine voilée ? Une manière pour elle de me transmettre une information ? Que savait-elle exactement ? Et qu'avions-nous fait ?

J'ai bu mon thé à petites gorgées, ce qui m'évitait d'avoir à commenter sa réflexion sibylline. Pour je ne sais quelle raison indéfinissable, la journée ne s'annonçait déjà pas bien après ma nuit presque blanche. Je ne tenais pas à ce que les choses s'aggravent. Depuis trois semaines, il me devient de plus en plus difficile de sauver les apparences. Cela requiert toute mon énergie, ma concentration, mon attention. Et malgré tout, je sens se creuser les failles que je calfeutre tant bien que mal.

Laurette a poursuivi la conversation en évoquant des pensionnaires d'avant mon arrivée. Qui ne paraissaient pas non plus s'être éternisées. J'ai fini par tendre un peu plus l'oreille à son soliloque, surprise par la liste infinie de noms qu'elle me livrait. Pénélope, Annabelle, Rose, Michelle, Bénédicte, Marie-Jeanne, Antoinette, Julie, Marthe, Jeanne, Judith, Mathilde… Certes, il y avait trois appartements à louer, mais cela nous faisait quand même une moyenne de quatre occupantes par appartement en deux ans. Alors que les lieux n'ont rien d'un *bed and breakfast*. Depuis mon installation, la valse des départs et des arrivées ne s'est pas démentie. Pour la première fois, j'en ai éprouvé une sensation de malaise.

J'avais chaud, puis froid. Mes mains moites collaient au Formica usé. Le sang battait à mes oreilles. Ma vision s'est brouillée, les miettes des tartines de Laurette m'apparaissaient comme à travers un filtre grossissant. Une armée de petits monstres difformes prêts à passer à l'attaque.

Je me suis levée brusquement pour prendre un verre d'eau à l'évier. Laurette n'a rien remarqué. Enfin, je crois. Elle était maintenant lancée dans l'évocation de l'incendie de l'EHPAD où elle séjournait avant de s'installer sur l'île.

« ... chance. Tout le monde n'en a pas eu autant, d'ailleurs. Il y a quand même eu trois morts. Enfin, personne pour les regretter, ils avaient déjà enterré toute leur famille. Et l'un d'eux ne se rappelait même plus son nom. C'était d'un pénible ! Sourd comme un pot et toujours à vouloir vous faire la conversation quand il vous croisait dans les couloirs. Je peux vous dire, ma petite Magalie (elle prononçait mon nom comme elle le fait toujours, en traînant sur le i final comme pour bien signifier qu'elle avait compris que le mot ne s'arrêtait pas là), que ça n'a pas été une grande perte. Comme quoi, à toute chose malheur est bon. D'ailleurs, quand la cantine de mon école a brûlé, ça a été la même histoire : tout le monde s'est lamenté, a parlé d'une véritable catastrophe, alors que, croyez-moi, la qualité des repas s'en est trouvée grandement améliorée. Non, le feu n'est jamais à craindre. C'est l'eau qui est traîtresse. Mon grand-père, Paul, qui a fait construire cette maison, le disait toujours : le feu, on peut l'arrêter. L'eau, jamais. Raison pour laquelle j'ai refusé d'apprendre à naviguer. »

Sur ce, elle s'est levée de table, a déposé son bol dans l'évier et est repartie vers ses appartements sans un au revoir.

Depuis, je me torture les méninges, rongée par l'inquiétude. Sait-elle quelque chose ? Était-ce une allusion à Lise ? Puis, une nouvelle question me frappe : le message qu'elle a cherché à me faire passer ne serait-il pas tout autre ? Il est quand même rare que des maisons de retraite prennent feu ainsi. Je veux bien concevoir que le phénomène était plus fréquent en Angleterre pendant la guerre (d'ailleurs, peut-être est-ce une bombe qui a déclenché celui dont elle parlait), mais à Paris, au début des années 2010, tout ne flambait pas comme sous la Rome antique...

Je joue un instant avec l'idée d'aller me livrer à quelques recherches sur Internet, puis renonce. Je n'ai pas envie d'en apprendre plus. Mieux encore, je ne veux surtout pas savoir de quoi Laurette est capable. Je dois déjà vivre avec mes propres valises, pas la peine d'alourdir encore ma charge en l'imaginant tel Néron, en toge, une lyre à la main, déclamant des vers, pendant que Rome se consume.

Je me remets lentement au travail. Le soleil incendie le jardin, le vent souffle et les pins gémissent sous ses assauts. Vraiment, il ne me manque que deux choses dans cette nouvelle vie : un animal de compagnie et une lobotomie, le premier pour m'aimer et la seconde pour effacer tous mes souvenirs, que je ne sois plus qu'une page vierge où tout resterait à inventer.

Laurette

La musique étouffera les hurlements du vent qui s'engouffre sous la charpente. Il a encore forci. À l'évidence, il ne tombera pas ce soir et nous sommes bons pour en prendre pour au moins deux jours de plus. Je n'irai pas nager demain non plus. Et pourtant, rien ne me plaît plus que commencer la journée dans le bleu de la mer, vierge encore de toute présence. L'eau ressemble à une chaude couverture qui ondule au gré de mes mouvements. Le silence est tout aussi épais, douillet. Et j'avance en brasses rythmées, posées, sors de l'anse, m'éloigne vers le large, seule et comblée. Car si j'ai toujours refusé d'apprendre à tenir la barre, la natation, en revanche, me plaît. Là, je ne subis pas l'élément mais en joue. Rien n'interfère entre la mer et moi. Si lutte il doit y avoir, cela sera un face-à-face. Je n'aurai que peu de chance de l'emporter, je ne me berce pas d'illusions, mais qu'importe.

Ces bains quotidiens me lavent de tout. Du présent et du passé, de l'avenir et des regrets. J'en nourris peu ; ils pèsent malgré tout leur poids.

Généralement, en cette saison, je pars tôt, avant même le petit déjeuner. Quand la maison dort encore, assoupie, somnolente. Quand le village émerge à peine des brumes du sommeil. Quand le soleil lui-même semble hésiter à se lever à l'horizon. Ces moments-là me sont encore plus précieux que les heures volées au casino. Ils me donnent un sentiment d'immortalité et ne me refusent pas cet ultime contrôle dont je dispose sur mon corps. Et quel pied de nez à ceux qui s'imaginent que je n'ai plus qu'à me mettre au tricot en écoutant *Le jeu des mille euros*.

Quand je retrouve la grève, je suis à peine essoufflée. Mon cœur bat entre mes côtes, mes jambes tirent et le sel colle à ma peau. Je m'offre dix minutes sur ma serviette, pas plus. Le dos calé contre un rocher, je laisse la chaleur imprégner mes muscles, mon squelette. Je savoure ainsi le plaisir qu'il y a à être en vie.

Et mon plaisir du jour sera de voir ma petite-fille, à défaut de me baigner. Pourvu que la navette assure malgré tout son service, qu'Agathe arrive sans encombre. Si elle a le pied marin, Clim, lui, n'est pas de la même trempe. Il est évidemment impensable qu'elle vienne sans être accompagnée de son bâtard. À chacun de leurs passages, ou presque, il vomit, ce qui met en rogne Charles, le matelot qui assure la desserte cinq jours sur sept durant la basse saison, et qui ne quitte plus sa barre de juin à septembre, embauchant au passage fils, neveux et autres cousins éloignés. Agathe est toujours charmante et nettoie derrière son animal, mais les autres passagers doivent malgré tout supporter l'odeur infâme des déjections canines durant tout le voyage, car Clim a le mauvais goût de se laisser aller à peine la passe du port franchie. S'ensuivent une quinzaine de minutes de traversée, selon la saison et la force du vent.

Je ricane en moi-même. J'aime beaucoup ce corniaud. J'ai toujours aimé les trouble-fêtes. Tiens, à sa place, je ferais même exprès de vomir toutes mes croquettes pur bœuf, autant que possible sur les pieds d'un touriste étranger qui aurait échappé à une nouvelle période de grève. Pour qu'il comprenne bien la mentalité française. Na. *Ah ça ira, ça ira, les aristocrates on les aura !*

Les méandres de la pensée sont décidément étonnants. La prise de la Bastille me ramène à l'incendie de la Roseraie. Qu'est-ce qui m'a pris de l'évoquer devant Magalie ? Cette petite dispose de bien trop d'informations, à force de partager son thé du matin avec moi. On a beau faire preuve de discrétion, les mots parfois nous échappent et nous condamnent. Je me montre d'ordinaire beaucoup plus prudente.

Pour l'école, j'ai une excuse, je ne l'ai vraiment pas fait exprès. *Not my fault, really*. D'ailleurs, d'aussi loin que je m'en souvienne, le malentendu a été le moteur de ma vie. J'ai tué ma mère sans y prendre garde (ce que mon père ne m'a jamais complètement pardonné même s'il n'en a rien laissé paraître, paix à son âme), coupé les cheveux de ma seule poupée, persuadée qu'ils repousseraient – puisqu'elle était à mon image –, provoqué la chute de papa en laissant traîner le râteau près des rosiers, ce qui lui a valu une cheville dans le plâtre pendant deux longs mois et, avant l'âge de dix ans, réduit en cendres la salle paroissiale où nous déjeunions, petites filles, le midi.

J'étais alors scolarisée à Londres. C'était la guerre. Nous allions à l'école comme nous le pouvions. Ma nurse, que j'appelais depuis toujours Miss Carry Edge (là encore un horrible malentendu, car elle répondait en vérité au nom de Nelly Malington), m'y conduisait le matin, à pied. Malgré les restrictions qui pesaient sur la capitale et mon jeune âge, mon père tenait à ce que je n'en manque pas une seule journée. L'instruction, avait-il coutume de dire, est la vraie richesse. Ce n'est qu'à son décès que j'ai découvert que lui-même n'avait pas dépassé le certificat d'études, mais c'est une autre histoire.

Miss Carry Edge, donc, me menait par la main par tous les temps, qu'il pleuve ou qu'il vente (*it's raining, it's pouring, the old man is snoring*, chantonne une voix haut perchée dans ma tête...), que les bombes tombent ou que les sirènes retentissent. Nous avancions d'un petit pas pressé, la tête haute, sans pour autant afficher une attitude arrogante, et ce, au milieu des gravats, des queues devant les magasins, ou à contre-courant d'une foule cherchant à se mettre aux abris. Ce qui n'est pas une mince affaire pour une petite fille à qui l'on demande en plus de ne pas se salir.

Les sœurs en charge de notre enseignement passaient de la bonté à la rigueur, des punitions aux câlins, et rien ne nous permettait de prédire quelle serait leur humeur, cette dernière aussi volatile qu'un cœur nucléaire en fusion (qui d'ailleurs ne l'est peut-être pas, mais c'est l'image qui me vient, le cœur, la fusion, et le nucléaire meurtrier. L'ensemble résume assez bien l'idée que je me fais de l'amour). Une seule chose était assurée dans ce monde où le terme « permanence » n'avait plus cours : la qualité impitoyablement infecte de la collation qu'elles nous offraient sur les coups de 11 h 30. Certes, me direz-vous, c'était la guerre. Mais c'était aussi la guerre chez moi, vous rétorquerai-je, et pourtant, jamais au grand jamais on ne m'y a servi de pareils repas !

Un jour, lassée, je suis arrivée à la conclusion que si la salle où nous mangions disparaissait, ces horribles menus nous seraient épargnés. *Fire ! Fire ! says the town-crier...* Je n'entrerai pas dans les détails, cette histoire date quand même un peu et moi-même j'ai du mal à me souvenir de l'enchaînement exact des événements.

Quoi qu'il en soit, les lieux sont partis en fumée, et la seule victime à déplorer aura été le vieux fourneau en fonte où mijotaient des choux de Bruxelles rances et des topinambours mous.

La Roseraie, c'est une autre histoire.

Mais mes pensées sont maintenant orientées vers ma prime jeunesse. Tout en écoutant Aznavour et en enduisant de crème hydratante mes talons desséchés, je me souviens avec un sourire tendre de la fillette que j'étais alors.

Je n'avais jamais connu ma mère, et elle ne me manquait pas. Je me passais fort bien d'être cajolée, chérie, coiffée par une maman. Dans mon esprit, il s'agissait sûrement d'une sorte de nanny améliorée, mais en quoi ? J'aurais été bien en peine de le préciser. J'avais épuisé la patience de quelques-unes de leurs représentantes trop guindées et à cette époque, mon père en cherchait une nouvelle qui ferait l'affaire. Un jour où il recevait une candidate, je m'étais glissée sans bruit dans le hall de la maison. Ce qui m'avait demandé beaucoup de temps, car le vieil escalier en bois grinçait à chaque marche, même sous mon poids léger. J'étais menue, petite pour mon âge, presque maigre. De grandes boucles brunes, un teint de porcelaine : j'avais hérité de la chevelure de mon père et du sang britannique de ma mère à parts égales. J'avais malgré tout fini par rejoindre mon poste d'observation préféré, sous la console de l'entrée, sans que personne ne se doute de ma présence. Des bribes de la conversation menée au salon me parvenaient.

« Miss… Carry Edge… » avait soufflé une petite voix flûtée qui, sans conteste, n'appartenait pas à papa.

Naïve, je pensais qu'il s'agissait là du nom de ma future gouvernante. Je n'avais évidemment aucune idée du fait que cette dernière venait de faire une fausse couche (*miscarriage*, en anglais) et expliquait ainsi à mon père son passé trouble, dont il avait par ailleurs connaissance. En effet, cette pauvre Nelly avait eu le mauvais goût de tomber enceinte sans être même fiancée. Ses parents, offusqués et furieux, avaient choisi de dissimuler le scandale en l'envoyant en Angleterre à la fin de l'année 1938, ce qui n'était pas faire preuve d'un sens aigu de l'histoire quand on avait la chance de vivre aux États-Unis. C'est ainsi que Nelly avait atterri chez nous, son père étant une connaissance d'affaires du mien. Elle y est restée jusqu'à la disparition de papa. Étrangement, la mémoire me fait défaut quant à la chronologie exacte de cette période de mon enfance. Est-elle partie avant lui ? Se sont-ils évanouis ensemble dans la nature ? Est-elle restée auprès de moi quand lui s'est volatilisé ? Je devrais m'en souvenir, mais depuis, l'eau a coulé sous les ponts, et j'ai eu d'autres sujets de réflexion sur lesquels me pencher durant ma longue vie. On pourrait croire qu'un tel traumatisme m'aurait marquée au fer rouge, je ne doute pas que mon cher Robert trouverait là de quoi gloser jusqu'à plus soif. Il parlerait sûrement d'amnésie traumatique et me sortirait tout un jargon vide de sens en affichant l'air de celui qui sait et cherche de son mieux à partager ses connaissances avec un néophyte tout juste capable d'écrire correctement son nom. Eh bien, au risque de le décevoir, je ne souffrais ni ne souffre d'aucun traumatisme, merci. J'étais une petite fille à l'apparence docile et qui avait déjà compris que le meilleur moyen pour survivre est souvent de raser les murs, de se taire et d'écouter, ou de se réfugier dans son propre monde, où personne n'est autorisé à pénétrer. Les rébellions les plus violentes ne sont pas toujours les plus bruyantes.

Il est déjà presque 11 heures. Je dois finir de me préparer avant l'arrivée d'Agathe. Elle a promis de m'apporter des meringues et le dernier Elizabeth George. Je m'en réjouis. J'aime énormément cette auteure et son inspecteur Lynley. Il me semble que j'aurais même pu en tomber amoureuse. Si l'amour m'intéressait encore. Mais cela fait un moment que ce n'est plus le cas, depuis ma dernière passion. Qui remonte à si longtemps maintenant. Quand tout a été terminé, j'en ai perdu le goût des hommes, de leur pénis et de leur barbe de trois jours. Brusquement, je n'ai plus éprouvé le moindre désir d'en avoir un à mon côté, que ce soit à mon bras ou dans mes draps. Et je ne m'en suis pas portée plus mal. Pourtant, Dieu sait que je les ai aimés. Mais on leur consacre toujours trop de temps, ils l'aspirent, nous privent d'oxygène, creusent un chemin en nous jusqu'à dévorer notre essence même. Pas besoin de s'appeler Marguerite Duras pour le comprendre. Et quand on s'en aperçoit, il est déjà trop tard, nous sommes évidées, et seul le responsable de ce travail de sape silencieux parvient à nous combler. Or je doute qu'il le mérite.

Et je ne parle pas que des amants. Les fils sont taillés du même bois.

Prenez Robert, par exemple. Un gentil petit, certes, mais quelle chiffe molle ! Déjà, enfant, il était souffreteux et j'ai même craint qu'il reste vieux garçon, à me dévisager jusqu'à ma mort de ces yeux de bon vieux cocker éperdu d'amour. Est-il besoin de préciser que ce qu'on accepte d'un chien, il est rare qu'on l'autorise à un humain ? Si le cocker sait m'émouvoir à l'occasion, Robert ne parvenait qu'à m'irriter. Dieu merci, j'étais très occupée et ne le voyais pas si souvent que ça. Je n'aurais jamais supporté ses câlins et baisers mouillés de l'heure du goûter à celle du coucher. Quelle horreur !

Il a quand même fini par s'émanciper un peu. Mais pour se marier à la première dinde venue. Un puits sans fond d'idiotie, cette pauvre fille ! Toujours un malaise en cours, une allergie, une bouffée de chaleur... Elle ne supportait rien. Le mariage n'aura pas duré longtemps, fort heureusement. Dommage quand même qu'elle soit allée mourir dans mon salon. Cela dénote un certain manque de tact. Elle aurait pu attendre d'être rentrée chez elle.

Je retourne le 33-tours. Agathe, à une époque, se moquait de cette vieillerie. Aujourd'hui, elle bave d'envie dessus. Il paraît que c'est le grand retour du vinyle. Elle a même une amie qui travaille dans une société chargée de les promouvoir. Une start-up. J'imagine qu'il s'agit d'une sorte de très petite structure, où les hommes travaillent en manches de chemise, cigarette au bec, où les femmes s'affairent en se donnant de grands airs. Enfin, cela serait ainsi si nous étions dans les années 1950. Aujourd'hui, les « mecs » doivent être en tee-shirt-baskets, une cigarette électronique à la main, et les « nanas » en short ou legging, à mâchouiller du chewing-gum, arrimées à leur smartphone. On est passé de *Mad Men* à *Dix pour cent*. Une avancée ! Comme s'il suffisait de changer de costumes pour que la pièce soit autre ! Enfin, personne ne m'a demandé mon avis sur la question, donc je le garde pour moi.

En parlant de femmes, je me demande bien qui Robert va me mettre dans les pattes cette fois-ci. Si je lui racontais ce qui s'est précisément passé à la Roseraie, il se montrerait peut-être plus attentif à son recrutement. À supposer qu'il en soit capable. Il vous ferait douter à lui seul de l'intérêt qu'il y a à consulter un psychiatre. Si ses confrères sont du même acabit, personnellement, je ne me pose plus la question.

Aznavour se tait, je fredonne un vieil air de Charles Trenet. Sans nostalgie aucune. Je laisse ce sentiment à ceux qui vivent dans le passé, persuadés de sa douceur immuable. J'ai toujours préféré regarder vers l'avenir. Encore aujourd'hui, un frisson d'excitation me prend à la pensée de la journée et des promesses qu'elle contient. Une visite d'Agathe. Une nouvelle locataire.

Magalie

Rien n'y fait, je n'arrive pas à me concentrer. J'ai pris une longue douche froide, frotté au gant de crin mon corps maigre et blanc. J'évite de l'étudier de trop près. Son histoire me gêne. L'eau n'a pas calmé mes nerfs irrités. Le responsable en est le vent. Oui, c'est ça, ça doit être le vent. Qui s'agite et m'angoisse. Sentir son souffle entre les vitres, son haleine s'engouffrer sous la porte de la chambre m'agace, me rappelle ce sentiment d'impuissance face à certains regards masculins dans le métro. Il m'épie, me guette, me susurre des mots horribles, vrais. Il me dit qu'il sait, que tout me rattrapera, qu'il ne sert à rien de me cacher, que je suis en sursis. Il s'enroule autour de moi, tourbillonne, m'affole. Me retient prisonnière, me rappelle que cette île est une voie sans issue. Ricane, soupire, crache son venin. Susurre que je suis une mauvaise fille, que ma maigreur ne fera pas disparaître le poids de mes péchés. Que je ne m'en sortirai pas. Que le temps est venu de payer. Pour tout. À une nouvelle bourrasque, un volet maltraité gémit. Je frissonne. Transpire. Mon front est moite. Mes paumes humides. Moi qui, à force de patience et de pugnacité, ai réussi à me construire ce personnage terne auquel il m'arrive presque de m'identifier totalement certains matins. Moi qui ai résisté à l'arrivée de Lise. Et à son départ. Moi qui donne le change depuis des années, je sens qu'aujourd'hui, quelque chose s'effrite, se craquelle. Et je ne sais ce que je crains le plus : mes démons, le vent, ou tout bêtement les jours à venir.

Je passe d'une pièce à l'autre, effleure le buffet, redresse un cadre. Impatiente, mais de quoi ? Les minutes s'écoulent, malmenées par les rafales sauvages sous lesquelles plie le grand pin près de la grille d'entrée. Longtemps, j'ai craint qu'il ne se brise. Avec un sentiment d'effroi mêlé d'une certaine jouissance, j'ai attendu ce moment depuis la première tempête à laquelle j'ai assisté sur l'île. Mais l'arbre tient bon, se rit de mes prédictions. Toujours il se redresse. Nous sommes pareils, finalement. Ballottés, malmenés, violentés, mais debout. Debout ? En suis-je bien sûre ? Et jusqu'à quand ? Je suis épuisée, tellement épuisée… Comme les arbres plus fragiles voient certaines de leurs branches rompre sous l'assaut du mistral, j'ai l'impression d'avoir de plus en plus de mal à former un tout cohérent. Dire qu'il y a quelques semaines encore, je me sentais si sûre de tenir mon destin entre mes mains. L'arrogance est toujours punie. Pourtant, je devrais avoir compris, depuis le temps, qu'on ne maîtrise pas grand-chose, qu'on s'en donne surtout l'illusion, et que chaque fois qu'on affiche cette sûreté de soi, cet air bravache, une déité quelconque se charge avec un plaisir pervers de nous remettre à notre place. Je n'ai pas à regarder bien loin en arrière pour…

Pas question de m'engager sur cette voie. Le passé est mort. Mort, certes. Enterré, non. Ou pas assez profondément. Et trop régulièrement, il revient me hanter. Et si je me remettais en mouvement ? Quand on bouge, on ne pense pas. On est occupé à tout un tas de choses futiles : quels vêtements garder, que faire de l'appareil à lisser les cheveux jamais utilisé, de celui à raclette, de cette vieille soupière de famille dont plus personne ne se sert ? Il faut jeter les médicaments périmés, mettre fin au contrat d'électricité. Tout cela occupe l'esprit, empêche les souvenirs de remonter à la surface, de vous torturer. Seul le futur proche compte. Puis vient l'installation, la joie de se reconstruire des habitudes. Les problèmes ne commencent vraiment que lorsque ces dernières s'ancrent, que la routine est si bien huilée que vos démons se réveillent, s'étirent, s'agitent, cherchant de nouvelles prises dans lesquelles planter leurs griffes haineuses, sales, empoisonnées.

Le temps est-il venu pour moi de repartir ailleurs, dans un coin encore plus reculé, où je disparaîtrais à nouveau ? Le désir m'en manque. Tout comme l'énergie. Mes démons ont fait du bon boulot, félicitations ! Ils ont avancé si bien masqués que je ne me suis rendu compte de rien, avec mes écailles en osier sur mes pauvres yeux couleur délavée. J'étais concentrée sur mon nouveau personnage, à la recherche du ton juste, mes œillères bien en place. J'ai nié la moindre de leurs apparitions, n'ai pas voulu prêter attention aux messages annonciateurs qu'ils me susurraient à l'âme, ne les ai pas reconnus. Et pourtant…

Il est maintenant probablement trop tard. Lise a planté le dernier clou dans le cercueil de mes illusions.

Et si je n'ai pas trouvé mon salut ici, où le trouverai-je ?

Puis il y a Laurette, qui, d'une certaine manière, me retient aussi, avec cet étrange pas de deux que nous menons depuis trois ans. Sans que je le mesure bien, je me suis retrouvée prise à ses filets. Elle a tissé sa toile autour de moi comme une araignée obstinée. Aujourd'hui, elle m'attire tout autant qu'elle me répugne. Certains animaux provoquent en moi la même réaction. La tortue, par exemple. Tiens, oui, la tortue. Comme Laurette, elle se fout royalement de sa progéniture. Je te ponds, je t'enterre, et démerde-toi, *ciao, bye-bye*. Comme Laurette, il est impossible de lui donner un âge précis. Et comme avec Laurette, on aimerait en savoir plus sur elle, où elle dort l'hiver, où elle disparaît au plus chaud de la journée l'été. Enfin, comme Laurette, la tortue fait semblant d'être lente.

Un coup à la porte, je sursaute. Je n'ai pas entendu le portail s'ouvrir. Il faut dire que ma logeuse prend un soin maladif à le garder bien huilé. Je l'ai surprise un soir, penchée, un pinceau dans une main, l'antirouille dans l'autre. Ombre maléfique, elle appliquait son produit avec soin. Il était tard, pourtant je n'avais pas encore allumé à la maison. Elle avait dû croire que je m'étais absentée. Elle est repartie une dizaine de minutes plus tard, d'un pas de chat. À une autre époque, on aurait brûlé cette femme pour sorcellerie.

— Oui ?

Je tapote mes cheveux encore en bataille, applique à la va-vite une touche de mon rouge à lèvres pâle, et me précipite vers l'entrée. Il nous reste parfois de ces coquetteries étranges.

— Magalie ? C'est Pierre.

Pierre, le boucher. J'aurais mieux fait de lui dire que j'étais végétarienne. On n'en serait pas là.

J'ouvre, un sourire pincé plaqué sur le visage. Mes yeux gris restent froids. Mes démons ne remporteront pas cette manche. Non. Je lisse du plat de la main ma jupe bleu marine stricte. Difficile d'être moins sexy que ça.

— Bonjour Pierre.

Il se dandine sur mon seuil. Il ne le franchira pas. Une fois aura suffi à ce que tout bascule.

À la main, il tient un petit paquet enveloppé dans ces feuilles rose vichy dont tous les bouchers de France raffolent. Que m'a-t-il apporté aujourd'hui ? Je suis prise d'un haut-le-cœur.

— Tu vas bien ? me demande-t-il, rougissant.

— Oui, merci. Et toi ?

— Oui.

Je n'ajoute rien, cruelle. Alors qu'il serait si facile de le sortir de son malaise, de l'inviter à entrer et de lui offrir une nouvelle fois ce qu'il est venu chercher. Me revient à la bouche le goût de sa peau, de son sperme. L'odeur de son corps me titille les narines, poussée par le vent. Il est ma plus grande tentation, la seule sur l'île à laquelle je me sois abandonnée durant quelques séances de jambes en l'air. J'ai failli tout compromettre alors, oubliant mes bonnes résolutions, mes promesses à moi-même. Pierre, le premier dérapage vers lequel Lise m'a inconsciemment poussée. Comment ai-je pu sincèrement croire que l'avoir entre mes cuisses m'offrirait une protection, voire un réconfort ? J'ai été bien bête de penser que cette transgression à mes règles strictes ne porterait pas à conséquence.

Le boucher soupire et finit par soulever le paquet dans ma direction.

— Tiens, c'est pour toi. Du fromage de tête. Frais du jour.

J'esquisse un petit sourire, tends la main. La sienne me frôle quand il m'offre son présent. Un frisson.

— Merci, il ne fallait pas.

Je déteste le fromage de tête. Ça me fait vomir.

Il rougit de plus belle.

— Mais si, mais si. Ça me fait plaisir.

Pierre est trop poli, trop peu sûr de lui, pour m'obliger à lui proposer de boire un café. Il rougit un peu plus, ravale les mots qu'il n'osera pas prononcer, se dandine.

— Bon, ben, je vais y aller.

— Bonne journée, mes amitiés à Céline.

Sa femme. Le rappel a le même effet sur lui qu'une piqûre de taon.

— Je n'y manquerai pas. Euh… à bientôt.

— Oui, c'est ça, à bientôt.

Il n'a pas tourné les talons que je claque la porte. Deux secondes plus tard, le fromage de tête atterrit dans la poubelle.

Robert

— Et vous ? Vous avez des enfants ?

Je relève la tête. Natacha me sourit, le portable toujours à la main.

— Non. Je n'ai pas eu cette chance.

Je le pense sincèrement. J'aurais beaucoup aimé être père. Même si en ce domaine, j'avais tout à inventer, aucun modèle sur lequel prendre exemple. Papa s'en est allé avant que j'aie cinq ans.

Le visage de Natacha se rembrunit.

— Pardon, je ne voulais pas me montrer indiscrète.

— Je vous en prie ! Je ne l'ai pas pris ainsi.

Un ange passe. Elle remet une mèche de ses cheveux derrière son oreille, histoire de retrouver une contenance. Une jolie oreille, tiens, ourlée comme je les aime. Nouvelle vision de femmes lascives. Bizarre. Le sexe ne tient pas d'habitude une si grande part dans mes pensées. À mon âge et après trente ans de vie commune, il est rare que mes sens s'enflamment. Et notre union, avec Sybille, n'a jamais eu le désir comme ciment. Ça nous aura évité de constater qu'il s'en était allé, que les nuits blanches passées à murmurer entre les draps entre deux étreintes n'étaient plus, que les semaines défilaient sans que le corps de l'un ne réclame celui de l'autre.

À moi de lancer la prochaine question. Mais que lui demander ? Il est difficile de garder l'équilibre entre celles, trop intimes, qui ne me regardent en rien, mais vers lesquelles je me sens poussé, déformation professionnelle oblige. Et les autres, les utiles, dont la réponse intéressera Laurette. Je me défile.

— Ma première femme est décédée avant que nous n'ayons vraiment abordé la question, même s'il allait de soi que nous souhaitions fonder une famille. Mon deuxième mariage s'est avéré stérile. Nous avons un moment pensé adopter, mais avons renoncé. Sybille ne se sentait pas prête à aimer et surtout élever un enfant que nous aurions arraché à ses racines. Vous imaginez bien qu'en tant que psychiatre, j'avais tout à fait conscience de l'importance, dans la structuration de l'identité, des chromosomes familiaux, si je puis m'exprimer ainsi. Même si les théories freudiennes sont aujourd'hui remises en cause par plus d'un, il n'en reste pas moins que les premiers mois, les premières années de la vie d'un être sont fondamentaux. D'ailleurs, lorsqu'on lit les thèses de…

Me voilà lancé dans un cours magistral sur les différents courants de la pensée psychanalytique. Étonnamment, on la dirait prête à prendre des notes. Quant à moi, je me cache derrière ce discours verbeux pour refouler les sentiments que sa question a éveillés.

La mort de Colette m'a anéanti. Nous nous apprêtions à fêter nos cinq ans de mariage deux mois plus tard. Nous nous étions rencontrés sur les bancs de la fac, notre histoire avait coulé de source. Les études, le mariage, les enfants. Ce schéma bourgeois, nous y adhérions par croyance, car il nous semblait le plus parfait, le plus équilibré. Colette était une jeune femme vive, drôle et gaie. Elle s'était orientée en pédiatrie. J'avais poursuivi vers la psychiatrie. Je portais un collier de barbe, fumais la pipe. Elle avait des jupes évasées qui lui arrivaient à mi-mollet, dans des teintes acidulées. Ses chemisiers étaient blancs, ses gilets passaient du jaune poussin au vert pelouse. On s'aimait.

Et puis, ce tragique repas de Noël chez maman. Colette s'est effondrée sur la moquette, prise de vomissements et de convulsions. À l'arrivée des secours, il était trop tard. Une allergie alimentaire, sûrement, mais à quoi ? Laurette s'est sentie accusée du brusque décès de ma femme. Outrée, elle ne s'est même pas déplacée pour les obsèques.

J'ai rencontré Sybille quatre ans plus tard. Elle était légèrement plus âgée que moi, calme, douce, tempérée. Elle m'écoutait lui narrer la mort de Colette, la tête inclinée comme pour mieux m'entendre, le regard sérieux. Elle me caressait la main. La première fois que nous avons couché ensemble, nous avons éteint la lumière. Son corps blanc se dessinait en contre-jour sur la couverture sombre. On aurait dit une apparition.

Le mariage a été discret. Dans l'intimité familiale. J'étais veuf, avais déjà vécu le grand tralala de l'église bondée où il fait trop chaud, des tantes perdues de vue depuis des années mais retrouvées égarées sur l'arbre généalogique familial et qu'il est impensable de ne pas inviter. J'ai privé Sybille de son rêve de petite fille. Comme je l'ai privée d'une descendance.

— ... Pardon, je ne sais plus m'arrêter quand on me lance sur mon sujet favori, ai-je conclu mon monologue.

Un petit rire contraint, une quinte de toux, et je relève la tête.

Natacha me sourit, le regard bon. Je sens toute l'empathie dont est capable cette femme, et toute son intelligence. Redoutable.

Laurette

J'entends aboyer dans le jardin. Clim et Agathe sont arrivés. Je me retiens de me précipiter à leur rencontre. Nous avons nos rituels.

D'abord, le chien va faire le tour de la propriété lancé comme un boulet de canon, pisser sur mes hortensias (le deuxième à droite, en partant de la terrasse, est son favori. La pauvre plante lutte chaque fois pour s'en remettre et a droit à une dose supplémentaire d'engrais). Sans cesser d'aboyer, il ira gratter à la porte de Magalie, qui lui donne toujours une sucrerie. Agathe rira en courant derrière son monstre poilu, saluera ma locataire. Parfois, elles en profitent pour boire rapidement un café ensemble. À d'autres, ma petite-fille reste sur le seuil de la loge, et leurs voix montent jusqu'à l'étage sans que je parvienne à distinguer l'objet de leur échange.

Le chien s'engouffrera dans le hall, dérapera au pied des escaliers et m'appellera en gémissant. Un mot suffit alors pour qu'il se lance à l'assaut des marches. Je l'attendrai sur le palier en prenant garde que dans sa joie, il ne me renverse pas. Puis Agathe suivra, me serrera dans ses bras, et nous rejoindrons ma chambre bras dessus, bras dessous.

Je tends l'oreille, immobile près de mon lit. Oui, nous en sommes à l'étape de la sucrerie. J'ai le temps de poser un disque de IAM sur mon électrophone. La voix d'Akhenaton s'élève. *Je danse le Mia*… Je fredonne en rythme, envisage un déhanché, me lance, hop, ça passe, pas de pacotille, ne manque que la chaîne en or qui brille. Je lâche mon chignon, virevolte, agite la main comme je les vois faire dans les clips, je ris. Rien à foutre du vent. *Fuck* le vent, même, tiens.

Une douleur vive dans l'épaule me rappelle de ne pas en faire trop non plus, les années yé-yé sont loin derrière moi. Qu'importe, me dis-je en baissant le son, qu'importe. Pour rien au monde je ne souhaiterais revenir en arrière. Imaginez qu'il faille tout recommencer ! Comme si ça n'avait pas été suffisamment fatigant la première fois. Oh oui, bien sûr, il y a beaucoup de joie aussi, et d'amour (ricanements sous cape). Beaucoup, beaucoup d'amour. Surtout pour mes proches (sourire toutes dents dehors).

Quoi qu'il en soit, Agathe sera bien surprise en découvrant ce disque. Elle ne s'attend sûrement pas à ça venant de moi.

Une cavalcade dans l'escalier, le chien et sa maîtresse sont déjà sur le palier. La porte s'ouvre brutalement, ils tourbillonnent dans la pièce, couvrant les sons d'IAM, du mistral, de tout ce qui n'est pas eux.

— Laurette !

Agathe m'étreint. Voilà qu'elle doit se baisser légèrement maintenant, alors qu'il n'y a pas encore si longtemps, nous avions la même taille. Je me tasse, donc, même si j'aimerais tant croire qu'à son âge elle continue de grandir.

— Ma petite chérie !

Je recule légèrement pour mieux l'étudier pendant qu'elle pose sur le linteau de la cheminée le roman promis et les meringues. Elle a changé de coupe de cheveux. A conservé l'habitude de s'habiller comme si elle avait encore quinze ans. Sa combi-short dévoile ses jambes musclées. L'épaule est mise en valeur par son débardeur jaune. Elle est déjà bronzée. Clim profite de ma rapide inspection pour me lécher la main, quémander une caresse.

— Bonjour Clim, gros baveux. Alors, cette traversée ?

Penchée sur la bestiole qui tortille du popotin tout en levant vers moi des yeux emplis d'adoration, je plisse du nez.

— Mon Dieu, qu'il pue ! C'est une infection !

Agathe rit, fourrage dans les poils de Clim qui se laisse glisser au sol, renversé sur le dos, ventre tendu. Indécent. On dirait une vieille courtisane prête à tout pour susciter le désir chez des clients pas encore assez ivres pour succomber à ses charmes.

— Tu sais bien qu'il n'aime pas les bains, et encore moins la navette maritime. Avec ce vent, il s'est mis à vomir alors qu'on était encore à quai ! La *lose* totale.

Je grimace.

— Épargne-moi les détails, je te prie, dis-je d'un ton faussement outré. Et viens t'asseoir. Tu peux te laver les mains dans ma salle de bains, si tu veux.

Elle sait bien qu'en la matière, elle n'a pas trop le choix.

— OK… Mais, c'est quoi cette musique ?

Je souris, ravie de mon petit effet.

— IAM. Tu connais ?

Agathe me dévisage, bouche bée.

— Ben ouais… Mais tu écoutes ça, toi ?

— Ben ouais… répété-je sur un clin d'œil. Pourquoi, c'est réservé à une certaine classe d'âge ?

— Bien sûr que non ! Mais je n'imaginais pas que…

— Ma chérie, ne te fie jamais aux apparences. Ainsi, dans ma jeunesse, j'ai connu un prêtre anglican qui avait consacré tout son temps libre à une recherche historique méticuleuse sur l'histoire du porte-jarretelles à travers les âges. Et crois-moi, à le voir, on lui aurait donné le bon Dieu sans confession !

Agathe en oublie le lavage de mains pour se laisser tomber dans le fauteuil le plus proche. Je me renfrogne, puis décide que la journée est décidément trop belle pour que je m'arrête à ce genre de détails.

— Non ? Sérieux ? Raconte.

Et me voilà lancée. Bien évidemment, rien de tout cela n'est vrai. Mais au fil du récit, je me prends moi-même à y croire. L'homme, d'une minceur à frôler la maigreur, légèrement voûté, le visage en lame de couteau, un œil atteint de cataracte, semble marcher devant moi dans les rues sombres de Londres. Son pas le mène à la British Library, où, sous l'identité de son jumeau, un instituteur de l'East End, il a entrepris ses recherches. Photos, dessins, représentations diverses et variées de cet article de lingerie le passionnent. Agathe m'écoute religieusement. Elle a toujours beaucoup aimé les fables dont je l'abreuve depuis toujours sur mon enfance, ma jeunesse. Au fil du temps, il m'est parfois difficile de ne pas me prendre les pieds dans le tapis de mes mensonges. Je favorise donc les petites anecdotes aux longs récits épiques.

Voilà, on a retrouvé mon prêtre pendu dans sa soupente, accroché à une poutre par un porte-jarretelles en soie noire et dentelles. Ce détail est peut-être un peu excessif, mais qu'importe, il me plaît.

— Eh ben, commente Agathe, tu en as rencontré, des gens bizarres, toi !

— Oh, pas plus qu'une autre. Il y en a partout. Il suffit de savoir bien regarder autour de soi.

— Sûrement. Tu me conseillerais donc de m'offrir une paire de lunettes pour que pas un ne m'échappe ?

Elle a malgré tout l'air dubitative. Je la comprends, il y a de quoi.

— Tu sais bien qu'il ne faut pas tout prendre au pied de la lettre. Et puis, peut-être que l'époque était plus folle. Aujourd'hui, vous étalez tout sur les réseaux sociaux, vos peines, vos amours, vos folies. Le nez sur vos écrans, vous en oubliez de relever la tête pour observer ce qui se passe autour de vous ! Mais arrêtons là ce discours de mémé. Dis-moi, ma chérie, comment vas-tu ?

Elle s'ébroue, retrouve un sourire éclatant, rougit, et avoue en baissant pudiquement le regard :

— Laurette, je suis amoureuse.

Robert

— Vous savez, quand Timothée est né, je n'y croyais plus, avoue Natacha. Ça a été une jolie surprise, après huit ans de vie de couple.

— Hum hum.

Sans le vouloir, j'ai adopté mon « hum hum » professionnel. Celui qui m'offre le recul nécessaire pour ne pas m'impliquer émotionnellement lors d'une séance avec un patient. Qui me permet de me retirer en moi-même, tout en restant concentré sur les mots qui voyagent du divan à mon fauteuil.

Le procédé n'a pas l'air de fonctionner avec Natacha. Elle n'en dit pas plus. Pas le genre de femme à offrir des paroles de consolation froides et prémâchées ni à mordre à des hameçons mal préparés. Je reconnais en elle une vitalité, une force de vie peu communes. Elle me rappelle quelqu'un, mais qui ? Je fouille ma mémoire, sans succès. Des images se succèdent en accéléré, aucune ne retient mon attention, n'arrête mon regard intérieur. Ça me reviendra.

— Pourriez-vous m'en dire un peu plus sur la vieille dame qui vit sur place ? demande soudain Natacha, sautant du coq à l'âne.

Je manque m'étouffer. La vieille dame ? Elle veut parler de Laurette ? Laurette… ah ben voilà ! C'est à Laurette que Natacha me fait penser. Mais pourquoi cette association ? Étrange… L'une respire l'amour maternel, l'autre est froide comme un serpent. L'une est enjouée, directe, l'autre menteuse, dissimulatrice. L'une…

Non, arrêtons là. Après tout, je ne connais pas Natacha. Et s'il y a bien une chose que j'ai apprise en plus de trente ans de pratique professionnelle, c'est à ne pas m'en tenir à une première impression.

Ma réaction l'a malgré tout surprise.

— J'ai dit une bêtise ? Il ne s'agit pas d'une vieille dame ? Je vous ai vexé ? Comme vous aviez précisé qu'il s'agissait de votre mère… Parce que j'aimerais être sûre que vous ne recherchez pas, de manière déguisée, une garde à domicile. Vous comprenez, entre mon travail et mon fils, il m'est impossible de m'occuper en plus d'une personne dépendante, aussi agréable soit-elle.

Fou rire. Une personne dépendante. Et agréable. Quand elle verra Laurette, elle comprendra l'étendue de sa méprise. Laurette n'a jamais dépendu de quiconque. Pas plus qu'elle n'a été agréable avec qui que ce soit.

Natacha insiste, tandis que je cherche à me calmer suffisamment pour lui répondre. Non sans mal.

— Comme le loyer demandé semble vraiment très bas comparé aux prestations décrites, j'ai pensé…

Je la coupe et me dépêche de la détromper.

— Oui, oui, je comprends. Mais le loyer correspond vraiment à ce que nous offrons. Ne vous laissez pas illusionner par la vue mer, elle ne fait pas tout. La demeure est ancienne, et son style trahit son âge, impossible de s'y tromper ! Maison de maître très fin XIXe, classique, avec son perron, son jardin d'hiver, ses pièces de rez-de-chaussée un peu sombres et son étage (que Laurette s'est entièrement approprié, l'accès vous en sera interdit, je préfère vous prévenir) avec son balcon ouvragé. Et le tout baignant dans son jus depuis, ou presque. Elle aurait besoin d'un sacré lifting.

Natacha a un mouvement de surprise. Je me dépêche de préciser :

— La maison, bien sûr, pas Laurette !

Cette dernière est bien moins décrépite que son habitation.

Petit gloussement de la jolie maman. Je reprends mon énumération à la Prévert.

— Pas de cuisine avec îlot central et four à porte rétractable, ni douche à l'italienne, autant que vous le sachiez. Vous disposerez du plus grand appartement du rez-de-chaussée : deux pièces, et une petite salle d'eau. Le salon, tout comme la cuisine, est commun avec le studio, inoccupé pour le moment, et le reste des appartements. Si vous aimez le style années 1950, vous serez servie : vieux placards aux gonds branlants, four à gaz antédiluvien, pas de micro-ondes. Pour le moment, il n'y a sur place que Laurette et une locataire qui occupe la loge de gardien. Deux appartements sont donc libres, dont celui qui vous conviendrait. Jusque-là, je ne vous ai pas dégoûtée d'y mettre les pieds ?

Natacha rit, paumes ouvertes sur la table qui nous sépare.

— Absolument pas ! Continuez.

— Je devrais plutôt commencer par le commencement. La propriété se situe en hauteur, à dix bonnes minutes de marche du centre du village et de l'embarcadère pour le continent. Elle est composée d'une petite maison de gardien, louée à Magalie Larcohé, une vannière. C'est une femme très discrète. Elle aussi utilise la cuisine de la demeure principale. Le jardin tient plus du parc mal entretenu que d'autre chose. Attention, sur son flanc est se dressent des falaises escarpées, une chute est vite arrivée. La seule partie du terrain que ma mère autorise les locataires à fréquenter est évidemment de ce côté, mais avec interdiction formelle d'approcher des falaises !

Je m'emmêle les pinceaux. Incapable de décrire correctement l'intérieur, me voilà déjà à parler du jardin. Un peu comme si la maison me repoussait, elle aussi.

Je lève les yeux au ciel, soupire. Le geste doit être trop théâtral, Natacha glousse de nouveau. Je renonce à lui dresser dans la foulée un portrait fidèle de Laurette. Il n'en existe pas. Elle se fera bien assez tôt sa propre opinion. Je ne serai même pas fichu de la prévenir de l'accoutrement de sa propriétaire le jour décisif de la signature du bail, si ce jour se présente. Pour Magalie, Laurette avait revêtu ce que je nomme son déguisement Tatie Danielle : de vieilles charentaises avachies, aux talons cassés, une jupe écossaise absolument pas de saison, un chemisier grisâtre taché, et un gilet troué aux coudes. Pour Lise, on aurait dit la Castafiore. Pour Pénélope, on avait eu droit à une version Jane Fonda : legging, talons, chemise en lin ample, maquillage parfait. Dans tous les cas, on était bien loin de ses pantalons corsaires et chemisiers aux tons pastel qui constituent l'essentiel de sa garde-robe. C'est évidemment impossible, mais Laurette paraît capable de changer de taille et de stature en fonction de son humeur.

Autant m'en tenir à des certitudes. J'insiste donc :

— Je suis sérieux, Natacha. La falaise est dangereuse, il n'y a pas d'accès direct à une plage privée par là, pas la peine de perdre votre temps à chercher. Et votre fils devra vraiment se montrer prudent. On a vaguement envisagé de poser une clôture à une époque, sans donner suite au projet.

Ma mère est parfois pingre. Et considère qu'un mot sorti de sa bouche vaut mieux que mille autres précautions.

Natacha ne sourit plus.

— Des accidents à signaler ?

Son ton me surprend. Sec. Dur. Son regard s'est assombri.

— Heu… Non, pas que je sache. (Un mensonge.) Il faudrait demander à Laurette, encore que… parfois, elle mélange un peu la réalité aux romans policiers qu'elle dévore, et elle a le goût du drame. En tout cas, s'il y en a eu, cela remonte à loin. Mon arrière-grand-père, Paul, a fait ériger cette demeure à la naissance de son fils, en 1905. Il s'y est installé à sa retraite d'officier de marine, avec son épouse. Elle est décédée peu de temps après. Ils n'ont eu qu'un enfant, le père de Laurette, et lui-même n'a pas eu d'autre descendant. Ma mère a donc hérité du bien à la mort de Paul. La maison est restée vide de nombreuses années. Nous y venions en vacances, petits, j'en garde de charmants souvenirs. Paul avait collectionné les maquettes de bateaux, j'adorais m'inventer des histoires de découvertes de terres inconnues en les faisant naviguer sur les moutons du grenier.

Je me reprends. Mes souvenirs d'enfance n'ont rien à voir avec sa question. Mais ils restent parmi ceux que je chéris le plus. Les après-midis, où, prêt à succomber à la chaleur qui inondait les combles, je jouais en silence dans cet univers marin reconstitué, sont les plus doux de ma jeunesse. Laurette faisait la sieste, Aline dessinait dans sa chambre. Personne ne se souciait de moi. J'en ai passé, des heures, à parcourir mon monde imaginaire, avant d'avoir l'âge d'aller à la pêche, plus loin sur les falaises. Mais celles de l'est ont toujours été formellement interdites à mes promenades, et j'étais un enfant sage, dont le seul but était de plaire à sa mère. Je ne m'y suis jamais aventuré. Peut-être la mort mystérieuse d'un de mes contemporains, un été, me retenait-elle aussi. Je n'en avais saisi que des bribes, un jour où Laurette évoquait le sujet avec une femme que j'avais déjà croisée sur l'île et à la maison, à quelques occasions. Il était question d'accident, de drame, et la compagne de Laurette pleurait. J'en avais déduit, avec une logique tout enfantine, qu'il s'agissait de la mère de l'enfant disparu, inconsolable. Cette douleur maternelle, surtout, m'avait marqué, du haut de mes neuf ans. Et comme je craignais de ne pas être autant pleuré, je n'avais pas éprouvé le besoin de vérifier par moi-même si tel serait le cas si jamais j'étais victime d'une mauvaise chute, qui plus est à un endroit où je n'avais absolument pas le droit de poser un pied. Laurette aurait bien été capable de me punir jusque dans l'au-delà pour ne pas avoir respecté ses diktats. D'ailleurs, elle n'avait pas pu s'empêcher de faire remarquer à la femme sous le choc que si les parents surveillaient mieux leurs enfants, bien des drames seraient évités. La pauvre, qui ne cessait de se tamponner les yeux avec un reste de Kleenex à l'agonie, n'avait pas tardé à déguerpir peu après, sans doute choquée par le manque d'empathie de ma mère. Laurette n'avait plus parlé du garçonnet, sauf pour me mettre en garde une fois de plus sur ce qui arrivait à ceux qui se croyaient plus forts que tout le monde. Et la vie avait repris son cours comme si de rien n'était, en tout cas derrière les murs de notre domaine.

Mais pas question de raconter tout cela à Natacha.

— Enfin, je vous rassure, il n'y a plus de moutons au grenier ! dis-je avec un petit rire légèrement trop haut perché. Bref, pour répondre à votre question, quand Laurette n'a plus été capable de vivre dans son appartement parisien, elle est venue s'installer sur l'île. Nous sommes convenus qu'elle ne resterait pas seule dans la maison en louant les pièces du rez-de-chaussée. Mais en aucun cas, il ne s'agit de prendre soin d'elle.

Je passe sous silence l'interlude maison de retraite. Natacha m'observe en biais, derrière ses cils mi-clos, ce qui me trouble. Le temps se fige, j'ai le sentiment que cet entretien m'échappe. Qui questionne l'autre ? Elle me déroute. Il fait trop chaud, le vent est trop fort. Les souvenirs de l'île toujours trop prégnants.

Magalie

Agathe ne s'est pas éternisée, Clim avait déjà pris le chemin de la maison. Je le regrette un peu, mais entre la visite de Pierre, la sienne, et ma paresse du matin, la journée file sans que j'en contrôle le cours. Ce qui est toujours dangereux. Lâcher prise, s'abandonner au temps qui passe ou aux souvenirs n'est pas une option. Il n'y a que lorsque je garde mon rythme, aussi étriqué que les mailles d'un filet de pêche, que j'évite les chausse-trapes de ma mémoire. Le carcan de mes journées bien définies est un corset serré. Il me permet de rester droite. Je n'ai pas le luxe de vivre autrement. Surtout pas quand le sol me semble de plus en plus mouvant.

Allongée sur le lit, les yeux au plafond, je tente de me remettre du trouble que Pierre a fait naître en moi. Car si j'ai bien changé de vie, ce n'est pas seulement à celle d'employée de banque que j'ai renoncé.

Un gémissement m'échappe. Le dos me brûle, comme si les draps étaient en feu. Le ventre me picote. Mes pieds sont de glace. Je me cambre, cherchant à éviter le contact avec le tissu de coton de ma chemise. Rien n'y fait. Je bous. Le vent, me dis-je, la faute au vent. C'est tout, ce n'est rien, ça va passer. Tiens bon, Magalie, tiens bon. Ce n'est pas la première tempête, ce n'est pas la première vague de chaleur à laquelle tu résistes. Tu vas y arriver, ne t'en fais pas.

Je roule sur le flanc, me mets en boule. Éviter de penser. Éviter d'écouter le mistral, sa plainte lancinante, ses cris déchirants, son accusation qui se passe de mots. Éviter… Oui, éviter d'y penser.

Laurette

Amoureuse. Agathe est toujours amoureuse. Je ne l'ai jamais connue autrement. Mais je sais qu'il faut prendre ses élans de cœur au sérieux, qu'elle ressortira de cette histoire comme des autres, abattue, amaigrie, les yeux cernés, après des semaines ou des mois passés comme un cerf-volant poussé par le vent, à décrire des circonvolutions folles dans le ciel de l'été.

À l'âge de trois ans, déjà, elle s'amourachait d'un garçon de grande section de maternelle. Comment s'appelait-il ? Son nom m'échappe, c'est sans importance. En tout cas, il n'y en avait que pour lui. Elle babillait toute la journée à ce sujet, racontait en détail à ses poupées combien il était grand et beau et fort. Et qu'il avait lancé une boulette de pain à la cantine. Et qu'elle l'avait vu marquer un but superbe à la récré. Et que sa maman venait le chercher dans une voiture verte qui pétait fort… Drôle de chose, quand même, que la mémoire. Je me souviens de ce détail ridicule de voiture qui pète, mais pas de l'identité du jouvenceau, premier d'une liste infinie de briseurs de cœur. Mon Agathe est trop sensible, trop généreuse.

De qui s'est-elle entichée cette fois-ci ?

Comme si elle avait entendu ma question non formulée, elle se lance.

— Laurette, c'est une histoire de dingue, je ne sais pas par où commencer. Il est…

Elle bat des cils.

— … Il est… Enfin… Jamais…

« Jamais je n'ai rencontré un homme comme lui. Il est mon double, mon âme sœur, ma moitié perdue et enfin retrouvée. Il est le yin quand je suis le yang, le soleil quand je suis la lune. Il est les étoiles du ciel et la rosée du matin, la grève vide, le ressac de la mer, l'écume de mes jours. Il est… » Voilà ce qu'elle dira, et bien d'autres choses encore. Elle a déjà déclaré tout cela à propos de Marc, Julien, Patrice, Laurent, Richard, John, Pierre, Kevin, Rachid, Victor, et j'en oublie. Les noms du calendrier chrétien n'y suffisent plus.

J'admire sans conteste sa capacité à s'enflammer, à s'abandonner corps et âme à ces hommes qui, à l'en croire, ressemblent à ceux, si merveilleux, que l'on croise dans de jolis romans à l'eau de rose, dans des comédies romantiques tendres, dans des films qui le sont tout autant. Qu'ils portent baskets, tongs, chaussures de marque, Docksides, bottes de pluie, béret, bob, capuche, polo, chemisette, costume, jean troué, short de plage, djellaba, ils sont toujours le seul et l'unique, le début et la fin. Ils sont celui qu'elle attendait depuis toujours. Celui qui la comprendra, la chérira, la respectera, la suivra, la consolera, voire l'épousera. Celui auquel son âme se fondra. Celui qui lui tiendra la main quand, arrivée au bord du précipice, elle fermera les yeux avant de sauter.

Ma petite-fille aime comme on aime la barbe à papa quand on a cinq ans. Sans rémission possible, sans modération aucune.

Je la regarde tordre une mèche de ses cheveux et rougir comme une écolière surprise à tricher pendant une dictée.

— En fait, avoue-t-elle, c'est assez particulier. Je ne l'ai encore jamais vu pour de vrai.

That's a first.

Devant mon air ébahi, elle se dépêche de préciser :

— Non, non, ce n'est pas une rencontre sur un site Internet, rien de tout ça. Je t'explique : je suis plusieurs blogueuses sur Instagram depuis que je me suis lancée dans la critique littéraire et c'est comme ça que je suis tombée sur lui. Il écrit des romans. Le titre du dernier m'a retourné le cœur. J'ai commencé à m'intéresser à lui, à regarder ses stories, à…

Le virtuel a atteint là son apogée, je n'avais pas tort en évoquant plus tôt les réseaux sociaux. Agathe, sans en avoir conscience, se comporte comme n'importe quelle groupie de bas étage qui s'imagine que son chanteur préféré a composé son dernier titre rien que pour elle.

Mais qui suis-je pour la juger ?

Je baisse la tête, rougis, ne l'écoute plus vraiment. Je n'aime pas me souvenir de cette histoire-là, elle me laisse une légère sensation de malaise, comme si je ne m'y reconnaissais pas entièrement. Et pourtant, je n'en ai plus vécu depuis.

Mon dernier amour. Ma dernière passion. Antoine de Caunes. Certes, j'aurais pu tomber sous le charme de Philippe Gildas, bien plus de ma génération. Mais non, c'est pour Antoine que je me pâmais. Antoine que je dévorais des yeux, le soir, devant ma télévision. Antoine, à qui j'ai écrit une centaine de lettres enflammées que je ne lui ai jamais envoyées (il ne faudra d'ailleurs pas que j'oublie de les détruire avant que quelqu'un ne tombe dessus. À mon âge, un accident est vite arrivé). Antoine et ses déguisements, son humour et ce sourire ravageur. Antoine qui m'avait anéantie en épousant Daphné. Avec les précédentes, j'avais eu l'illusion de pouvoir rivaliser, les années passaient et Antoine était toujours mien. Là, il n'en était plus question. Daphné était belle, lumineuse, calme, réservée, élégante, brillante. Elle cuisinait des tartes aux pommes, chez eux, en Normandie, alors que je n'ai jamais aimé que le Sud et la brûlure implacable de son soleil aux heures les plus chaudes de l'été. Antoine pour qui j'ai soupiré, même quand je m'abandonnais à d'autres corps. C'était toujours son visage qui m'apparaissait dans la nuit, et je fermais les yeux dans l'espoir d'effacer mon partenaire du moment, pour le retrouver, lui. Quand je gémissais de plaisir, c'était à Antoine que je le devais. Je m'ennuyais probablement terriblement à cette époque de ma vie, je ne vois pas comment expliquer autrement cette folie. Ou la réalité commençait à avoir moins de prise sur moi. J'avais déjà trop donné, trop lutté, trop aimé. Il y avait eu trop de corps, trop de discussions jusqu'au bout de la nuit, trop de violence et de ruptures. Trop de morts. Mort. *Death. Death in Paradise.* J'aime beaucoup cette série. Le cadre est enchanteur, les meurtres odieux, bref, un mélange parfait, aussi réussi que le nom de ce cocktail, là, mon Dieu, j'ai le mot sur le bout de la langue… Ah oui, une Mort Subite. N'est-ce pas délicieux ? On arrive vraiment à vendre n'importe quoi à n'importe qui de nos jours. Pourquoi pas un Double Arsenic ? Ou une Mort-aux-Rats, tant qu'on y est. Je m'imagine très bien la scène. Un dîner romantique aux chandelles pour une Saint-Valentin, la première du couple, après, les gâteaux à la crème trop épaisse en forme de cœur ennuient tout le monde. Les voilà donc installés à une table d'angle dans ce restaurant cossu, pour lequel monsieur a cassé sa tirelire. Champagne ? propose le maître d'hôtel, compassé. Non, merci, une Strychnine Enchantée pour madame, et un whisky pour moi. Ha ha ha ! Alors que tant de plantes qu'on croit innocentes parviennent en toute discrétion au même résultat. Il est si facile de tuer, vraiment. Les gens ne se rendent pas compte. Et on apprend tout ça dans des livres de botanique à la portée de tous, sans laisser de traces, comme aujourd'hui sur Internet s'il nous prenait l'idée d'y lire le mode d'emploi de l'assemblage d'une bombe à fragmentation.

— … magique. Si tu veux, je te montrerai tout à l'heure, tu me diras ce que tu en penses…

Ma petite-fille me jette un coup d'œil plein d'espoir. Hum, de quoi me parlait-elle donc ? Vite, je fouille dans ma mémoire, mes pensées m'ont entraînée si loin qu'il est vain de tenter d'en remonter le fil.

Je souris. Je suis sûre que je ressemble à Mamie Nova, si cette dernière portait un pantacourt crème à la Sagan et une chemise de lin froissé.

Agathe n'en attend pas plus pour reprendre son monologue sur tous les charmes supposés de son amoureux virtuel. Je crains qu'il ne soit marié à un homme, ne passe ses dimanches chez belle-maman à couper le poulet, et Noël en famille dans la Creuse. Le besoin de normalité chez certains m'a toujours laissée songeuse. Quelle ineptie.

Tandis que moi, alanguie dans une chaise longue sous le soleil de Malaga en mai ou de Tanger en juin, je réinventais le monde à ma guise, un monde qui me semblait souvent bien plus réel et passionnant que celui qui m'entourait. On s'évade comme on peut. Et les amours de papier restent la plus belle manière de voyager. Dans la vraie vie, les voyages sont remplis d'attentes stériles dans des salles d'embarquement lugubres et de carrousels à bagages coincés, d'avions annulés et de toilettes sales. *Idem* dans les relations de couple : attentes stériles, chambres sinistres, lavabos tachés du dentifrice de l'autre et de poils de barbe qui s'incrustent.

Alors qu'avec Antoine… Quand notre histoire s'est achevée, j'ai renoncé aux autres hommes. Aucun n'a plus jamais été capable de m'émouvoir comme lui. Car avec Antoine, j'ai vécu et éprouvé beaucoup plus de choses qu'avec des partenaires de chair et de sang. Avec lui, j'ai rêvé. Oh oui, tellement rêvé. J'ai rêvé de petites choses et de grandes, de sa main sur mon flanc dans le sommeil et de son sourire au réveil, de traversées au long cours et de promenades au bois de Boulogne, de rires partagés devant un bon verre de sauvignon, de lectures communes, de salles obscures où nous nous serions tenu la main en secret. J'ai rêvé de bonheurs simples et d'immenses folies. J'ai même imaginé qu'un homme, enfin, me voyait telle que j'étais.

Un léger sourire étire mes lèvres. Agathe est bien ma petite-fille, avec son auteur de romans à l'eau de rose. Bon, maintenant on appelle ça autrement, évidemment, mais cela ne change rien à la nature même de ces ouvrages. D'ailleurs, à une époque, j'en avais lu un bien sympathique, mais le titre m'échappe… Ça parlait de… Zut ! Impossible de me rappeler. D'ailleurs, de quoi était-il question ? De voyages ? Non ?

Non, voilà qu'Agathe m'explique maintenant que son amoureux-qui-ne-le-sait-pas-encore doit se rendre à un salon du livre prochain.

— J'irai, affirme-t-elle. Comme ça, je le rencontrerai enfin. Tu n'imagines pas, Laurette, j'ai commencé à lui écrire je ne sais combien de messages sur Internet, mais je les ai tous effacés. Je ne trouve jamais les mots justes. Et puis, si moi je le connais, lui n'a aucune idée de qui je suis.

— Et ses romans, ils sont bons ?

Elle plante ses yeux verts dans les miens. Ses yeux au regard d'enfant.

— Aucune idée. J'aime trop les titres pour prendre le risque d'être déçue par le contenu.

Une vieille dame aux multiples facettes, une maison sûrement hantée, avec des squelettes dans les placards et le plancher qui grince, une pinède d'où proviennent des gémissements étranges la nuit. Un fils bedonnant au regard clair. Une colocataire vannière. Ouh là là, comme c'est excitant, on se croirait dans un volume du Club des Cinq, manque plus que Dagobert, tiens ! Nan mais, sérieux, où est-ce que je suis tombée ? Moi, je voulais la mer, son bleu, son vert, son mauve quand le soleil tombe. Je voulais faire du vélo le week-end, du paddle en rentrant du boulot, et j'imaginais déjà Timothée vivre pieds nus, comme un petit Robinson, à nager avec les dauphins plutôt que planté devant Overwatch à tuer des tas de gens en hurlant dans le micro de son casque d'ordinateur. J'aurais chanté des vieux tubes de Souchon en descendant faire mes courses à pied, mon tote-bag se balançant à mon épaule. J'aurais même écouté du Obispo, tiens, ou non, quand même pas, faut pas exagérer. Zazie, plutôt.

En même temps, je m'emballe sûrement, déformation professionnelle oblige. Laurette doit commencer à confondre les jours de la semaine, la falaise n'est sûrement qu'une légère inclinaison du terrain, les placards sont propres et y a pas de plancher mais des tomettes. Et ce n'est certainement pas le vent entre deux pins gringalets qui m'empêchera de dormir, les vraies forêts, ça me connaît, j'ai quand même grandi dans les Landes, merde.

Bon allez cocotte, on se ressaisit, on se concentre, on sourit, et on récupère les clés de ce petit paradis. Go !

Robert

Je nous ai servi un verre d'eau. La pause était bienvenue. Faut-il encore parler de Laurette ? Un soupir. La réponse va de soi.

— Vous verrez, ma mère est très dynamique et sait très bien s'occuper d'elle-même. Elle descend manger à heures régulières, et il y a peu de chance que vos horaires coïncident. Même si c'était le cas, vous trouverez sa compagnie revigorante.

Revigorante ? Vraiment ? D'où me vient un tel mot ? Surtout pour décrire Laurette, qui est tout sauf ça. Irritante, énervante, horripilante, oui. Revigorante, certainement pas, sauf pour un tueur en série en quête de motivation. Là, en revanche, elle excelle.

Natacha repose son verre, sourit.

— J'étais très proche de ma grand-mère maternelle. Depuis son décès, elle me manque tant. Rassurez-vous, je ne cherche pas à la remplacer, mais discuter avec une vieille dame, surtout si elle n'est pas impotente, se dépêche-t-elle de préciser, sera un vrai plaisir. Cette histoire de falaise, en revanche…

Oui, la falaise. Aurais-je dû m'abstenir de la mentionner ? Expliquer plus clairement qu'avant d'y parvenir, il existe un bout de terrain de bonne taille (mal entretenu, cela va de soi) qui, lui, ne présente aucun danger ?

Natacha me plaît vraiment. Son naturel, les nuages qui traversent par instants son regard, la manière qu'elle a de croiser les jambes. Résultat, je suis d'autant plus étonné de lui trouver des points communs avec Laurette. Il y a un je-ne-sais-quoi chez cette femme qui m'attire. Toute pensée de pute russe m'a quitté. Il s'agit plus d'une attirance intellectuelle. Au fil des ans, on s'aperçoit que peu de gens parviennent encore à éveiller en nous une curiosité, la reconnaissance d'une forme d'intelligence proche de la nôtre. Des atomes crochus, tout simplement. Cette femme, dont le visage raconte tout, ne dissimule rien, me donne envie de mieux la connaître, de discuter plus loin, au-delà des apparences, des phrases toutes faites, des conversations convenues. Étrange. Qu'est-ce qui provoque en moi cette réaction à son contact ?

Mon regard se pose sur ma chemise que tend mon ventre rebondi. Je passe une main dans mes cheveux clairsemés. Bientôt soixante ans. Que voit Natacha quand elle me regarde ? Un vieux monsieur décrépit et néanmoins sympathique ? Un barbon pontifiant ? Un père ? Car oui, je pourrais probablement être son père. Mais ce ne sont pas des sentiments filiaux qu'elle fait naître en moi. Il s'agit d'autre chose. Jamais un entretien ne s'est déroulé ainsi. Sauf peut-être avec Lise. Elle aussi me plaisait. Nous étions de la même race. Des survivants.

Magalie

La chaleur est insupportable. Je ne suis bonne à rien. Mon corps me torture, pris par des pulsions qui ne s'éveillent qu'au plus profond de l'été, quand la sueur recouvre les corps, quand ne serait-ce que respirer semble exiger un effort inouï, incommensurable. La visite de Pierre a réveillé ma mémoire, celle de la chair. La seule qui ne s'efface pas, qu'importe le nombre de fois où je me frotterai au gant de crin. Le vent avait déjà repoussé quelques portes que je préfère garder fermées, verrouillées à double tour. Mais dans lesquelles Lise a balancé un foutu coup de pied.

Ma peau maintenant murmure à mes oreilles une histoire que je n'ai pas envie d'écouter, que je ne veux plus entendre. J'ai beau serrer fort les paupières, secouer la tête en tous sens, dire « non, non, non » à voix basse, comme la poupée, toute la journée, rien n'y fait.

Cela commence doucement, par des images d'un autre été, d'autres corps. Rien ne comble une attirance née du simple désir. Elle est ravageuse, dictatoriale, infinie. On a beau la nourrir, elle n'est jamais rassasiée. Elle est une gueule béante qui dévore tout une fois ouverte.

Je me souviens de draps froissés et de gémissements, de messes basses et de chants intimes.

Je me souviens de m'être perdue dans ces délices douloureux. Et de n'en être jamais revenue. Il suffit d'une fois. D'une seconde d'inattention. Et tout bascule.

Un cri m'échappe. Dos arqué, j'implore d'être emportée. Ailleurs. J'en pleurerais. J'en brûle.

Parce que, après, il y aura l'anéantissement final, un gouffre dont on ne ressort pas, des cris de peur et de haine. Et je refuse d'être entraînée de nouveau sur ces chemins-là, je refuse, oui, de revivre encore une fois ces souvenirs. Mais le terrain est glissant, autant que celui qui entoure les falaises.

Non, non, non.

Mon masque craque et se fendille. Mon armure grince, plomb fondu sous la chaleur.

Non. Non. Non.

Laurette

Agathe n'en finit plus de me détailler les attraits de son auteur. À l'entendre, il aurait l'intelligence d'un prix Nobel et le corps d'un dieu du surf. Le sourire d'une Joconde masculine et les muscles de Monsieur Univers avant que les stéroïdes ne dominent la compétition. L'allure de Cary Grant et l'attrait du cow-boy Marlboro.

J'ai d'abord souri, ravie de mon rôle de confidente, de grand-mère à qui on peut tout raconter. Il faut dire que la pauvre enfant n'a pas vraiment de chance avec sa mère. Je ne suis pas sûre que cette dernière ait remis le couvert après avoir été engrossée ; et de toute manière, à la regarder, on a bien du mal à imaginer qu'elle ait un jour connu ce qu'était le plaisir. Quant à l'amour… Non, vraiment, Aline est la moins qualifiée qui soit pour recevoir le chant amoureux de ma petite Agathe.

J'ai repensé à mes lettres à Antoine, à leur tournure enflammée, à la réalité du sentiment amoureux qu'elles dévoilaient pour un homme qui, au bout du compte, n'existait que dans mon imagination. Mais n'en est-il pas toujours ainsi ? Prenons-nous vraiment le temps de découvrir l'autre et n'est-ce pas d'un mirage dont nous nous entichons ? N'est-il pas plus facile de se complaire dans un rêve éveillé que de courir le risque d'affronter de vraies douleurs, de vraies joies, de vrais hommes ? N'avais-je pas déjà assez souffert entre leurs bras de chair ?

Mon amour, j'ai compris ce soir à quel point tu m'aimais… Viens, partons, effaçons tout, ton passé et le mien, soyons une page blanche, une plage blanche l'un pour l'autre… Tout s'oublie, mon ange, tout s'oublie, et à la coupe des délices je te montrerai quelle enchanteresse je peux être… Mes fadaises ne s'arrêtaient pas là. L'amour écrit par

Camus ou Mitterrand, ça a une autre gueule. *Mon animour chéri...* Rien que ce surnom donné à Anne par François chavire le cœur. Mon animour... comme c'est beau, comme c'est sensuel, comme cela raconte une histoire de peau et d'intimité, de murmures aux heures où la ville dort et de réveils volés. Anne, Nannon chéri, animour... que ces mots sont doux. J'ai connu l'époque où l'on adressait un « mon chéri » à la femme aimée, et comme il me semble plus empreint de tendresse et de respect que ce « ma chérie » dont nous, femmes, abusons à volonté pour nous adresser à notre coiffeuse préférée, à nos amies, à la chatte du voisin et à je ne sais qui d'autre encore. Le « mon chéri » qu'on souffle à mon oreille efface toute distance, toute différence. Je ne fais alors plus qu'un avec l'autre, nos frontières se mêlent. Mon chéri, me disait Alain aux premiers temps de notre mariage. Avant de me taxer de vampire, de harpie, ou de sorcière, parfois. Et je riais, je riais à gorge déployée, le cou tendu, nu. Il paraît que chez les crocodiles femelles c'est une preuve de confiance ultime. Lorsqu'elles offrent leur gorge au mâle. Car leur plus grande faiblesse y réside, seul endroit de leur anatomie qui les rend vulnérables, que la mâchoire d'un adversaire pourrait perforer. Ailleurs, leurs écailles sont une armure imprenable. Et moi, je le tentais, tête renversée, je le défiais de me porter là une morsure fatale. Il n'a jamais osé. Évidemment. Et croyez-moi, ma gorge blanche ainsi dévoilée n'était en rien prémice à une parade nuptiale. Nous avions dépassé ce stade depuis fort longtemps. Les seuls souvenirs que mon corps aura gardés de lui sont encore matérialisés devant mes yeux. Une famille. Enfin, si on peut appeler ça comme ça. L'image d'une famille, plutôt, et c'est déjà de trop. Quelles idioties ne commet-on pas quand on est jeune et qu'on ne se connaît pas encore assez soi-même.

J'aime tant les lettres d'amour, les mots qu'on dessine sur le papier à l'encre, les courbes et les déliés, le temps qu'on y consacre. J'ai gardé certaines reçues dans les années 1960 et 1970, déchiré les autres. Et il m'arrive de les relire. Celles écrites à Antoine, je m'en abstiens. Je serais d'ailleurs bien en peine de comprendre pourquoi je les ai conservées. Je les jugerais sûrement pathétiques, dignes d'une petite fan de province défoncée aux amphétamines. Dire que je me trouvais spirituelle, intelligente, brillante même parfois, en les écrivant. Quelle illusion que l'amour. Quels mensonges ne vous fait-il pas croire sur vous-même.

J'ai l'air d'en rire de ces lettres, de les mépriser un peu, mais je vénère les sentiments dont elles sont le reflet. Antoine m'a redonné le goût de vivre. Une dernière danse avant la fin du bal. Belle dans les miroirs, j'ai bombé le torse et redressé le menton, je n'avais plus peur de mon reflet. Oui, j'étais heureuse, très heureuse.

Et puis je me suis réveillée un jour en l'ayant oublié. Ou plutôt, les premières secondes qui ont suivi mon réveil, ces secondes où le monde ne vous a pas encore rattrapé, où la nuit vous retient un dernier moment contre son flanc, n'ont pas été envahies par sa pensée, son image, son sourire, son parfum que je n'avais aucune peine à sentir autour de moi. J'ai su alors que c'était fini, en un éclair. J'ai compris que la plus belle des passions ne résiste pas au temps, que Solal s'était trompé, tout n'était pas une histoire de petites dents bien en place dans une bouche, qu'il en fallait plus pour aimer et garder à soi sa belle du seigneur. Oui, grâce à de Caunes, j'ai su au plus profond de mon être que l'amour lasse, même les plus enflammés.

Sa pensée m'a quittée peu à peu. Ne laissant qu'un désert, une terre brûlée derrière elle. Je n'ai plus jamais soupiré après un autre. Je me suis desséchée. Intérieurement. Car si personne n'avait la moindre idée que je me consumais pour un être exceptionnel, puisque modelé par mon imagination, personne non plus n'a remarqué que je n'étais plus la même. Je continuais à sortir, à recevoir, à partir en voyage, à rester la plus éloignée possible des enfants, et même de l'île. Contrairement à Robert, qui berce avec nostalgie quelques bribes de souvenirs enfantins dont je lui ai soufflé la plupart à l'oreille, je ne l'ai jamais aimée. Pas avant d'être seule maîtresse de la demeure, et encore, il aura fallu du temps pour qu'elle et moi, on s'apprivoise, on s'accepte, on signe une trêve. C'est la côte est, paradoxalement, qui aura fini de me conquérir. Et la falaise. Là se trouve mon véritable royaume, loin des yeux des hommes, un royaume dont il faut accepter les vices et les turpitudes, n'est-ce pas madame la Vierge des glaces ? Alors, seulement, est-on autorisé à y respirer. Quand je l'ai compris, je me suis débrouillée pour que ce lieu reste mien. On est prêt à beaucoup plus qu'on ne le croit pour protéger ce qui nous est essentiel.

Agathe est intarissable et je commence à bouillir. Midi. J'ai faim. Je serais prête à dévorer un gosse de dix ans et son cartable, tiens, comme disait Marissette quand elle venait déjeuner chez moi, place

Saint-Ferdinand. Aujourd'hui, la pauvre, il ne lui reste plus qu'à bouffer les pissenlits par la racine. Ce n'est que justice, après tout. Justice divine, cela va de soi.

— Ma petite, la coupé-je, si on continuait à discuter de tout ça en bas ? Je ne te propose pas de déjeuner dehors, il y a trop de vent. Mais on pourrait se préparer quelque chose…

— Oh Laurette, pardon, je n'ai pas vu l'heure ! Bien sûr ! Moi, je ne mange plus depuis que je l'ai rencontré, mais toi…

Elle se précipite, Clim, réveillé en sursaut pousse un « wouf » assourdi qui doit porter jusqu'à la presqu'île, et une fois debout, ne sait plus vers où se tourner, se mettant systématiquement dans les pattes de sa maîtresse. Agathe le cajole, le repousse, rit. J'attends prudemment qu'ils aient fini leurs jeux d'oursons pour me lever. Pas question de me refaire la hanche ! Je serais bonne pour un nouvel EHPAD et je préfère vraiment mourir en tombant dans les escaliers que revivre ne serait-ce qu'une seule seconde dans un tel endroit. Si elles en avaient conscience, mes futures colocataires potentielles me remercieraient de ma prévenance qui les épargne.

Clim dévale les marches, nous ouvrant le passage. Je mets un point d'honneur à ne pas tenir la rampe, pour bien montrer à Agathe que je n'ai besoin de rien ni de personne. Mais toute prise qu'elle est par sa nouvelle tocade, je ne suis pas sûre qu'elle le remarque. Quel gâchis ! Il n'y a pas plus égoïste qu'une femme amoureuse.

— Tu avais prévu un truc en particulier ? me lance-t-elle, la tête dans le frigo, inspectant ses clayettes.

Ce qui doit lui donner des sueurs froides. Je crains bien que personne ne les ait nettoyées depuis un moment. Normalement, nous nous en occupons à tour de rôle, mais depuis le départ de Lise, Magalie et moi nous sommes laissées aller. Je l'aimais bien, Lise. Enfin, disons que je la trouvais plus supportable que la plupart des autres. Une trouble-fête elle aussi. Et une cachottière. De celles qui ont un secret, claironnent à tue-tête qu'elles n'ont rien à cacher, mais qui seraient prêtes à tout vous raconter pour peu que vous preniez le temps de les amadouer en brossant dans le sens du poil leur propre sentiment d'importance. Comme je n'ai plus le temps pour ce genre de gamineries, j'ai passé mon tour. Une erreur, peut-être. J'aurais su avec qui elle a pris la poudre d'escampette. Ma curiosité aurait été rassasiée.

Agathe a la politesse de ne pas faire de remarque et sort de là une salade flétrie, quelques tomates molles et une bouteille d'eau fraîche. Tu parles d'être rassasiée !

— Je suis désolée, je n'ai pas eu le temps de faire de courses.

— Ne t'en fais pas, je vais sûrement trouver un truc dans un placard, affirme-t-elle sans trop y croire.

Elle jette un coup d'œil à sa montre.

— Tout doit être fermé maintenant, mais j'irai te chercher des provisions avant de repartir.

— Merci, ma chérie.

Agathe semble perdue dans la contemplation de la laitue. Il faut bien reconnaître qu'elle n'a rien d'appétissant. Même pour une femme qui se contente d'amour virtuel et de l'air du temps.

Je me relève, prise d'une inspiration.

— Range-moi ça, on déjeune au port.

— Mais…

— Mais quoi ? Ce n'est pas une bourrasque qui me mettra à bas ! Tant que le pin tient, moi aussi.

Elle rechigne un peu. Un dernier regard à la salade achève de la convaincre.

— OK. Chez Marco alors. Les autres terrasses seront trop exposées.

Elle glisse son bras sous le mien, et nous voilà parties en escapade. Dieu que j'aime les surprises !

Robert

Je parle et parle encore et ne m'en rends compte que lorsque je mesure à quel point j'ai la gorge sèche. Comment Natacha s'y prend-elle pour m'arracher toutes ces informations ? C'est un vrai don chez elle. Elle aurait dû être psychiatre, tiens ! Encore vingt minutes comme cela et elle me connaîtra mieux que ma propre mère. Correction : qu'Aline. Laurette n'a jamais eu la moindre idée de qui j'étais et ne s'y est jamais intéressée.

Il est temps de reprendre le contrôle de la situation. Natacha n'en a sûrement pas grand-chose à faire de mes déboires à la pêche à l'âge de huit ans, de mes résultats scolaires en berne en cinquième, de ma croissance tardive qui me faisait craindre de passer ma vie à regarder les autres en me tordant le cou, ou plus récemment de mon angoisse à l'idée d'être bientôt à la retraite, dans le silence de la grande maison de centre-ville que Sybille et moi hantons.

— Et vous Natacha, que trouvez-vous d'aussi attirant dans l'idée de vivre en cohabitation ?

Pas dupe, elle sourit.

— Oh, ce n'est pas la cohabitation qui m'attire, mais la maison ! Le reste, disons que cela rentre dans la case « moins ». En revanche, habiter une telle demeure…

— Je vous le répète, elle n'a rien d'exceptionnel. Quant au jardin, à moins que vous n'arriviez à amadouer Laurette (et pour cela, il faudra user de tout votre charme et de quelques tonnes de meringues), vous n'en profiterez pas beaucoup plus.

Ma tentative d'humour tombe à plat.

— C'est drôle, vous ne l'appelez jamais maman.

Sa remarque me prend de court. Je m'attendais à tout sauf à ça. Quelle femme étrange.

— Eh bien…

— Non, non, ne vous justifiez pas, ça m'a frappée, c'est tout.

Elle repousse une nouvelle fois ses cheveux, me glisse un de ses regards dont elle a le secret et reprend :

— Les commerces sont proches ?

Me voilà sur un terrain moins glissant.

— Oui, tout est accessible en moins de quinze minutes. Il y a même une charmante bibliothèque. Mais peut-être n'aimez-vous pas lire…

Une perche qu'elle saisit immédiatement pour la rejeter plus loin.

— Oh si, bien sûr, mais j'aime surtout jardiner…

Je laisse planer un moment sa question implicite, doigts croisés sous le menton. Mon attitude de fin de séance. Et qu'il lui est impossible de décrypter, puisque nous nous rencontrons pour la première fois.

— Et ?

Pourquoi la pousser ainsi ?

— Et croyez-vous que j'en aurai l'occasion ? Même dans la partie est ? Il n'y a pas que la falaise, non ?

La falaise encore. Je commence à éprouver un léger malaise. Est-il besoin d'évoquer de nouveau le sujet ? On en avait fait le tour, il me semble.

— Oh bien sûr que non. Le terrain s'étend sur une centaine de mètres avant de l'atteindre. Quoi qu'il en soit, j'ai bien peur que cela ne convienne pas à vos élans : la terre est sèche et peu de choses se plaisent à l'est, qui plus est à l'ombre des pins. La terre y est très acide.

Natacha ne se laisse pas rebuter.

— Vous seriez surpris d'apprendre tout ce qu'une plante est capable de faire quand elle est traitée avec amour. En cela, ces organismes vivants ne diffèrent pas tellement de nous, conclut-elle avec un sourire.

Un sourire qui me happe. Se rend-elle compte à quel point son visage est expressif ?

Je décide que le sujet jardin est clos. Quant à la falaise, je ne tiens pas plus que ça à en discuter pendant des heures. L'endroit est lugubre. Et pas uniquement à cause de cette histoire d'enfant disparu qui remonte au siècle dernier. On s'attendrait à ce qu'y soient menés des sabbats des plus étranges, à y retrouver au matin les dernières traces d'un feu qui achève de se consumer, gardant en son sein des os non identifiés de petits animaux inconnus.

— Bien. Vous verrez sur place avec Laurette.

Une fin de non-recevoir. Laurette supporte à peine la présence du jardinier qui vient vaguement débroussailler quand cela lui chante, à ses heures perdues. Je l'imagine mal tendre sécateur et brouette à la jolie Natacha. Elles se débrouilleront. Je n'ai pas que ça à faire, conclus-je dans un élan de mauvaise humeur. Non, vraiment pas que ça. Irrité sans que je sache bien pourquoi, je lance :

— Et vous savez naviguer ? Parce que sur une île, cela s'avère utile.

Ridicule, quand on sait que Laurette n'a jamais su distinguer le portant du largue, tribord de bâbord. Et que cela ne l'a pas empêchée de choisir l'île pour dernière demeure.

Laurette

Marco nous trouve une table bien abritée. Le soleil tape. Je regrette de ne pas avoir pensé à prendre mon chapeau. Certains oublis sont plus fâcheux que d'autres.

Agathe, elle, semble à son affaire. Clim, quant à lui, lape vigoureusement l'eau que Marco vient de lui servir dans une bassine. Ce chien est vraiment dégoûtant, il en met partout. Les gouttes perlent à ses babines avant de tomber sur le cuir de ma sandalette. Elle sera foutue. Je me renfrogne.

— Laurette, tu prends quoi ? s'enquiert Agathe, le nez dans son menu.

Pour quelqu'un qui ne mange rien, je trouve que ce dernier l'intéresse vraiment beaucoup.

— Je ne sais pas… Un loup, peut-être. Et toi ?

— Hum… J'hésite entre la salade niçoise et le burger. Marco les réussit si bien !

Quel cinéma ! Évidemment qu'elle n'hésite pas. Elle prendra un burger et un banana split en dessert, comme à chacun de nos repas depuis près de trente-cinq ans. Et en boisson, une grenadine. Son menu enfant n'a pas varié d'un iota au fil des décennies. Rassurant ou au contraire inquiétant ? Inquiétant, aucun doute là-dessus. Je me méfie des permanences, elles ne sont qu'illusions. Certes, je pourrais trouver émouvant qu'à quarante ans, ma petite-fille soit la même qu'à cinq, quand nous venions déjà ici. Marco n'était qu'un adolescent qui travaillait avec son père pendant les saisons, elle lui offrait des sourires comme des soleils auxquels il répondait d'un clin d'œil et d'une touche de chantilly supplémentaire sur le banana split. Agathe l'espionnait, paupières mi-closes, quand, à la fin du service, il retrouvait une fille ou une autre, toutes court vêtues et bronzées, et qu'ils partaient ensemble enlacés. Je voyais les questions se presser sous son crâne. Mais elle n'en posait aucune. C'est quoi l'amour ? C'est comment le désir ? Comment font-elles pour ne pas être marquées de piqûres de moustiques sur les jambes ? pour que leur peau ait l'air si douce ? pour séduire Marco ?

Comment aurait-elle pu formuler tout cela, que son regard analysait mais que son langage était incapable de traduire ? Je l'observais, la laissant apprendre le goût de la jalousie, le désir de l'exclusivité, et elle y mettait la même concentration qu'au jardin, quand elle suivait des yeux pendant des heures un escargot paresseux. Toujours en quête de réponses, d'explications, d'une logique, qu'elle n'a sûrement jamais découvertes depuis.

La commande passée, nous attendons en silence d'être servies. La chaleur est insensée. Ridicule. Brûle ma peau à travers le parasol publicitaire. Me rend somnolente.

Il fut une époque où je la supportais mieux. Oh oui, je l'aimais tant. Nue sur une plage grecque, des Caraïbes, du Pacifique, sur le pont d'un yacht, sur un lit, dans l'herbe à la montagne. Mais nue toujours. Je n'ai jamais eu le moindre complexe à m'afficher en tenue d'Ève. Peut-être parce que aucune mère n'a jamais porté de regard critique sur mes formes, mes seins, mes fesses. Mon corps m'appartenait et je savais en faire bon usage. Si je déteste l'expression « en avoir profité », il me faut malgré tout convenir que je ne me serai privée d'aucun plaisir. Antoine aura mis un terme à tout cela, ce que je ne regrette pas. Il était temps d'abandonner la partie.

Il m'arrive encore certains jours d'août d'aller m'allonger sur l'un des aplombs de la falaise. Personne n'aurait l'idée de venir me chercher là. Et je profite de ces sensations que seul l'été apporte. Ce trop-plein et trop peu à la fois, cette nostalgie exigeante envers des souvenirs qui n'ont pas existé. Cette attente chaque fois déçue. Ces frémissements, frissons et sueurs. L'été est un mirage qui se dérobe quand on cherche à y porter la main.

Je me souviens des incendies violents qui régulièrement ravagent cette région. L'île craint chaque année ou presque d'en être victime. Et plus d'une fois, j'ai rêvé de la voir partir elle aussi en fumée. Elle s'enfoncerait dans les flots dans un dernier soupir, toutes traces de son existence effacées. Purifiée. Adieu les ossements du cimetière et d'ailleurs. Poussière, poussière, tout n'est que poussière.

Je bois une gorgée de mon sirop d'orgeat, me repaissant de cette vision apocalyptique. Les pins gémissant avant de s'effondrer dans un craquement définitif. Le vent faisant tourbillonner de mortelles escarbilles dressées vers le ciel. Les cris des habitants et leur lutte ridicule et sans objet pour contenir le sinistre. Et moi, accrochée à mon petit balcon de fer forgé, riant à gorge déployée face à ce spectacle de fin du monde. *Tabula rasa.* Que ne peut-on renaître de ses cendres !

— Quelle belle journée. Je t'ai déjà raconté la fois où ton grand-père et moi étions allés pêcher avec nos amis, les Raymond ?

Agathe secoue la tête, sa paille coincée entre ses dents du bonheur, l'œil soudain vif. Cette enfant a toujours aimé mes histoires. Et j'ai toujours adoré en raconter. M'en raconter.

— C'était en… 1951 ? 1952 ? Hum… Je ne m'en souviens pas précisément. En tout cas, nous étions jeunes mariés. Et pour me faire plaisir, Alain avait décidé de nous offrir une croisière…

Me voilà lancée. Marco dépose nos assiettes sans troubler ma narration. Agathe boit mes paroles et ses frites refroidissent. Mon histoire de pêche est un savant mélange de *L'Amour en héritage*, du Key Largo de Sagan et du *Vieil homme et la mer.* Tout y est : la lutte acharnée contre un animal qui refuse de mourir ; les muscles qui se tendent ; le bateau qui gîte ; les cris des femmes effrayées et le murmure bas et rassurant des voix d'hommes. Le désir latent que la puissance fait naître. Sexe et mort. Moi-même je m'y laisserais prendre. (Il va sans dire qu'en ce qui concerne le sexe, je me contente d'allusions, il n'est pas question de détailler crûment l'acte, quelle horreur ! Ce n'est nécessaire que pour celles qui manquent d'imagination ou qui n'ont pas encore assez vécu. Agathe ne rentre ni dans l'une ni dans l'autre de ces catégories.)

Alain n'a jamais aimé la mer, je ne suis même pas sûre qu'il ait su nager, mais je ne vais pas embêter ma petite-fille chérie avec ce genre d'informations qui ne feraient qu'alourdir mon récit épique. Il était vieux quand j'étais jeune. Il m'aura permis d'échapper aux foutus rosiers de ma tante, à l'ennui du thé noir avec ses petits sandwichs au concombre et ses scones dégoulinant de *Devon cream* et de confiture de framboises. Mais je n'avais troqué qu'une prison contre une autre, et il avait bien fallu que je m'évade de nouveau. Paix à son âme.

— Et voilà comment nous sommes rentrés ce soir-là en ayant perdu en mer la plupart de nos affaires et avec pour seule prise un poisson moins imposant que celui que Marco m'a servi aujourd'hui !

Et d'un coup de fourchette, je tranche la tête de ce dernier.

Magalie

Oh, comme je hais ces journées torrides où le vent hurle sa rage et me tabasse sous ses coups violents.

J'ai fini par sortir pour rejoindre le jardin, espérant apaiser mes angoisses, arrimer solidement le couvercle sur ces souvenirs que mes démons s'échinent à faire remonter à la surface. Je sens que je dérive, qu'il me reste peu de chose à quoi m'accrocher. Je n'ai jamais su faire taire ma conscience et cette dernière a choisi de se réveiller aujourd'hui, malgré tous mes efforts pour la museler. Alliée à mes démons, elle est impitoyable, ne me laissera bientôt plus aucun répit.

Je me dirige vers l'est. On y est un peu protégé.

Mensonge.

À l'est, je ne devrais pas poser les pieds. Je ne ferais qu'échapper à certains souvenirs pour me retrouver face à une réalité plus sordide encore. Ou plutôt, face aux conséquences directes de ces souvenirs. Mais l'endroit m'attire comme si un sortilège pesait sur les lieux. Les démons sont en train de l'emporter, ils ricanent, me poussent, lancent des cris perçants, se moquent de moi. Ma conscience pointe le chemin du doigt, lèvres pincées. Elle n'a pas besoin d'ouvrir la bouche pour que je devine les paroles qu'elle ne prononce pas. Pourquoi, si souvent, cherchons-nous à sonder une nouvelle fois les abysses dans lesquelles nous avons déjà sombré sans rémission ? Quelle arrogance si humaine nous laisse croire que nous vaincrons la prochaine fois ? Alors qu'au fond de nous, nous connaissons déjà l'issue de ce face-à-face impitoyable ?

Les aiguilles de pin crissent sous mes pieds nus, ma jupe colle à mes cuisses blanches. J'avance, m'enfonce dans la végétation. Le petit sentier presque effacé, marque de mes passages précédents, m'attend. Qui a besoin de savoir que je viens ici bien souvent ? Ce n'est pas le premier interdit que je brave, et de loin. Je n'ai pas attendu Lise pour m'y promener et explorer les lieux. Même si je sais qu'aujourd'hui, dans mon état de nerfs, je serais mieux n'importe où ailleurs, rien n'y fait, je me laisse attirer, happer par ce lieu étrange, à l'atmosphère pesante et hors du temps. Un démon glousse, les autres le font taire. Ils attendent, circonspects.

Je n'y ai surpris Laurette qu'une seule et unique fois. Sa présence ne m'a pas plus étonnée que ça. Quel plaisir y a-t-il à ériger des lois, si ce n'est pour les enfreindre ?

En règle générale, je me contente d'avancer sous les pins et de m'y arrêter. Ce jour-là, je m'étais aventurée plus loin, au point de frôler la falaise. Cette falaise dont Laurette avait dit qu'elle était maudite. Elle ne croyait pas aux fantômes, « ne vous méprenez pas, ma petite Magaliiieee », mais quand même, la falaise… L'air n'y était pas le même, comme si un mauvais sort l'enténébrait. Et puis, il lui semblait se souvenir d'un drame. Oui, c'était cela, une mort étrange et inexpliquée. Ou un accident, peut-être ? « Ma mémoire n'est plus ce qu'elle était, jeune fille, à mon âge on s'embrouille un peu les pinceaux », avait-elle gloussé, une miette de meringue jaune se balançant dans un équilibre précaire à la commissure de ses lèvres. En tout cas, la victime était un enfant. Un garçon, pour être précise. D'une dizaine d'années. Était-il en vacances ? Sa famille venait-elle de s'installer ? Quoi qu'il en soit, il paraissait être arrivé là un jour, seulement pour perdre la vie le lendemain. Oui, une vraie tragédie. On n'avait retrouvé qu'une partie de son corps… Ou alors, non, peut-être qu'on avait mis une semaine, dix jours, à le découvrir et entre-temps, les oiseaux et animaux des lieux avaient fait leur travail. « C'était en… 1963 ? Ou avant ? Qui sait… ? Paul était encore de ce monde, j'en suis sûre. Non, je fais erreur, on l'avait enterré depuis quelques mois… Cela a-t-il la moindre importance ? En tout cas, la falaise est dangereuse, ça oui, *God, help me*. À éviter à tout prix. Personne ne souhaiterait qu'un nouvel accident s'y produise, n'est-ce pas ? »

Il est difficile d'arracher un récit cohérent sur ce sujet à Laurette. Qui s'abrite derrière cette mort atroce – car quelle mort d'enfant ne l'est pas – pour interdire à quiconque l'accès aux lieux. Mais ce jour-là, un jour de l'été dernier, je l'ai découverte nue sur la pierre brûlante. Comme une offrande à un dieu païen. Bras légèrement écartés du corps, jambes repliées sur le côté, le visage offert aux rayons du soleil, d'une immobilité de statue. Un instant, j'ai même cru qu'elle avait cessé de respirer. Je n'ai pas accéléré mon pas pour autant, au contraire. Je me suis collée au tronc d'un pin et l'ai observée un long moment, me demandant qui était en fait cette femme chez qui je vivais.

Sans son masque, dans le plus simple appareil, elle n'était pas qu'un amas de chair et de muscles, de viscères et de peau flétrie. Elle était aussi une mémoire, des souvenirs, des rides chemin de vie. J'ai pensé à mes mensonges, à mes propres masques, aux détours qu'a pris mon existence. J'ai revu l'appartement de banlieue gris, la banque, mon mari. Et puis le reste.

Le reste qui me maintient aujourd'hui dans cet état entre colère et irritation, énervement et fatigue. Mes démons à moi. Que j'avais l'habitude de calmer en les nourrissant de chair fraîche. Et qui s'impatientent maintenant de ce régime forcé.

Tout est à cause de Lise. Elle est ma statue du Commandeur, revenue de l'au-delà pour se venger. Mais ce ne sont pas toujours les gentils qui gagnent dans la vie. En fait, ils l'emportent même rarement. Le monde est un lieu cruel, je suis bien placée pour le savoir. Si l'homme est un loup pour l'homme, la femme est une garce pour la femme. Quelle ironie d'éprouver le besoin de venir justement marcher ici, où tout a commencé, où tout s'est achevé, Sisyphe de mes propres déboires. Sûrement un reste de mon éducation judéo-chrétienne qui m'intime d'expier mes péchés. Les démons opinent, oui, oui, oui, il faut expier. Ma conscience est d'accord avec eux, les appuie. Ils me présentent l'addition, l'agitent sous mon nez, sans pitié.

Je ricane. Et si ma mémoire, cette salope tentatrice, dévide le film de rencontres fortuites et furtives, de gémissements de plaisir et de peaux qui claquent l'une contre l'autre, j'en repousse l'attrait, les entrailles en feu, prête à me tordre au sol de frustration.

J'accélère, la sueur me dégouline le long du dos. Un cri m'échappe. J'ai mal. Mal de toute cette vie étouffée, de toutes mes pulsions repoussées, de cette représentation théâtrale quotidienne où je tiens le premier rôle, celui de cette quinqua moche, ayant renoncé à toute féminité et qui susurre entre ses dents pour s'exprimer, qui vit comme une ombre et se tait. Mal de tout ce qui m'étrangle, me serre la gorge, de tout ce que je ravale, refoule. Mal de silence.

Mal des souvenirs. Mal de la trajectoire qu'a prise ma vie, des croisements que j'ai ratés, des intersections qui ne menaient qu'à des culs-de-sac où il est impossible de manœuvrer. Mal, mal, mal. Les démons se gargarisent de ma douleur, s'en repaissent, engraissent, baudruches difformes. Si joyeux, si épanouis, si heureux de leur sort. Aujourd'hui, à n'en pas douter, les attend une véritable orgie. À défaut de sexe, ils se contenteront de larmes.

Là, seule, j'explose, crie, pleure, hurle, me jette au sol que je frappe des pieds et des mains comme une enfant en plein caprice. Je me vide, pisse, crache, vomis, chie. Et hurle encore. Bête sauvage blessée, attachée, cherchant à briser ses liens. Et seul le vent me répond, se moquant de moi lui aussi, et les vagues qui s'écrasent contre les rochers, plus bas, font écho à ce rire. Des rochers escarpés. Pointant vers le ciel leurs récriminations de pierre, figées. Agressives. Démoniaques.

Lise n'est pas loin, Lise n'est jamais loin. Je crois l'entendre rire. Son parfum effleure mes narines. Je sanglote sans bruit. Effacée, déjà, encore. Anéantie.

Aura-t-il suffi que le mistral se lève pour emporter avec lui toute ma force et mes certitudes, mes masques et mes déguisements ?

Laurette

Agathe a adoré mon fabliau. Elle est vraiment facile à contenter. Quand elle était petite, je lui lisais des histoires le soir. Les classiques, bien sûr, et d'autres encore. À huit ans, elle s'endormait bercée par les vers de Baudelaire, les contes de Maupassant, l'*Odyssée*, alors qu'au même âge, on m'abreuvait de Dickens et des contes d'Andersen. *La Légende des siècles* est venue un peu plus tard, tout comme *Le Comte de Monte-Cristo*. Faut-il s'étonner du vent de liberté qui la porte et la pousse, quand on sait qu'elle a grandi ainsi, entre héros tragiques et évasion, folie et alcool ? Elle qui, à douze ans, savait tout des hommes, de leur désespoir et de leur ivresse s'est empressée de l'oublier. À moins qu'elle ne recherche que cela : un homme qui soit tous les hommes. Père, amant, confident, ami, et bien plus encore. Un homme comme un miroir bienveillant.

En attendant, elle retrouve dans les livres (et maintenant chez leurs auteurs) ces sentiments qu'elle aspire à vivre. La voilà blogueuse littéraire, et dans cet univers devenu très concurrentiel, elle tire son épingle du jeu, à l'en croire. Si je l'ai nourrie d'histoires toute son enfance (et continue à l'abreuver de ma vie imaginaire), c'est elle maintenant qui me conseille en lectures, et je ne suis jamais déçue. J'ai particulièrement aimé *Variations d'un cœur*, de Janice Pariat, une jeune auteure indienne. Une femme y est décrite par ceux qui ont traversé sa vie et l'ont aimée. Un tableau kaléidoscopique, un portrait en ombres chinoises. Car l'amour n'est jamais que ça, des morceaux de verre qu'on secoue, qui retombent dans un ordre imprécis pour offrir un tableau dont on imagine surgir le portrait de l'homme aimé. Jusqu'à bouger de nouveau la lunette magique et découvrir un nouveau paysage. Derrière le plus parfait des gentlemen se cache parfois un superbe salaud.

À la lecture de ce roman, je n'ai pu m'empêcher de me demander quel récit Alain et les autres auraient livré sur moi. Alain m'a follement aimée. J'étais encore si jeune quand nous nous sommes rencontrés. Et lui déjà veuf. Il était ébloui par ma fraîcheur, ma naïveté, mon teint de porcelaine, mes rires et mon sabir tout personnel où je mêlais anglais et français. Il croyait avoir tout à m'apprendre. Il a découvert quelques petites vérités au passage. On ne lui avait jamais dit que mentir était un péché ?

Tout en faisant un sort à son banana split, Agathe m'explique maintenant qu'elle sera bientôt en vacances, qu'elle partirait bien quelque part, qu'elle en a besoin, vraiment, mais qu'avec Clim... Elle coule un regard dans ma direction, que je fais semblant de ne pas remarquer.

Moi, garder Clim ? Je me révolte. Elle n'a pas une mère, cette enfant ? Aline ne peut pas s'en charger ? Ce n'est pas comme si elle avait quelque chose de plus passionnant à faire, non ?

— J'aurais bien demandé à maman, explique Agathe comme si elle avait lu dans mes pensées (à moins que je n'aie parlé à voix haute, j'ai parfois des absences fâcheuses), mais elle part en randonnée dans les Pyrénées. Sur le chemin de Compostelle, si j'ai bien compris. Avec un groupe de la paroisse.

Le comble du désespoir affectif. Des vacances avec une bande de catholiques pratiquants qui prieront à chaque pierre du chemin et se flagelleront à chaque pas. Mon Dieu (c'est le cas de le dire), ai-je mérité de mettre au monde une fille pareille ? Certes, quand j'étais enceinte d'Aline, je lisais beaucoup Mauriac, Gide, mais cela suffit-il à expliquer ce qu'elle est devenue ? Vieille avant l'âge, timorée, moche et maintenant grenouille de bénitier ? L'existence ne lui réservait-elle rien de mieux ? La brûlure du désir, la chair qui se consume... trouverait-elle dans l'extase religieuse ce que les plaisirs du corps offrent à d'autres ? Ne se réveillerait-elle pas un matin un peu Thérèse Desqueyroux, pour repousser une mèche de cheveux, dévoiler un visage vieilli, ridé, osant le geste malgré la crainte et la hantise de voir l'autre se détourner ? Ce simple mouvement, une main dans les cheveux, est une mise à nu ultime, d'une violence qui m'a toujours bouleversée. Le vrai crime de Thérèse est celui-là : avoir osé s'imaginer être femme, encore. Le diable se cache là, faisant de Thérèse une Ève tentatrice à qui dire non est impossible. Une Ève vieillie, laide même, mais transfigurée par un regard amoureux.

Voyons, Aline est sûrement incapable d'une telle chose. Elle se contentera d'user ses crampons, agrippée à un bâton de marche norvégienne, avec ses condisciples. Belzébuth avancerait en lui tenant la main qu'elle ne le reconnaîtrait pas. Il faut être dotée d'un minimum d'imagination pour deviner sa forme à nos côtés.

— Ah…

Mon ton est éloquent et Agathe éprouve le besoin de défendre sa génitrice.

— Oui, tu sais, elle est très active et ça lui fait un bien fou. Elle a intégré un groupe de prières animé par une vierge consacrée et…

Une vierge consacrée ? Mais comment peut-on souhaiter une telle chose ? Mon corps âgé, mon corps sec et replié sur lui-même depuis des décennies se rebelle à l'évocation d'une telle chose. Un frisson me prend. Des souvenirs enfuis depuis longtemps reviennent au galop. Les langues qui se cherchent, les peaux qui s'épousent, le cœur qui s'emballe, la tendresse d'une bouche féminine sur un sein, des murmures étouffés et un rire cristallin qui brise ce voile d'intimité. Qu'y a-t-il de meilleur au monde que cela ? Les meringues, peut-être.

Je n'écoute plus, toutes ces histoires me dégoûtent. Agathe finit par en revenir au sujet du jour : les vacances de Clim.

— Je ne peux pas le laisser dans un chenil, avec son passé, ça serait absolument destructeur.

Car oui, Clim est un chien abandonné, sauvé de l'euthanasie par mon Agathe au grand cœur à qui il voue une dévotion sans faille. Si ma mémoire ne me joue pas des tours (et ça ne serait pas la première fois), elle l'a adopté après une rupture amoureuse, un jour où elle avait juré, il y a près de cinq ans de ça, qu'on ne l'y reprendrait plus. Tu parles, Charles.

— Hum, hum.

— Laurette, je sais que c'est beaucoup te demander, mais tu crois qu'il pourrait rester sur l'île ?

Une nouvelle locataire, un chien, et puis quoi encore ? Non, c'est trop dangereux, j'ai beau apprécier Clim, il a la fâcheuse habitude de creuser des trous n'importe où et de déterrer n'importe quoi. La dernière fois qu'Agathe est venue, il a disparu pendant des heures avant de revenir en tenant dans la gueule un truc qui ressemblait de bien trop près à un fémur. J'ai cru défaillir avant de réaliser qu'il s'agissait d'un bout de bois flotté.

Agathe, l'air éploré, ne me quitte pas du regard. Si elle haletait comme son clébard pour lutter contre la chaleur, on les prendrait pour des jumeaux. Je tamponne ma bouche de ma serviette en papier.

— Mais toi, ma chérie, quels sont tes projets ?

Robert

Natacha a dû répondre à un appel. Je l'ai laissée seule dans mon cabinet, pour lui offrir l'intimité dont elle avait besoin. Visiblement, ce coup de fil ne lui faisait pas plaisir, elle s'est renfrognée en découvrant l'identité de son interlocuteur sur l'écran de son appareil. Son ex-mari, peut-être ? Ou la baby-sitter de son fils, pour lui signaler un problème ? Son travail ? D'ailleurs, que fait-elle dans la vie ? Étonnamment, je ne lui ai pas encore posé la question.

Pour patienter, je joue à lui imaginer une profession. Certainement pas libraire, à l'évidence. Elle est plus portée vers la nature et les sports d'extérieur, bien qu'elle n'ait pas eu le temps de répondre à ma question sur la voile. Qui n'a d'ailleurs aucune importance, qu'elle sache border ou non une écoute n'influencera pas son entrée dans la maison. Je n'arrive pas à me la représenter un livre à la main. Certes, je travaille là à partir de présupposés, caricatures et autres préconçus, mais cela m'amuse et je sais bien que je me laisserai probablement prendre à mon propre piège. Alors, coach sportive ? Tiens, oui, ça lui irait mieux. Fouillons dans cette direction. Coach privée ? Non. Je la vois plutôt commander à une horde de femmes plus ou moins grasses de se bouger le popotin en rythme sur un vieux tube des années 1980, toutes suantes et elle motivant le groupe, bouclettes au vent. Zumba, peut-être ? C'est à la mode. Ou paddle-yoga ? J'ai cru lire dans la presse locale qu'un groupe venait de se monter quelque part sur le littoral. À moins qu'elle ne soit le genre à marcher dans l'eau en toutes saisons, avant d'arpenter la plage avec ses bâtons de ski. On ne voit plus que ça dans le coin. Comme si les générations précédentes avaient eu besoin de ces artifices pour se dégourdir les jambes.

J'en étais à l'imaginer sur sa planche, jambes levées au ciel en grand écart, tenue digne d'une sirène d'*Alerte à Malibu*, le tout sur fond de coucher de soleil de carte postale, quand elle a passé la tête dans l'entrebâillement de la porte du secrétariat où je m'étais réfugié.

— Excusez-moi. J'espère ne pas avoir été trop longue.

Elle a retrouvé le sourire, mais son regard reste voilé. L'éclat de vie, la curiosité que j'y lisais jusque-là ont disparu. Et pas une ouverture pour que je m'enquière poliment de la nature de son coup de fil. Une question directe serait trop indiscrète, je renonce. D'autant que je m'en veux de m'être de nouveau laissé aller à fantasmer. Ça ne me ressemble pas. Natacha a sûrement des dons d'ensorceleuse. Ou je suis victime du démon de minuit. Car le sexe n'a jamais tenu une grande place dans ma vie. L'accouplement, lorsqu'il n'a pas la procréation pour but, n'est à mes yeux rien d'autre que l'accomplissement d'une tâche nécessaire, au même titre que se nourrir, boire ou déféquer.

Je soupire, sans illusion : lorsque l'île est en jeu, les sortilèges finissent toujours par réapparaître. Rien n'est jamais simple quand il s'agit de les évoquer, elle ou Laurette.

Nous réintégrons mon cabinet ; Natacha reprend sa place initiale. Je viens cette fois m'installer sur le fauteuil à côté du sien et refrène mon envie de lui tapoter le genou pour la rassurer. Et de quoi d'ailleurs ? Elle ne connaît rien de tout ça, nos souvenirs, nos mémoires du lieu, violents pour certains, trop doux pour d'autres.

La conversation repart en arrière. Je crois que nous avons épuisé tous les sujets, alors que rien, en fait, n'a été dévoilé.

Laurette

Agathe rougit légèrement, enfourne une ultime cuillerée de son dessert, ce qui lui permet de gagner du temps et d'éviter de me répondre. Me pense-t-elle dupe ?

Intérieurement, je lève les yeux au ciel, décale légèrement mon pied gauche sur lequel son chien continue de baver copieusement et grignote le petit macaron dont s'accompagne mon café.

Non, je ne prendrai pas ce monstre poilu. Et puis, moi aussi je partirai peut-être, après tout ! Personne ne m'oblige à subir les chaleurs d'août sur l'île. On crève déjà de chaud, je préfère ne pas imaginer ce que cela sera dans un mois. Comme pour me confirmer la justesse de mon propos, une nouvelle bourrasque vient faire s'envoler les serviettes en papier. Un souffle brûlant qu'on croirait directement sorti d'un réacteur d'avion prêt à s'élancer vers le ciel ou de la gueule des Enfers.

Je suis sur le point de lui dire que non, définitivement non, quand elle reprend, me coupant dans mon élan :

— Je me suis inscrite pour un séjour de remise en forme ayurvéda en Inde.

Ayur… quoi ?

— Pardon, je ne t'ai pas bien entendue.

— Un séjour ayurvéda, Laurette, répète-t-elle avec un sourire mi-condescendant, mi-tendre.

Dans des instants comme ceux-là, la haine m'étouffe violemment et je me sens prête à passer à la tronçonneuse toute personne de moins de quatre-vingts ans. Cette arrogance naturelle de la jeunesse à s'imaginer en savoir toujours plus que les autres est insupportable. Et je suis sûre que les assises seraient remplies de gens comme moi si ce genre d'outil n'était pas si lourd à manier.

— C'est une médecine indienne ancestrale qui considère l'être humain dans sa globalité, m'explique patiemment ma petite-fille qui ne soupçonne pas un instant qu'elle vient d'échapper de peu à une mort violente. On y traite donc le mental, le physique, l'émotionnel. Le but est de renforcer nos défenses, pour éviter de tomber malade.

— Mais tu n'es jamais malade !

C'est un cri du cœur. Cette petite n'a même jamais eu ne serait-ce qu'un rhume.

— Je sais, mais je me sens fragile émotionnellement. Et donc…

Fragile ? Non. En quête d'un amour plus grand que le soleil, oui. Et ce n'est pas son séjour aruyaumachinchose qui y changera quoi que ce soit. Agathe a déjà adhéré à des associations regroupant des dingues qui se retrouvent pour embrasser les troncs d'arbres, essayé la méditation transcendantale, le yoga, la pleine conscience, le jeûne, et que sais-je encore. Sa nouvelle lubie doit en plus coûter bonbon ! Enfin, pour les Occidentaux. Je suppose que les Indiens pratiquent la chose sans même y penser, eux. En tout cas, cette mode-là m'avait échappé. Pourtant, j'essaie de me tenir au courant car, avec Agathe, je ne suis jamais au bout de mes surprises. Elle ne m'a épargné ni le récit de son stage de rire ni celui de sa thérapie par le cri, où lors des séances, chacun devait exprimer son moi profond en hurlant plus fort et plus longtemps que son voisin. Cette enfant est prête à tout dans sa quête d'un idéal qui ne pourra que se refuser à elle, quels que soient ses efforts.

Mon sourire est tremblotant. Et factice. Mais je ne veux pas me fâcher avec Agathe, malgré mes éphémères pulsions meurtrières. Elle a beau avoir des défauts, être incapable de grandir, se réfugier dans les contes de fées qu'elle s'invente au quotidien, je l'aime. Elle est si rafraîchissante et si attentionnée pour la vieille femme que je suis devenue. Enfin, vieille, cela reste à prouver. Et puis, si la maternité ne m'a pas comblée (quel euphémisme), être grand-mère reste le plus beau rôle de ma vie.

— Hum…

Agathe termine son repas sans plus aucun entrain. Est-ce d'avoir évoqué les failles de son psychisme affectif ou de comprendre que je ne plierai pas pour Clim ?

Je la laisse mariner. Contrariée. Ce déjeuner se déroulait pourtant si bien.

— Je t'ai raconté la fois où je suis partie en Roumanie pour une cure de bains de boue ?

Agathe relève le nez, le regard brillant. Voilà, je n'ai plus qu'à inventer une nouvelle histoire. Immédiatement, je visualise des bâtiments à la gloire des régimes soviétiques, blocs de béton gris et froid, un alcool de prune ravageur, des masseuses qui auraient aussi bien pu se lancer dans le sumo si elles étaient nées sous d'autres latitudes, les racines de leurs cheveux d'un noir de jais, leurs pointes d'un blond des plus suspects…

Au fil des ans, tout ce que je n'ai pas vécu prend une place de plus en plus importante dans ma biographie. Mais à qui pourrais-je raconter la disparition brutale d'Alain, les incendies, la mort de Colette sur ma moquette et les petits cris que poussait un Robert paniqué et d'une inefficacité troublante pour quelqu'un ayant suivi des études de médecine… ? Il y a des choses qu'il vaut mieux enterrer le plus profondément possible en priant pour qu'elles ne remontent jamais à la surface. Elles restent trop douloureuses, qu'importent les années qui s'entassent, mausolées de jours et de nuits qui se confondent pour ne plus former qu'un amas vide de sens. Et je ne parle même pas du reste.

Magalie

Allongée sur mon lit, je me remets lentement de ma crise, comme un enfant reprend ses esprits après un gros chagrin. Je suis vidée. Courbaturée. Le corps couvert des traces des piqûres des aiguilles de pin voraces qui se sont acharnées quand je me suis roulée dedans. Les morsures d'insectes forment un dessin étrange le long de ma cuisse. Points roses sur fond blanc. Je gémis.

Je ne m'étais pas retrouvée dans un état pareil depuis longtemps. Aujourd'hui, tout se craquelle. Mon armure tintinnabule en tombant au sol.

Je frissonne. Le vent, impitoyable, se faufile dans l'interstice de la fenêtre entrouverte. Il est chaud et froid à la fois. Je remonte mon drap pour ne plus me voir. Je voudrais dormir. Tout oublier. Ce lieu qui ne m'offre plus le refuge auquel j'aspire. Oublier les rencontres, les gens, les conversations, les livres, les médecins, les médicaments, le repos forcé, la banque, Jean-Louis, Jacques, Pierre et les autres. Oublier les murmures dans la nuit, la tendresse, les cris, les amitiés. Oublier…

Faire comme si c'était toujours décembre
Même en plein mois de juillet
Et chaque jour souffler sur les braises
Mais n'aspirer qu'aux cendres
N'être là que pour la baise
Et surtout pas pour les mots tendres
Mieux vaut toujours avoir un jour à rendre
Qu'avoir un jour à ravaler…

Chante Miossec.
Oui, ne plus jamais se laisser surprendre.
Et oublier.
Lise, surtout, oublier Lise.
Je serre fort les paupières, mon rythme cardiaque s'accélère.
Et son parfum, encore, revient me hanter.

Laurette

J'aurais dû y aller, finalement, en Roumanie, quand ces traitements étaient le *nec plus ultra*. Ça devait être très agréable, très chic, si je me fie à mes faux souvenirs.

Agathe, apaisée, sirote son café.

— Tu vois, tu me comprends. Toi aussi tu as eu besoin de ces moments de bien-être et où tu te recentrais sur toi-même.

Aïe. Portée par mon élan, j'en ai oublié mon objectif : éviter à tout prix que Clim ne passe une partie de l'été à la maison. Dieu seul sait ce que ce chien est capable de déterrer. Jusqu'à présent, on a toujours réussi à contenir plus ou moins ses pulsions, mais je serais bien obligée de lui lâcher la bride si son séjour se prolongeait au-delà de vingt-quatre heures. J'ai passé l'âge de me laisser tirer en laisse par un corniaud truffe au vent.

— Et j'en ai toujours besoin ! Raison pour laquelle je compte d'ailleurs partir à Vichy en août. Le climat y est bien plus supportable qu'ici.

Je me suis lancée un peu trop vite. Je voulais parler de Vittel. J'ai tendance à confondre les deux. Vichy, pas question. Même si nous n'avons jamais été gaullistes (mes enfants sont persuadés que papa faisait de la résistance à Londres, peut-être le leur ai-je laissé entendre ; il n'y faisait que la fête et des affaires), je refuse de mettre les pieds dans cette ville. Trop de souvenirs indirects. Quand *il* me racontait… L'Occupation, sa fuite à travers l'Europe, ses sympathies… disons pour le moins équivoques et qui lui ont valu d'être accusé de trahison à la Libération.

Je toussote. Non, lui, je ne veux pas y penser, m'en souvenir. Je ne suis pas prête aujourd'hui à affronter la tempête que son nom déclenche en moi. Celle que nous offre le mistral suffira bien assez à m'occuper.

Revenons donc à mon soi-disant projet de vacances. Quelle idiote je fais, à parler ainsi à tort et à travers. Je suis sûre qu'à Vittel, le climat – continental, non ? – est bien pire que ce qui m'attend ici.

Trop tard.

— Ah bon ? Mais pourquoi tu ne le disais pas ? Tu souffres de problèmes aux poumons ? d'arthrose ?

Et voilà. À quarante ans, on peut suivre une cure de n'importe quoi seulement pour le plaisir. À quatre-vingt-trois, je couve forcément un truc, plus ou moins mortel à moyenne échéance. Eh bien oui, effectivement, messieurs-dames, et ça s'appelle la vie.

— Pas plus que tu n'es malade, rétorqué-je, piquée.

Agathe comprend qu'elle m'a vexée.

— Pardon Laurette. C'est seulement que je m'inquiète souvent pour toi. Évidemment, il y a Magalie qui est là, mais bon. À ton âge…

— Ah non ! Je t'en prie, épargne-moi ce genre de discours ! On dirait ta mère !

Ma pauvre Agathe est de nouveau tiraillée entre sa posture de fille modèle et celle de petite-fille parfaite. Aimer mère et grand-mère est impossible dans cette famille. C'est ainsi. Il faut choisir son camp.

— Tu peux demander l'addition à Marco ? Je voudrais rentrer maintenant, il fait vraiment chaud.

Elle me tapote la main, le geste affectueux.

— Bien sûr, ma Laurette.

Elle se lève pour rejoindre la salle d'où nous parviennent des exclamations bien senties. Les voix ont l'accent d'ici, chantant, râpeux parfois. Elles sentent le pastis jusqu'à notre parasol. Alcool et soleil n'ont jamais fait bon ménage.

Marco arrive, empressé.

— Désolé, Laurette, je vous avais presque oubliées !

— On ne t'en veut pas.

Je règle, laisse un pourboire, remercie encore. Agathe embrasse le patron de bises sonores sur les deux joues et nous remontons vers la maison. Maintenant, c'est lui qui la suit des yeux tandis qu'elle s'éloigne, avec comme un regret dans le regard. Elle, elle ne le voit plus. Marco n'a plus rien à lui apprendre.

Le trajet me semble plus long et plus difficile qu'à l'aller. La chaleur et le vent m'étouffent, m'irritent. Mes pieds traînent sur le bitume, raclent la poussière du chemin sur le dernier tronçon qui nous sépare de la maison. Les yeux me piquent. Mes bas me grattent.

Clim gambade gaiement devant nous, revient sur ses pas, repart. Cette bête est increvable. Non, vraiment, elle me tuerait.

— Demande peut-être à Magalie, pour ton chien. Elle ne bouge jamais. Mais pas question qu'il traîne dans le jardin sans être en laisse ! me dépêché-je de préciser.

Agathe retrouve le sourire, me serre contre elle, m'embrasse sur le front et se met à esquisser un pas de danse. Je secoue la tête, émue et agacée à la fois. Elle ne grandira jamais.

Robert

Treize heures sonnent au clocher de l'église proche. Il va quand même falloir que je fasse preuve d'un peu plus d'esprit de décision, on ne va pas y passer la journée ! Soit je m'ennuie vraiment dans la vie, soit Natacha est pour quelque chose dans mon incapacité à trancher.

Ou c'est un peu des deux.

Ou encore la faute au vent. Il rend fou. Les locaux le savent bien. Et les autres finissent vite par l'apprendre, souvent à leur corps défendant.

En tout cas, pour la première fois depuis que je sélectionne les locataires, je suis indécis. Quand j'ai ouvert la porte à Natacha, je n'avais aucune idée préconçue. Puis, quand elle a annoncé qu'elle avait un enfant, je me suis réjoui à l'avance de ce que cela pourrait donner, ravi de jouer un bon tour à ma mère. J'étais prêt à lui fournir les clés du logement sur-le-champ. Ensuite, je me suis un peu égaré. Bref, je ne suis pas plus avancé que lorsqu'elle est entrée dans mon bureau. Et l'entretien s'éternise.

Il est temps de faire preuve d'initiative.

— Vous savez, le mieux serait que vous rencontriez Laurette.

Natacha s'illumine.

— Oh, vraiment ?

— Oui. Vous êtes pressée ? Sinon, on pourrait y aller maintenant.

Autant battre le fer tant qu'il est chaud. Tout cela n'a que trop duré. Et je préfère vraiment ne pas analyser les raisons qui m'ont poussé impulsivement à lui proposer cette visite, en complète contradiction avec toutes les règles érigées par Laurette et auxquelles je me soumets sans rechigner depuis toujours. Un vent de révolte souffle sur mon bureau Empire.

Je consulte ma montre.

— La prochaine navette est dans une heure trente.

— J'en serais ravie !

Natacha semble prête à bondir de son fauteuil pour s'élancer sans plus attendre.

— Je vous propose qu'on parte pour l'embarcadère, on grignotera quelque chose là-bas. Vous êtes mon invitée, bien sûr.

— Non, non, pas question ! s'exclame-t-elle. Mais manger un bout n'est pas de refus.

Je décide de ne pas prévenir Laurette à l'avance. Si elle n'est pas là (et franchement, je ne vois pas où elle serait), j'en profiterai pour au moins faire visiter les lieux à Natacha. Si ma mère est sur place, eh bien, la jolie quadra verra d'elle-même à quoi s'attendre.

Laurette n'aime pas les surprises. Elle sera donc offerte sans fard.

Elle n'a jamais aimé ça, d'ailleurs. Enfant, je lui avais préparé durant des semaines un cadeau pour son anniversaire. Un tableau, photomontage que du haut de mes huit ans, je considérais comme un chef-d'œuvre. J'avais découpé des mots dans le journal, des mots pour lui dire je t'aime. Et retrouvé de vieilles photos de famille d'où, sans vergogne, j'avais retiré à coups de ciseaux tremblotants les visages qui me dérangeaient. À l'aide d'un feutre, j'avais pris soin de signer mon œuvre et d'y ajouter à l'arrière un « Pour la plus belle des mamans ». Le matin du grand jour, j'avais déposé la chose sur l'oreiller vide qui jouxtait le sien. Il était encore tôt. Je me préparais à partir à l'école. Laurette ne se réveillerait pas avant plusieurs heures.

Je n'avais pas atteint la porte de l'appartement qu'un hurlement avait retenti et m'avait glacé le sang. Aline s'était agrippée à ma jambe et avait fondu en larmes. Je tremblais de tous mes membres. Il ne pouvait s'agir que de ma mère.

Les cris ne faiblissaient que pour reprendre de plus belle.

Courageusement, j'avais détaché ma sœur de ma cuisse pour la placer derrière moi, en sécurité, et m'étais avancé à pas de loup en direction du raffut.

« Maman ? » avais-je murmuré, arrivé à sa porte.

Mais elle criait trop fort pour m'entendre.

J'avais glissé un œil dans la pièce.

Laurette était en train de réduire en miettes la composition que j'avais mis tant de temps et de cœur à réaliser. Sa rage semblait sans limites. J'avais alors compris, de manière viscérale, celle qui animait les dieux et déesses de l'Olympe et les poussait à une cruauté à nulle autre pareille. Junon des temps modernes, Laurette était auréolée d'une puissance absolue face à laquelle je ne faisais pas le poids, pauvre mortel.

J'avais reculé doucement, les larmes aux yeux, terrorisé par son accès de violence. Une latte de parquet m'avait trahi.

Laurette ne nous avait jamais frappés. Je crois qu'elle ne se souciait pas assez de nous pour cela. Mais ce jour-là, elle a fondu sur moi et s'est mise à me rouer de coups. Désordonnés, ils manquaient leur cible plus souvent qu'à leur tour. Pour autant, je souffrais comme jamais auparavant.

« Qu'as-tu fait ? Petite ordure, vermine, crétin ! Qu'as-tu fait ? Idiot, *spastic* ! »

Je me suis protégé de mes bras de mon mieux, reculant jusqu'à me mettre en boule contre le mur, tentant de disparaître. Les insultes pleuvaient, Laurette sautait du français à l'anglais, comme souvent lorsque son énervement était à son comble. Et même si je ne connaissais pas tous les mots qu'elle employait, ils se passaient de traduction.

Elle s'est calmée tout aussi brusquement qu'elle s'était emportée, le souffle court. Ses cuisses se dessinaient sous la transparence de sa chemise de nuit. Je n'osais lever la tête.

Elle est retournée dans la chambre, a farfouillé parmi les bouts de papier qui jonchaient son lit et est revenue me coller une photo sous le nez.

« Où as-tu trouvé ça ? »

L'image, en noir et blanc, représentait un homme à la moustache en guidon de vélo, au sourire éblouissant. Mon père. Je l'avais découpé car il était entouré sur la photo d'un groupe d'hommes qui m'étaient inconnus.

« Dans l'album du salon », ai-je murmuré.

Elle a chiffonné brutalement le cliché avant de le jeter au sol.

« Je t'interdis de fouiller dans mes affaires ! »

Elle est rentrée dans sa chambre dont elle a claqué la porte.

Aline pleurait sans bruit plus loin dans le couloir. Je me suis relevé lentement, l'ai prise par la main et nous sommes partis pour l'école.

À notre retour le soir, Laurette n'était plus là, la nounou souriait et tous les albums de nos photos de famille avaient disparu. Je n'ai plus jamais appelé Laurette autrement que par son prénom.

Ce n'est que bien plus tard, étudiant, que j'ai reconnu l'homme à la moustache pour qui il était. Céline. Comment cette image où il apparaissait s'était-elle retrouvée perdue parmi nos photos de famille ? Le mystère reste entier. Et pourquoi l'avais-je pris pour mon père ? Ce dernier n'était mort que trois ans et demi plus tôt, j'aurais dû ne pas oublier son visage, ne pas le confondre avec un autre. Mais à son décès, Laurette avait effacé toute trace de sa présence chez nous. J'étais parti un matin pour l'école. À mon retour, Laurette m'avait pris sur ses genoux, ce qui, déjà, aurait dû me mettre la puce à l'oreille. Elle avait toujours été si avare de gestes de tendresse. Elle m'avait alors expliqué que papa s'en était allé, pour très loin, qu'il avait disparu, qu'il ne reviendrait pas. Je frôlais les cinq ans, toutes ces périphrases n'avaient pas grand sens pour moi. Ce qui en avait plus, en revanche, c'était les placards vides de chemises, cravates et costumes, les cadres de photos sur le linteau de la cheminée qui avaient été remplacés par de grands bouquets de lys. Depuis, j'en déteste l'odeur. Laurette m'avait laissé errer dans l'appartement, à la recherche d'une piste, d'une trace de la présence paternelle, me surveillant de près. Puis, elle avait décrété que cela suffisait, que les choses étaient maintenant comme cela, qu'Alain avait disparu « pour de bon ». Aux regards entendus que ma maîtresse avait échangés le lendemain avec la directrice de l'école, à leurs mines compassées et attristées, j'avais commencé à comprendre que papa n'était peut-être pas allé se battre contre des pirates, explication que mon imagination fertile de petit garçon avait trouvée plausible. Et que le mot « disparu » avait un sens funeste qui, jusque-là, m'avait échappé. Pour complaire à ma mère, j'avais à mon tour rayé de ma mémoire tout ce qui avait trait à lui. Nous n'en parlions plus, ne l'évoquions plus, tout simplement. D'où, peut-être, ma méprise quelques années plus tard. Sur la photo que j'avais utilisée, Céline était entouré. Mon père, Alain, était sûrement l'un de ses compagnons de table. Mais j'avais choisi pour mon collage celui dont la prestance était sans égale.

Ce qui n'expliquait pour autant en rien la rage de Laurette ce jour-là.

Laurette

Il est très hypocrite de ma part de refuser de garder Clim tout en acceptant sa présence sur la propriété. Je ne sais pourquoi, un plaisir pervers me prend à l'idée d'en charger Magalie, avec toute une liste de recommandations plus contraignantes les unes que les autres. Pas question, cela va de soi, que ce clébard se promène librement dans le parc. Trop dangereux. Elle devra le surveiller, ou le tenir en laisse. Clim n'y est pas habitué, il supporte très mal d'être contraint dans ses mouvements. Vu sa carrure, il est d'ailleurs difficile de s'y résoudre.

Bref, je me réjouis par avance de la discussion qui s'annonce. À vivre recluse sur une île, les plaisirs sont rares et je ne suis pas femme à les bouder quand l'opportunité s'en présente.

Nous avons atteint le portail.

— On pourrait sonner chez Magalie, histoire de régler cette affaire, qu'en penses-tu ?

Agathe hoche la tête avec empressement, tandis que son monstre baveux gratte déjà à la porte de ma locataire.

Je frappe d'un coup sec. Elle saura que c'est moi, même si je n'ai pas dû venir la déranger plus d'une poignée de fois depuis son arrivée au domaine.

Seul le silence nous répond.

Je recommence.

Un bruit étouffé, le grincement des gonds. On ouvre.

Magalie a un air de déterrée. Si effrayant que je recule d'un pas, blêmis.

Ses lèvres minces ont perdu toute couleur. Sa peau d'habitude blanche est blafarde. Ses cheveux pendent en mèches sales. Sur ses bras, des égratignures. Une coupure plus profonde dans le pli du coude. Je baisse les yeux. Sa jupe, de travers, est tachée de terre ou de sang, je ne saurais le dire, la première prenant ici la teinte rouille du second quand il sèche. Ses jambes sont aussi striées de marques passant par toute la gamme du rouge au rose pâle. Que s'est-il passé ?

— Vous allez bien ?

J'esquisse le geste de la prendre par le bras, mais elle recule vivement.

— Oui, oui. Je n'attendais pas de visite, excusez-moi.

J'échange un regard avec Agathe qui semble tout aussi abasourdie et perplexe que moi. Si j'étais elle, je refuserais de laisser mon chien à quelqu'un ayant cette allure. Je sens d'ailleurs qu'elle hésite. Elle n'a toujours pas salué Magalie qui, à l'évidence, ne nous invitera pas à entrer.

— Bon, ma petite Magalie, nous allons vous laisser vous reposer. Pardon de vous avoir dérangée. Si vous avez besoin de quoi que ce soit, appelez-moi, et Agathe viendra.

Elle opine. La porte se referme derrière elle dans un murmure sans qu'elle se soucie même de savoir pourquoi nous nous sommes présentées chez elle. Nous restons sur le seuil, encore secouées par la rencontre.

— Ben dis donc… J'ai failli ne pas la reconnaître, chuchote Agathe. Il s'est passé quoi pendant qu'on déjeunait ?

Elle a raison. Cette Magalie-là n'a rien à voir avec la locataire que je côtoie depuis trois ans, effacée, timide, discrète.

Un frisson.

— Viens, rentrons. On lui parlera plus tard. Je suis fatiguée.

Ce jeu ne m'aura finalement pas amusée du tout. *Damned.*

Robert

Nous avons pris ma voiture, c'était plus simple. La route est belle jusqu'à l'embarcadère. Droite.

Natacha, détendue, alimente la conversation. Elle a grandi dans le Sud-Ouest, près de Guétary. Les vagues et les marées lui manquent. Mais voilà, elle a suivi son mari ici et maintenant… Il y a l'enfant. Elle se sent parfois un peu coincée. L'opportunité de vivre sur l'île lui semble être le parfait exutoire.

Je n'ose la détromper. Il y a peu de chances qu'elle trouve là ce qu'elle recherche. Aucune des locataires, Magalie mise à part, n'est restée bien longtemps. Pourtant, Laurette ne doit pas être si compliquée que ça à vivre au quotidien. Je ne l'imagine pas en vieille femme chaussée de patins se complaisant à espionner ses locataires. Pour cela, il faudrait qu'elle ait autre chose en elle que cet égoïsme forcené qui la pousse à ne s'intéresser qu'à elle. Elle n'éprouve aucune curiosité, jamais, envers les autres. Ce qui s'applique à celles qui dorment sous son toit. Il lui est même arrivé de ne pas prendre la peine de retenir leurs prénoms.

Alors, pourquoi ne s'éternisent-elles pas ? Car si la partie est du domaine peut donner des frissons, entre le fantôme de cet enfant mort et son fouillis végétal où les ronces règnent en maîtresses des lieux, la maison en elle-même, avec son charme désuet, est plutôt agréable.

Elle reste fraîche en été, pour peu qu'on se donne la peine de laisser les volets croisés durant la journée. L'hiver, elle est douillette. Certes, j'ai bien conscience qu'un petit ravalement de façade et quelques coups de pinceau à l'intérieur lui donneraient un air plus frais et pimpant. Peut-être suis-je trop sentimental à y voir du charme là où d'autres sont moins complaisants. Mais cela ne peut être pour autant la cause de tous ces départs. Ces femmes ne sont pas obligées de signer lors de leur visite. Et aucune n'a alors plissé du nez ni déclaré que la décoration ne lui convenait pas. Le départ de Lise, notamment, m'a laissé perplexe. Elle n'a même pas pris la peine de s'embarrasser de ses affaires, au-delà d'un petit sac de voyage. Laurette a râlé devant le bazar et chargé Magalie de tout ranger. Je me suis bien un peu inquiété, ai suggéré qu'on déclare sa disparition à la gendarmerie, mais Laurette a accueilli cette suggestion d'un haussement d'épaules. Si cette gourgandine avait choisi de suivre un amant de passage, grand bien lui fasse. On n'allait pas en plus se ridiculiser à lui courir après. Il n'y avait qu'à donner ses vêtements aux pauvres, passer l'aspirateur et une annonce dans le journal local, voilà tout. La discussion n'est pas allée plus loin, et je me suis incliné. Mais de tous les départs, celui de Lise est, et de loin, le plus mystérieux.

Le parking de l'embarcadère est presque plein en cette saison. Je parviens non sans mal à glisser mon 4 × 4 dans un emplacement qui a subi une cure d'amincissement grâce à la bonté de mes voisins, ces derniers empiétant sans vergogne sur mon espace. Un soupir. Le manque de considération des gens pour leurs semblables reste un gouffre sans fond de questionnement. N'est-il pas plus simple de vivre en se montrant cordial, poli, prévenant ? Je dois être l'un des rares à y croire encore.

La chaleur nous frappe de plein fouet, portée par un vent cinglant. Je regrette déjà la climatisation de l'habitacle.

— Vous n'avez pas le mal de mer ? La traversée risque de secouer.

Natacha sourit.

— Cette petite brise ? Pffuf, ça ne me fait pas peur.

Et elle se déhanche, mains dans les poches, comme un cow-boy face à un Indien.

Je souris, amusé.

— Très bien, mais je vais quand même vérifier les conditions météo. Au-delà d'un certain seuil, ils annulent les navettes.

Je n'ai vraiment aucune envie de me retrouver coincé chez Laurette avec Natacha, même s'il y a largement de quoi nous loger.

Cette dernière hausse les épaules, manière de me faire comprendre qu'elle s'en remet à moi, et se dirige nonchalamment vers le petit bar ouvert plus loin. Du coin de l'œil, je vérifie qu'elle ne s'installe pas en terrasse. Les parasols sont fermés, trop dangereux dans ce mistral, et je ne tiens pas à mourir d'insolation. Je suis déjà en nage.

À l'embarcadère, on m'assure qu'il n'y aura pas de problème, le retour aura bien lieu. À l'évidence, on m'a pris pour un Parisien, insulte suprême sous ces latitudes. Avec ma chemise manches longues et ma veste de costume, je n'offre effectivement pas l'allure du type qui passe ses week-ends sur un bateau à caboter entre les îles, ou allongé sur le bord de sa piscine à débordement. Quant à l'accent du cru, j'ai beau vivre ici depuis plus de trente-cinq ans, je ne l'ai jamais adopté. Je me méfie du mimétisme comme preuve ultime d'intégration.

Billets en poche, je rejoins Natacha.

Elle trône devant un énorme hamburger-frites.

— Désolée, j'avais trop faim, s'excuse-t-elle.

— Je vous en prie ! Il est tard, effectivement.

Ça sent la fin de service. La serveuse se déplace avec lenteur, fait semblant de ne pas me voir quand j'agite mon menu dans sa direction. Le sol est sale, jonché de poussière, de sable, de bouts de papier, réminiscences d'emballages de sucre. Un morceau de pain traîne, abandonné sur une table qu'on n'a qu'à moitié débarrassée. Il ne reste accrochés au bar que quelques habitués, murés dans leur silence.

Seule une autre table est occupée par un couple et ses deux enfants. Rouge écrevisse, accablés de chaleur, ils ne prononcent pas un mot tout en dégustant leurs glaces qui achèvent de fondre. Le plus jeune ne doit pas avoir quatre ans. Les parents s'ignorent, comme des étrangers qui se retrouveraient côte à côte dans un avion au hasard des algorithmes. À les observer, je me demande ce qui les lie encore. Un crédit ? Le désir ? L'habitude ? Qu'est-ce qui cimente un couple ? Qu'est-ce qui explique que certains durent et d'autres pas ? Mon expérience de soignant m'a appris à me garder de tout préjugé en la matière, mais pour autant je ne nourris pas trop d'illusions sur l'amour. S'il semble indispensable au début d'une relation, il n'est souvent plus qu'un vague souvenir des années plus tard, souvenir qui irrite comme un eczéma mal soigné ou que l'on chérit.

Je reporte mon attention sur Natacha. Elle-même, pourquoi a-t-elle divorcé ? Le commun accord n'existe pas. Il y en a toujours un qui souhaite plus que l'autre recouvrer sa liberté. Était-ce elle ? lui ? De quoi étaient-ils fatigués ? Que ne voulaient-ils plus ?

Elle relève la tête à cet instant, me dévisage longuement. Ai-je parlé à voix haute sans m'en rendre compte ?

— Vous savez, cela fait des années que je ne suis pas allée sur l'île. Quoi que votre mère décide, merci de m'en donner aujourd'hui l'opportunité.

Je balaie sa remarque d'un geste de la main.

— Oh, mais tout le plaisir est pour moi, vraiment.

La serveuse arrive sur ces entrefaites, me sauvant du sentiment de gêne qui m'a envahi. J'accepte mal qu'on me remercie.

— Vous prendrez ? Je préfère vous prévenir, la cuisine vient de fermer, on ne sert plus que du froid.

Natacha se dresse comme un serpent à sonnette prêt à mordre.

— Vraiment ? Monsieur vous fait signe depuis plus de dix minutes, et vous attendez que le service soit terminé pour prendre sa commande ?

— Natacha, non, écoutez, ce n'est pas si grave.

Je déteste les esclandres, qu'on élève la voix, les conflits.

— Mais si, Robert, c'est grave ! On ne traite pas les gens ainsi quand on est dans le commerce. C'est scandaleux, bordel.

Et avant que la pauvre serveuse, dont c'est sûrement la première saison, ait pu réagir, Natacha s'est emparée de la carte et lui ordonne :

— Monsieur prendra donc un pavé de bœuf sauce au poivre. Et tant pis si vous devez le faire cuire vous-même. En accompagnement, frites et ratatouille. Faites vite, on a un bateau à prendre.

Sans plus accorder un regard à la jeune fille, elle se remet à piocher dans ses propres frites.

Lâchement, je garde la tête baissée pour marmonner un « merci » à l'attention de la serveuse qui repart d'un pas encore plus lourd vers la cuisine d'où nous parviennent bientôt des éclats de voix. Je n'avais pas franchement prévu que le repas tournerait ainsi. Je suis partagé entre l'envie d'éclater de rire (Natacha a été merveilleuse), et la honte de m'être fait remarquer. Ne parvenant pas à trancher, je tripote ma serviette en papier.

— Vous avez prévenu votre mère de notre arrivée ? s'enquiert Natacha comme si de rien n'était.

— Heu… Pardon ? Ma mère ? Non.

Paupières mi-closes, elle m'étudie, l'air espiègle.

— Ah bon ? Vous ne craignez pas qu'on la dérange ?

Si, et c'est bien pour cette raison que je me suis abstenu. Mais après la petite scène qui vient de se jouer, je ne suis pas sûr d'être d'attaque pour un nouvel esclandre. Et ceux de Laurette sont célèbres dans la famille. Comme celui auquel elle s'est livrée à mon école primaire, un jour où j'en étais rentré patraque. Une simple intoxication alimentaire avait suffi à mettre le feu aux poudres. Elle m'avait traîné à sa suite jusqu'à l'établissement scolaire, alors que, pris de haut-le-cœur, je faisais de mon mieux pour ne pas vomir dans la rue. Là, véritable furie, les cheveux en bataille, les yeux lançant des flammes et la bouche tordue par la haine, elle avait menacé d'incendier la cantine si jamais elle me retrouvait encore dans cet état pour y avoir mangé. Livide, fiévreux, je regardais ma mère-dragon, me demandant ce qui me valait d'être ainsi défendu. Un instant, je me crus important à ses yeux. L'illusion ne dura que le temps du retour à la maison. « Pas question que je perde mon temps à te nourrir le midi, avait-elle craché sans même un regard dans ma direction. Ni que je paie pour que tu sois malade. » Et elle m'avait abandonné aux bons soins de ma nounou avant de retourner s'enfermer dans sa chambre. Elle n'avait pas annulé son dîner pour me soigner et m'avait renvoyé encore flageolant à l'école dès le lendemain matin, car elle devait recevoir à midi.

— Laurette est toujours ravie d'avoir de la visite.

Un énorme mensonge, servi sur un plateau sourires-regard-bienveillant. Le deuxième de la journée. Cela ne me ressemble pas. Le vent, sûrement, le vent.

De toute manière, il est maintenant trop tard pour appeler l'île. Si Laurette refusait tout net de nous recevoir, de quoi aurais-je l'air ?

Une assiette fumante est posée sans douceur sous mon nez. La viande est racornie, brûlée aux entournures. Les frites baignent dans le jus de la ratatouille qui semble à peine tiède. Laurette aurait sûrement jeté un tel plat à la tête du cuistot, après s'être ruée en cuisine.

Je n'ai pas le temps de remercier la serveuse que celle-ci a déjà tourné les talons. Pas de doute, ce repas risque de me peser sur l'estomac.

Laurette

Cette vision de Magalie m'aura plus ébranlée que je ne veux bien le reconnaître. Qu'a-t-il bien pu se passer pour qu'elle soit dans un état pareil ? Elle m'a fait peur. Je n'aime pas la folie, les signes que j'en détecte dans les regards, les gestes saccadés, un mouvement de tête. Je crains la contagion. J'ai toujours réussi à garder sous contrôle ce qui s'en approchait le plus chez moi. Je ne supporte pas d'être témoin du basculement des autres.

Assise dans le grand fauteuil de ma chambre, je frissonne malgré la chaleur. Le vent crie et hurle. Il a encore gagné en puissance. Agathe, fidèle à sa promesse, est partie faire quelques courses au village, Clim sur les talons. Elle ne craint ni le soleil ni aucun élément. Dit-elle. Nous n'avons plus reparlé de ma locataire, une fois à l'abri de la maison. Ni de vacances, ni d'amour. Elle a dressé une liste succincte de ce qui manquait, je lui ai tendu ma carte bancaire malgré ses protestations, et je suis montée.

J'ai entendu la porte claquer, ses pas sur les graviers et puis plus rien, et j'ai regretté que le portail ne grince jamais.

Je ferme les yeux, dodeline de la tête. Un vieil air de Birkin joue en sourdine quelque part sous mon crâne. *Moi, j'aimerais que la terre s'arrête pour descendre… quoi, de notre amour fou ne resteraient que des cendres…* Les cendres. Le feu. Les flammes. Le souffle du vent m'évoque celui des incendies.

Une boîte d'allumettes traîne sur le linteau de ma cheminée. Je le sais sans avoir besoin de soulever les paupières. Mais la tentation est trop grande. Yeux mi-clos, je l'observe.

Jouer avec le feu, quelle belle expression. L'eau recouvre tout, mais le feu, lui, détruit jusqu'à ce qu'il ne reste même plus la trace d'un souvenir. Il purifie.

Un sourire s'égare sur mes lèvres. Je repose la tête sur le haut du dossier, et me détends enfin.

Magalie

Laurette a pris peur en me voyant. Je m'en moque. Enfin, pas complètement. Disons que ce n'est pas ma priorité aujourd'hui, alors que je suis assaillie par les souvenirs, les images, les odeurs d'une autre vie. Tout ce que, d'ordinaire, j'arrive assez bien à pousser sous le tapis pour ne pas en être dérangée.

Pour échapper à Lise, mon esprit las se tourne vers Jacques. En moi, mes démons ricanent, maintenant assurés de remporter la victoire. Ils ont coiffé ma conscience au poteau. C'était elle, ou eux. Ça sera eux. Puis elle. Car nous savons tous où cela me mène, d'évoquer Jacques. Lise et lui sont indissociables. C'est le serpent qui se mange la queue. Une fausse bonne idée. Mais avant l'horreur, il y a le plaisir. Le cœur qui s'emballe, les papillons dans le ventre, la tête qu'on tient plus droite, les seins qui se redressent, la légèreté d'un petit air qu'on sifflote sans s'y attarder. En un mot, la vie.

Notre première rencontre a eu lieu au bar du Crillon. C'était souvent là que l'agence m'envoyait retrouver mes clients. Ils étaient faciles à reconnaître et je devais l'être tout autant. J'avais passé le cap de la quarantaine, mais tout corps sait éveiller le désir. Ce n'est qu'une question de contexte. De parfum. De texture de peau. Et de prix. De plus, tous les hommes ne rêvent pas d'une Lolita. Certains aiment aussi faire la conversation.

Jacques m'a tout de suite plu. Quelque chose en lui m'a attirée. Son sourire, l'éclat de ses prunelles, son geste pour m'accueillir à sa table ? Même maintenant, je ne saurais dire avec précision pourquoi j'ai accepté de lui ce que je n'aurais accepté de personne d'autre. La faute à cette reconnaissance immédiate que j'ai éprouvée en le voyant ? Ce sentiment d'appartenir à la même espèce, de retrouver un membre égaré de son clan, de sa tribu. Une fulgurance que d'aucuns taxent de coup de foudre. J'avais déjà appris depuis longtemps qu'il y avait autant de façons d'aimer que de rencontres, mais que certains hommes occupaient une place bien particulière dans mon petit Parthénon, dédié comme il se doit à la guerre et à la sagesse. Et Jacques est devenu mon Athéna à moi.

Nous nous étions souri, donc, et il m'avait offert un verre. Il n'avait pas proposé que nous montions dans sa chambre. Nous nous étions séparés deux heures plus tard, plus nus que si nos peaux s'étaient touchées.

La rencontre m'avait troublée, la nuit était passée, la vie avait repris son cours. Tout du moins, je m'en étais persuadée. Le contraire aurait été trop perturbant, inacceptable. Il y avait eu d'autres bars de palace. D'autres clients. Ma double vie me convenait, m'excitait. Ou je me mentais si bien que cela revenait au même. Certes, j'avais cherché à refouler mes pulsions en épousant Jean-Louis comme on s'accroche au débris d'un mât lors d'un naufrage. Je m'étais promis de lui être fidèle. Je m'étais juré qu'il me ferait passer le goût des rencontres sans lendemain. Et j'avais résisté longtemps, enfermant déjà à l'époque mon corps et mes pensées dans un carcan rigide. Je ne consultais plus. Longtemps, j'avais espéré que ce désir incessant qui me ravageait le corps soit une maladie référencée, qu'est-ce qui ne l'est pas aujourd'hui ? J'avais accepté les traitements, les cures, les thérapies, les mêmes que ceux qu'on m'avait imposés plus jeune. Sans plus de résultat.

Avec le mariage, je m'étais cru hors de danger. On n'efface pas son éducation comme on nettoie un tableau noir dans une salle de classe surchauffée. Les vœux prononcés devant un curé à la babine tremblotante m'avaient semblé être le meilleur des remparts contre moi-même. Je ne m'étais pas trompée. Mais n'avais pas pris en compte dans mon équation parfaite une variable insidieuse : l'ennui. Tout comme aujourd'hui je mesure combien étaient vaines mes tentatives d'effacement, derrière le paravent de mes paniers d'osier, sur ce bout de terre coupé du reste du monde. Idiote.

Il y avait eu un premier homme, rencontré dans le métro, où nos regards s'étaient croisés. Puis un autre, dans un cinéma. Et j'ai fini par en conclure que le seul moyen de dominer *a minima* mes désirs était de les tarifer, de leur offrir une structure bien définie. Cela me permettait une distanciation indispensable avec la femme que j'étais aux yeux de tous. Le jour, à moi la banque, mes tailleurs sages, mon allure effacée, mes lunettes cerclées d'écaille, démodées. Et puis, certains soirs, cette fuite, ce déguisement, mes talons et mon rouge à lèvres, celui que j'effaçais bien vite dans l'ascenseur qui me ramenait au foyer conjugal. Comme j'ai joui d'être toutes ces femmes, tous ces visages, toutes ces existences ! La vie était un théâtre, je montais sur scène dans un costume ou un autre selon les jours et les heures des représentations. Je régnais, avais-je la prétention de croire, en maîtresse sur l'univers bancal que je m'étais construit. Je ne mentais pas vraiment à mon mari, puisque j'étais une autre à l'heure d'enfiler mes tenues provocantes. Un baiser de cinéma a-t-il la moindre réalité ? C'était avec ces beaux discours d'une mauvaise foi indéniable que je m'épargnais le moindre sentiment de culpabilité. Je ne m'empêchais plus d'être moi-même, j'avais même trouvé la solution parfaite pour réconcilier ces deux femmes qui vivaient en moi. Tout comme, des années plus tard, sur cette île, j'ai cru possible de me laisser aller entre les bras de Pierre, me persuadant que cela ne voulait rien dire, ne présageait en rien ma chute future. Mais ça ne marche jamais comme ça, l'oublier était une erreur. Je suis devenue moins attentive à mon personnage, après Pierre, je me suis laissée aller. Une étape de plus vers ma déliquescence actuelle.

Un mois après notre premier rendez-vous, j'avais retrouvé Jacques une nouvelle fois. Le lieu et l'heure étaient les mêmes. Je me persuadais qu'il représentait une pause bienvenue, une jolie énigme, niant avoir pensé à lui trop souvent. Je savais déjà que je me mentais. Mon existence ne me convenait plus, à tel point qu'il n'avait rien fallu de plus qu'un client se refusant à moi pour lui redonner du sel et de la saveur. Oui, je savourais de ne susciter aucun désir chez lui, alors qu'il me payait pour lui plaire. Qui n'a jamais travaillé de son corps ne peut me comprendre.

Nous avions repris la discussion où nous l'avions laissée, respectant les codes de ma profession : pas d'informations personnelles, ou si peu, pas de numéro échangé, même pas nos vrais noms. Et pourtant, nous savions déjà tant de choses l'un sur l'autre. Il aimait son whisky sec, ne portait que des chemises Ralph Lauren en souvenir de ses années d'études aux États-Unis, écoutait Nina Simone la nuit, quand la ville dormait, parlait quatre langues et ne lisait que la presse économique. Je préférais Londres à Paris et New York à Londres (villes où je n'avais jamais mis les pieds), c'était FIP qui jouait dans mon iPod, j'étais allergique aux moules et aux chats, et avais la main verte (le ficus de mon bureau sans fenêtre survivait on ne savait comment et tout le monde à la banque me l'enviait. Non pas que Jacques eût besoin de connaître ces détails). Ses iris étaient d'un bleu virant à l'aigue-marine, des rides minuscules sillonnaient le coin de ses yeux, sa bouche était charnue, ses cheveux grisonnants. De longs doigts de pianiste et des boutons de manchettes complétaient l'ensemble. Je lui donnais une petite quarantaine. Avec mes jambes minces et effilées, et ma poitrine haut perchée de gamine, je nous trouvais beaux, accordés. Les gens qui passaient près de notre table nous regardaient. Ça me plaisait.

Jacques me faisait rire et me mettait à l'aise. J'étais bien avec lui. Très bien.

Trop.

Cette fois, il me semble que c'est son parfum que me porte le mistral et non celui de Lise. Dernière lâcheté, dernière preuve que mes digues sont toutes en train de céder, l'une après l'autre, je serre fort les paupières. Son souffle murmure alors à mon oreille, comme pour un dernier baiser.

Mon enfant nu sur les galets, le vent dans tes cheveux défaits, je t'aimais, je t'aime et je t'aimerai… *Mais qu'est-ce qui me prend aujourd'hui, avec cette nostalgie des années 1980 ! Obispo, et maintenant Cabrel ? N'importe quoi ! Faut que j'arrête d'écouter RTL2, moi. Ils riraient bien au boulot, s'ils me surprenaient à chanter un truc pareil. Mais* je suis de bonne bonne bonne humeur ce matin, y a des matins comme ça… *c'était de qui, ça, déjà ? Aucune importance. Je suis heureuse. Oui, oui. Heureuse et follette. Je vais prendre la mer, tada !* Moi, la mer, elle m'a pris… *Quand est-ce que la mer a pris Renaud ? J'ai un trou. Moi, elle me prendra dans dix minutes, à peu près. Le vent est dingue, les amarres geignent, les touristes frissonnent d'angoisse par anticipation, c'est comme quand on joue à se faire peur en grimpant sur des montagnes russes à Magic World. C'est top, j'adore ça. Que cette journée me fait du bien, bordel ! J'ai carrément eu raison de répondre à cette annonce !*

Bon alors, on s'en va ? On va pas passer la journée à quai, merde !

Magalie

C'est à notre cinquième rendez-vous que tout a basculé.

« Lou, j'ai quelque chose à te demander », a-t-il dit.

Parce que pour lui, j'étais Lou. Et il n'y avait aucune raison qu'il apprenne un jour que Magalie, contrairement à Lou, aimait follement les chats, en particulier ceux à poils longs. Enfant, j'avais eu un persan, que je n'avais de cesse de caresser. J'espérais voir s'effacer un jour son air mi-étonné, mi-méprisant. Ma première grande désillusion. Léon était avare en ronronnements, il se calait le long des portes de toute sa longueur, parfait boudin anti-courants d'air, et la nuit, agitait sa queue sous mon nez jusqu'à me faire éternuer. Malgré le dédain dont cette bête faisait preuve à mon égard, je lui vouais un amour indéfectible.

J'ai attrapé une olive sur sa pique, et l'ai glissée dans ma bouche, d'un geste que j'espérais sensuel et qui n'était probablement que ridicule.

« Je t'écoute.

— Crois-tu pouvoir me faire confiance ? »

Je me suis raidie. Me suis brutalement rappelée qu'il n'était qu'un client, plus charmant, plus attentif et plus bavard que d'autres, mais un client malgré tout. Il n'était question entre nous que d'un jeu de rôles. Je ne serais jamais Pretty Woman, je n'avais pas besoin d'être sauvée du trottoir. Je me vendais parce que cela me plaisait, parce que j'y trouvais un plaisir qui allait bien au-delà de l'affrontement des corps entre les draps. Je me sentais libre dans cette vie-là, libre de mes choix, de mes désirs et de la manière de les combler. Je n'avais à m'excuser de rien, et surtout pas de ce que j'étais. Enfin, je n'avais plus à être invisible. Au contraire, on me payait pour être vue. Quant à lui, il lisait peut-être *L'Équipe* et ne maîtrisait pas le japonais, je n'avais aucun moyen de le vérifier. Le personnage qu'il m'avait offert m'avait séduite. Celui que je lui louais remplissait les mêmes fonctions. Soi-disant.

Je me suis vite reprise.

« Jacques, s'agit-il vraiment d'une question de confiance entre nous ? »

Il a souri à son tour avant de me saluer de son verre. Pas dupe.

« Touché ! Mais il n'empêche. Ce que je veux te demander est particulier. Tu as le droit de refuser, bien sûr. Je ne t'en tiendrai pas rigueur. Je n'en soufflerai mot à l'agence. Je cesserai simplement de faire appel à toi. Et sois rassurée, il ne s'agit de rien d'aussi vulgaire que te donner des coups de martinet après t'avoir obligée à m'appeler maître ! »

J'ai ri, parce qu'il riait. J'étais partagée. Ne plus le revoir ? L'idée me déplaisait, ce qui aurait dû m'alerter. Mais accepter un marché dont les termes m'échappaient ? Était-ce bien prudent ?

Il a senti mon hésitation.

« Lou, je ne peux pas t'en dire plus, pour le moment en tout cas. J'aimerais que tu dises oui. Tu me plais. C'est avec toi que j'ai envie de tenter cette expérience qui te semble bien mystérieuse. Et, j'insiste, durant laquelle il ne te sera fait aucun mal. »

J'ai achevé mon Martini et ai planté mes yeux dans les siens.

« Oui. »

Après Jacques, je n'ai plus jamais bu de Martini.

Laurette

Je somnole. Des images s'enchevêtrent devant mes yeux fermés. Miss Carry Edge et sa main gantée. *Behave, miss Laurette.* Le tissu rêche contre ma paume. Le bruit de nos pas sur le pavé londonien. Les sirènes et les cris. Alain. Rudy, l'enfant de la crevasse, naissant une seconde fois quand on l'en tire. Rudy et l'amour des cimes. Comme ce conte me plaisait. Comme il m'a marquée. *La Vierge des glaces.* Lu et relu, je crois encore entendre la voix de Miss Carry Edge décrivant la Vierge et ses acolytes, le petit Rudy et son grand-père, le jeune Rudy et sa fiancée.

I don't need help. I need love. Lui, que j'ai aimé plus que les autres, bien avant Antoine. Son souffle sur ma peau, ses fadaises murmurées à mon oreille, celles que je criais dans le plaisir. Mon petit paltoquet. *Jeg elsker dig.* La falaise. La brûlure du désir. L'eau qui miroite sur les rochers. Se brise contre un roc dressé vers les cieux, accusateur. L'écume. Le grondement des flots. La mer qui s'agite, énervée, titillée par les courants sous-marins, par le vent, par le passage d'un yacht plus loin au large. *Deep deep blue sea.*

L'eau et le feu, encore et toujours.

Magalie

C'était l'été, un été caniculaire. Étouffant. Jamais depuis je n'ai eu aussi chaud. Sauf peut-être aujourd'hui. La faute au vent. Depuis, je déteste l'été, tous les étés. Je les crains, et aimerais dormir de mai à novembre sans discontinuer.

Nous avons roulé un moment dans Paris. C'est beau, Paris, la nuit. La provinciale que je suis n'a jamais cessé de s'émerveiller devant cette ville. J'y suis arrivée à vingt ans, éblouie, déjà. Mais m'y suis toujours sentie un peu étrangère, comme si les Parisiens, les vrais, se reconnaissaient entre eux à quelques gestes, des regards, un code secret, une manière d'arpenter les trottoirs. Ils nous tolèrent. Très vite, ils savent identifier les imposteurs dans leurs rangs. La Parisienne est une caste à part, que je n'ai jamais eu la prétention de pénétrer, bien que j'en aie rêvé longtemps. Ce n'était que lors de brefs séjours en province que je donnais le change. Là, invariablement, on me lançait dans un bar ou sur un marché un « Vous venez de Paris, non ? » qui était censé claquer comme une insulte et qui résonnait à mes oreilles comme le plus beau des compliments.

Jacques était concentré sur la conduite, mains sur le volant à 10 h 10, comme s'il repassait son permis. Nous nous taisions dans l'habitacle de sa Jaguar.

Il avait mis un vieil album de Miossec, fredonnait parfois sur un titre ou l'autre. *Désolé pour la poussière. Seul ce que j'ai perdu m'appartient à jamais, on n'efface pas ce qu'on a adoré.*

Nous avons remonté l'avenue Foch et je me suis demandé un instant s'il avait l'intention de m'entraîner dans le bois de Boulogne pour une quelconque expérience glauque.

Mais il a poursuivi sa route. Et je me suis replongée dans mes pensées, loin de Paris, pour rejoindre cette ville de l'Est dont j'avais été bannie. La nuit m'y poussait car les souvenirs des lieux de mon enfance se déclinent le plus souvent en noir et blanc, sous un ciel uniformément gris. Seuls quelques éclats de couleurs, violentes, viennent briser ce terne immuable. Comme l'horreur sur le visage de ma mère quand elle m'a découverte agenouillée devant le pantalon ouvert d'un ami de mon père. J'avais quinze ans. Personne ne m'avait obligée à rien. J'aimais déjà ça. Là, les images ont des teintes vives, comme dans un film de Tim Burton.

Elle a lutté, la pauvre, contre cet instinct primaire en moi qui me poussait à m'accoupler plus que de raison. Il y en a eu, des médecins, des traitements, des instituts, des éloignements du foyer familial, des discours paternels, des visites au curé. Je disais oui à tout, sûrement ils avaient raison, après tout, ils étaient les adultes. Je n'étais pas normale, non, pas normale, et il fallait me soigner.

Miossec s'interrogeait : ne devenait-on pas un peu trop fou quand on ne s'accrochait plus trop à rien ? Je n'avais pas la réponse, j'imaginais que oui.

Nous sommes arrivés devant un hôtel particulier, au cœur du XVIe arrondissement. Jacques a appuyé sur une télécommande et la grille s'est ouverte. Les pneus ont crissé sur le gravier de l'allée menant à une demeure ressemblant étrangement à celle de Laurette, que je ne connaissais pas encore. Les chemins que la vie vous fait prendre vous laissent croire que vous êtes aux commandes, que vous avancez, alors que vous ne faites que tourner en rond, déboussolé, victime d'un destin de tout temps écrit.

Jacques a arrêté la voiture, coupé le contact et m'a enfin regardée.

— Nous sommes ici chez moi. Nous allons entrer. Là, je te banderai les yeux pour te conduire à la chambre. Si tu n'aimes pas ce que je te fais, tu n'as qu'un mot à dire, et j'arrête. Ce n'est pas plus compliqué que ça. En revanche, ne retire jamais le bandeau. Tu es toujours d'accord ?

Je me souviens. Je me souviens encore de ma gorge sèche et de cette peur, mêlée de curiosité, qui me mettait des papillons au ventre. J'avais surtout envie de lui. Là encore, j'avais cru tenir les rênes, me moquer de ne pas l'exciter, alors qu'en fait, il n'avait fait que me ferrer, l'hameçon bien planté dans le palais, le moulinet qui tournait en douceur, et moi, qu'il amenait exactement où il le souhaitait : devant cette maison, cette nuit-là.

J'en ai pris conscience beaucoup plus tard. Peut-être après avoir tressé mon dix-septième panier d'osier. On est bien bête, parfois, quand on aime.

Jacques a dû comprendre que mon acceptation était dorénavant totale car, pour la première fois depuis notre départ du bar, il a posé sa main sur la mienne. J'ai baissé les yeux sur cette main, sur ces doigts, que je connaissais dans d'autres positions, sur des verres, voltigeant devant son visage pour soutenir son argumentation, au repos sur sa cuisse, ces doigts dont je découvrais le contour sur ma peau, leur chaleur, et qui me marquaient.

« Tu es prête ?

— Oui », ai-je répondu dans un souffle.

Je gémis. Pourquoi me plonger de nouveau dans tout ça ? Pourquoi ressasser ces nuits parisiennes, ces nuits qui expliquent que j'en sois là aujourd'hui ? Robert et sa mère seraient bien surpris d'apprendre ce que j'entendais exactement par livre de développement personnel. Livre, tu parles. Salive, bouche, doigts, sperme. Rien de plus concret, de plus physique que cela.

Je suis allongée sur les tomettes chaudes. Mes soupirs, nourris à parts égales par mes souvenirs de plaisir et l'angoisse que font naître ces réminiscences auxquelles je ne tente plus d'échapper, sont couverts par le cri du vent. Mon tatouage me démange, comme s'il voulait quitter ma peau, me laissant un peu plus encore à la dérive. Le pin se plaint violemment. Si seulement il tombait enfin. Que cela mette un terme à l'histoire.

Robert

L'embarquement n'en finit plus. Les retardataires avancent nonchalamment sur le ponton, semblant ne pas avoir conscience qu'ils nous font perdre notre temps. Je trépigne, impatient.

Je voudrais maintenant en finir avec tout ça. Cette journée a complètement dérapé, a échappé à mon contrôle et je n'aime pas ça. Je coule un regard en coin à Natacha qui, yeux fermés, menton dressé, laisse le soleil lui mordre le visage. Le vent la décoiffe, emmêle ses cheveux, les tirant en arrière, et elle sourit. Oui, elle sourit, comme si tout cela n'était qu'un jeu. Peut-être d'ailleurs prend-elle du plaisir à cette escapade qui maintenant ne m'amuse plus. Il me semble même l'entendre fredonner un air que je ne reconnais pas.

Je me détourne, tambourine sur le bastingage du pont arrière. Nous n'avons pas trouvé de places assises. L'intérieur lui semblait déprimant, l'extérieur était complet. J'ai suggéré de ne pas se mettre à la proue, les embruns nous auraient trempés. Elle a acquiescé, même si, a-t-elle souligné, regarder en arrière n'était pas son truc. J'ai opiné. Bien sûr, regarder en arrière est une perte de temps. Pour autant, les salles d'attente de mes confrères et la mienne ne désemplissent pas. Quelle ironie, n'est-ce pas ?

La navette gronde sous mes pieds, se détache douloureusement du ponton. Nous partons enfin.

Magalie

Avec une cruauté sans nom envers moi-même, je prends un temps infini à dérouler mes souvenirs. Les démons sont à la fête, ils n'auraient pu espérer un tel spectacle. Ils se taisent, apprécient en silence cette projection privée. Sont heureux. Et la séance de torture se poursuit. Pour donner plus de poids encore aux images, je me griffe lentement, méthodiquement, l'intérieur des cuisses. Personne n'en saura rien. Personne ne verra rien.

J'avais les yeux bandés.

Jacques m'a guidée le long d'un couloir. J'ai entendu une porte s'ouvrir. Nous avons franchi un seuil. Il m'a fait avancer de quelques pas, avant de me diriger sur la gauche.

« Retourne-toi », a-t-il chuchoté.

J'ai obtempéré pour me cogner contre le montant du lit.

« Assieds-toi. »

Encore une fois, j'ai obéi.

Il n'y avait que le silence, et nos souffles, un peu courts.

Puis ses mains, de nouveau, sont venues se poser sur moi. Mes épaules, mes bras… qu'elles ont abandonnés pour mes cuisses, mes jambes, mes pieds. Il m'a débarrassée de mes chaussures avant de rebrousser lentement chemin. Arrivé à mes genoux, d'une légère pression, il m'a fait comprendre de les écarter.

Dans ce noir total, je me raccrochais à la moindre sensation, aux abois. La peau me picotait. J'étais vulnérable, plus à nu que je ne l'aurais été à le chevaucher dans une chambre d'hôtel impersonnelle. Il ne demandait, n'imposait rien, vérifiait à chaque instant de ses caresses, de ses murmures, que j'étais là, bel et bien là, consentante en tout, ancrée dans le moment présent. Il s'offrait tout autant que je me donnais. Prête, déjà, pour lui. Avide, soudain, de cet homme avec lequel j'avais tant parlé et que je croyais connaître alors que l'essentiel de lui m'était encore étranger. Je voulais ses lèvres, son goût, son haleine, le parfum de sa peau, son flanc pesant contre le mien, lui en moi. Je voulais l'embrasser, le mordre, le posséder. Je voulais l'apprendre.

J'ai écarté les cuisses et il s'est faufilé jusqu'à mes dessous. De l'index, il en a dessiné les contours et j'ai soupiré. Oui, non, c'était bien, c'était trop, c'était rien. Je flottais dans un monde aux couleurs vives et aux parfums prégnants. Un monde où le mensonge n'existait plus car il est impossible de feindre le désir, le vrai, celui qui vous bouleverse jusqu'aux entrailles, vous retourne, vous submerge pour vous abandonner à une solitude éternelle.

Toujours avec le même calme, il s'est frayé un chemin jusqu'à mon intimité qu'il a effleurée, très lentement. Dans un sens, puis dans l'autre. Et encore. J'ai gémi, me suis cambrée. Mais à aucun moment n'ai pensé à lui rendre ses caresses, à enfouir ma main dans ses cheveux, à attirer sa bouche vers la source de la musique qu'il faisait naître en moi. En disant oui, j'avais accepté de le laisser mener à sa guise la recherche de son plaisir. Comment peut-on s'illusionner à ce point, se croire indépendante, à la barre, pour se retrouver, au bout du compte, soumise à un rythme sur lequel on n'a pas son mot à dire ?

Il m'a soulevé les jambes, dénudée. Il me voyait comme je ne me verrais jamais. Puis, brusquement, tout s'est arrêté. J'étais seule. Jacques avait disparu. Il ne restait que le vide.

Je ne savais que faire, que croire. Mes pensées se brouillaient, je n'étais que frustration.

Soudain, sa bouche s'est trouvée posée sur le point que mes jambes avaient cru devoir dissimuler. Appuyée sur les coudes, poitrine bombée, hanches en avant, je me suis abandonnée.

Aujourd'hui encore, si je ferme les yeux assez fort, je sens sa langue en moi.

Aujourd'hui, vraiment, je ne le devrais pas.

Laurette

Le souffle des flammes embrase mon visage. Les vitres explosent, s'éparpillent en milliers d'éclats en tombant au sol. C'est doux, cette musique. C'est joli, léger.

Je souris.

Malgré les cris, la panique, les résidents qu'on sort de là comme on le peut. Malgré le hurlement des sirènes, les hommes qui s'interpellent, les lances qu'on tire, l'eau qui lutte. Malgré la chaleur torride, les flammèches folles, le rougeoiement du ciel.

Je souris.

Malgré les bombes, la peur, le bourdonnement des avions qui approchent.

Je souris.

Malgré les hurlements de terreur, les pleurs des enfants, la plainte des mères.

Je souris.

D'autres flammes envahissent mon esprit. Celles qu'un seul homme aura su allumer. Adieu Antoine, tu n'étais que peu de chose face à lui. Les flammes de ses mots, la brûlure de ses baisers, alimentées par le sentiment qu'il fallait faire vite, se montrer discrets. Car cet homme ne m'appartenait pas. Mais n'est-il pas illusoire de croire qu'ils sont à nous parce qu'une mince bande d'or ou d'argent entoure leur doigt ? Nous ne sommes à personne, et personne n'est à nous. Nous sommes seuls, tous, sauf à de rares moments, où une fulgurance nous apprend que nous avons trouvé un compagnon de voyage, qu'importe le temps que durera ce dernier.

La fureur de nos ébats, la réalité de nos corps à corps. Qu'y a-t-il d'étonnant à ce que j'aie cherché à effacer tout cela ? Avec d'autres corps, d'autres amours. Bien fades. Jusqu'à Antoine. Oui, reviens, Antoine, j'ai menti, toi aussi je t'ai aimé. Avec toi, j'aurai vécu la quintessence du sentiment amoureux partagé. Ton sourire était un port sûr, un havre de paix. Mon cœur entre tes mains était en sécurité. Avec toi, j'étais seule maîtresse de notre destin. Aux commandes. Comme jamais. Et comblée.

Je ne souris plus. Une larme échappe à ma vigilance, roule sur ma joue, se perd dans mon cou. Fraîche. Comme versée pour un amour perdu du jour.

Magalie

Dans la voiture, j'avais le cœur au bord de mes lèvres, ces lèvres dont il était devenu le propriétaire, car oui, il avait payé pour elles, et pour ces seins et pour ce qui venait autour. J'en avais la tête qui tournait. En moi, tout se mêlait, des rêves de petite fille, des départs vers l'horizon, la mer et le soleil levant, des images cha-ba-da-ba-da où il m'entourerait de ses bras et nous ririons, décoiffés par le vent sur la plage de Deauville, la banque et mon rendez-vous demain à 9 heures avec M. Virkel qui cherchait à acheter un commerce plus bas dans la rue, le corps de Jacques qu'il me restait encore à découvrir, les ronflements de Jean-Louis et sa poitrine velue, la normalité à laquelle j'avais cherché à tout prix à accéder, la folie du désir quand il est partagé, la vie dont on m'avait fait croire qu'elle me comblerait si je renonçais à une partie de ce que j'étais.

Arrivé à destination, il a laissé tourner le moteur, a tambouriné un moment sur le volant, puis s'est tourné vers moi.

Il s'est penché très lentement et a déposé un baiser sur mes lèvres, les frôlant à peine. Les siennes portaient encore le goût de mon plaisir.

« Je te rappelle », a-t-il promis.

J'ai hoché la tête, ouvert la portière. Au moment de descendre, je me suis ravisée.

« Merci », lui ai-je dit.

Je forme maintenant le mot, silencieusement, l'articule doucement. Merci. Les démons applaudissent, aux anges.

Je souris. Il arrive parfois que nous devenions brièvement nous-mêmes sous le regard des autres.

Robert

La passe franchie, le bateau plonge. Un « Oh » collectif s'élève des centaines de poitrines qui m'entourent. Un enfant hurle et se met à pleurer. Ça tape. Cartouche, comme on dit ici. On va être secoués. Seule Natacha rit, comme un gamin téméraire sur un grand huit, un gamin que rien n'arrête. Mais qui est cette femme ?

Je m'accroche plus fermement, anticipant le creux de la vague. On tombe, on se redresse, et ça recommence. Une adolescente se penche pour vomir, sa mère, verdâtre, retient ses longs cheveux blonds en lui murmurant des mots d'apaisement. Je me détourne, écœuré. La sauce au poivre obtenue de haute lutte semble ne pas vraiment s'acclimater aux conditions de la traversée. J'évite de regarder l'heure. Quinze minutes, parfois, c'est très long.

Je m'arrime à ma mémoire pour qu'elle fasse son travail et m'entraîne ailleurs, vers un lieu qui ne me donnerait pas l'impression de voyager au cœur d'un lave-linge en mode essorage. L'image de Colette, ma première épouse, s'impose. Elle aussi aimait la mer. Malgré ses intolérances à l'iode et au soleil. Elle portait des chemises à manches longues au plus chaud de l'été et on riait sous un parasol immense planté sur l'une des plages de sable blanc de l'île. Nous n'y sommes pas venus souvent, mais chacun de nos séjours a été merveilleux.

Oui, j'aime cet endroit, sa sensualité, sa puissance et son mystère.

Une île, ça se mérite, me dis-je au moment où la navette pique du nez et que, le temps d'une seconde, ses passagers pensent que cette fois-ci, elle ne s'en relèvera pas.

Magalie

L'expérience s'est reproduite à plusieurs reprises, sans variantes. Nous nous retrouvions au Crillon, il me demandait de lui faire confiance, nous allions chez lui.

Il me menait les yeux bandés à la chambre, me prenait des lèvres, de la bouche, des dents, puis me ramenait chez moi.

Ma vie ne reprenait plus son cours. J'attendais ses appels. J'attendais nos rendez-vous. Je mentais. Encore plus. J'attendais que Jean-Louis parte travailler. Je téléphonais à la banque. Je me faisais porter pâle. Un virus. Une gastro. Ma belle-mère à l'agonie, elle que nous avions déjà enterrée, paix à son âme frigide. Mon corps s'enflammait dès que je baissais les paupières, me remémorant mes nuits morcelées avec Jacques, notre rituel, nos corps. Je ne connaissais toujours rien du sien, j'en mourais. Je le voulais en moi, je voulais l'aimer. J'écoutais Miossec, je buvais du Martini, je dansais pieds nus dans le salon, je prenais des bains chauds et puis froids. Je n'étais plus là.

Un volet claque, claque encore. À chacun de ses coups, je sursaute, comme s'il me frappait. J'ai mal, les joues rouges, striées de larmes. J'ai mal dans mon ventre, dans ma chair, dans mon cœur. Je me consume.

Maman, je ne guérirai jamais.

Laurette

Je rêve encore.

Des images de ma cantine londonienne se mêlent à celles de la Roseraie. Il fait chaud. Trop chaud. Je transpire abondamment. Des mots en anglais remontent à ma mémoire. Des *marmelade*, des *please, do*, des *mind the gap* sans queue ni tête. Le sourire de Marissette devant l'hôtel de New Delhi, son air crispé, alors que je franchis le seuil de mon petit appartement de la Roseraie pour la première fois, son regard fuyant, sa honte d'avoir participé à cette mascarade. Comme je la hais. Papa et Miss Carry Edge, un jour sur le Mall. Le jardin de ma tante et ses rosiers, j'écrasais leurs boutons jusqu'à les réduire en poussière, et Auntie était persuadée qu'une maladie inconnue les attaquait sournoisement. Alain et ses grands yeux bleus, sa coquetterie au droit, le tremblement de sa voix le jour où il m'a demandée en mariage. Les bébés, roses, vagissants, contraignants. L'autre, mon amant-paltoquet. Un des mots qu'il chérissait et que je lui répétais en boucle, au point qu'il perde tout son sens. L'éclat dans son regard, sa main ferme qui traçait des mots honnis, sa fatigue incommensurable. La vie qui devait l'abandonner peu de temps après. Le refoulement d'un deuil que je n'étais pas autorisée à porter.

Alain encore. Sa crise cardiaque entre les bras d'une pute. Le corps que je refuse de voir rapatrier à la maison. Ses cendres que je disperse seule dans une poubelle de banlieue. Ses vêtements que je rêve de brûler et que je me contente de larder de coups de ciseaux avant de les jeter dans la même poubelle. Connard. *Asshole.*

Je tressaille, soulève les paupières. Je suis dans ma chambre de l'île. La chaleur est accablante, semble tout faire fondre. J'ai la bouche sèche. Il me faut un moment pour reprendre mes esprits.

Je devrais aller boire, mais une telle lassitude s'est emparée de moi que le moindre geste me semble impossible. J'attendrai le retour d'Agathe, elle ne sera plus longue. La vieillesse est un naufrage, et quoi de mieux qu'une île pour une naufragée ? Je crèverai ici. Sûrement sur le bord de la falaise, un jour où je serai partie m'y promener. Ça ne serait que justice.

Un soupir fend l'air. Force est de constater qu'il s'est échappé de ma poitrine.

Magalie

Depuis le dernier sourire de Lise, je n'ai fait que lutter contre l'inéluctable. Lambeau par lambeau, mon personnage s'est effrité, le peu d'équilibre que j'avais réussi à retrouver s'est effiloché. Et ce travail de sape avait commencé bien avant. J'en ai pris conscience trop tard, alors que j'étais déjà engagée dans une voie que pour rien au monde je n'avais souhaité prendre. Une voie qui m'a menée sur ces tomettes, aujourd'hui, où je geins et me tords, affolée à l'idée de ne pas trouver une nouvelle intersection, plus loin, vers laquelle me précipiter. Et je ralentis ma course, ralentis encore, m'accroche aux images de Jacques pour repousser celles de Lise. Mais elle guette dans l'ombre et je devine déjà son sourire.

Je ne serai pas sauvée.

Robert

Le port se devine enfin. Nous sommes sauvés, alors que la seule menace était celle de notre imagination trop fertile. On n'a jamais entendu parler d'une navette qui chavire entre presqu'île et continent. Les enjeux financiers sont bien trop élevés pour prendre le risque de noyer quelques touristes de temps à autre.

Plus rien, croyons-nous bêtement dans ces moments de crainte extrême, plus rien ne sera jamais pareil. Tu parles. Les épiphanies n'existent pas. Nous nous en créons, quand nous cessons d'être veules. Nous faisons passer pour des grands gestes héroïques ce qui n'est que le ras-le-bol de nos existences médiocres. Moi-même, face à la fureur des éléments, pourrais-je maintenant déclarer : « Sybille, fini », comme le personnage de Duras dans *Le Marin de Gibraltar* beugle dans un musée italien « L'état civil, fini », alors qu'il se croit accablé de chaleur et ne l'est que par le poids de sa propre vie. Encore faudrait-il que quelque chose de meilleur m'attende quelque part, ou que je mérite mieux, ce qui revient finalement au même. On passe sa vie à expier des péchés qui ne sont pas les nôtres.

Aurais-je été différent si ma mère m'avait un peu plus aimé ? Aurais-je été capable de grands gestes, d'héroïsme au quotidien, de donner en me fichant de ne rien recevoir en retour ? Au lieu de faire l'amour la lumière éteinte avec des gestes qu'on dit tendres et qui ne sont que timorés, aurais-je été capable d'emportements, de folies, de transgressions ?

Je ne crie donc pas. Je me contiens, comme toujours. Surtout, ne pas attirer l'attention.

Une mèche de cheveux chatouille mon oreille où une voix murmure :

— J'adore ça ! Merci.

Un gloussement rauque. Qui aurait pu sortir de la gorge d'une vieille putain usée. Russe ou pas.

Magalie

Jacques n'aura été que l'ultime révélateur de tout ce que je refoulais en moi depuis des années. Rien d'autre. Chassez le naturel…

Un petit écart, rien de grave, m'étais-je dit au premier client. Et puis, c'est moi qui décide. Un client, un autre, le suivant… sans Jacques, le jeu n'aurait pas prêté à conséquence. J'aurais poursuivi mon existence, cloisonné soigneusement les différentes parties de ma vie, de mon être. Je me plais à le croire, en tout cas.

J'aurais continué à préparer les lasagnes du dimanche pour mon cher et tendre, à courir les bars des palaces les mercredis ou jeudis soir, voire parfois les lundis après-midi, comme la banque était fermée. Je serais encore à faire la vaisselle en regardant passer les voitures sur le périphérique et en écoutant d'une oreille distraite le journal de France 3 dont ma voisine ne manquait pas une seule diffusion. Je partirais en vacances la première semaine de juin, du côté de Palavas. Et la dernière de septembre, sur la côte normande. Mais voilà, lorsque j'avais rencontré Jacques, je m'abandonnais depuis suffisamment longtemps à ma double vie pour imaginer que rien ne viendrait jamais briser ce rythme qui me convenait. J'avais relâché ma surveillance sur moi-même. Je m'étais détendue. Quelle grossière erreur. N'avais-je donc rien appris de mon passé ? Doit-on arpenter sans fin, encore et encore, le même chemin ? Y creusant à chacun de nos passages des ornières plus profondes. Qui finissent par nous ensevelir.

Un mois s'est écoulé avant que Jacques ne me rappelle. Jean-Louis me trouvait gentille, mais un peu fatiguée, ne souffrais-je pas d'une anémie ? « Lili, me disait-il, inquiet, tu devrais faire une prise de sang. » Il m'avait affublée de ce petit nom dès notre première rencontre, il trouvait les sonorités de mon prénom trop dures, alors que je n'étais que douceur, selon lui. Je ne répondais pas, souriais en feuilletant un magazine qui me promettait d'être plus belle et désirable à cinquante ans qu'à trente. De quoi trépigner en espérant voir les années défiler plus vite. Dehors, le ciel se parait des tons de l'orage. Le tonnerre grondait. Tout éclatait, avec violence. Le répit était de courte durée. Le lendemain, la chaleur revenait, implacable. Meurtrière.

Puis il y a eu le Crillon, de nouveau.

Robert

Tout le monde semble maintenant pressé de quitter le navire qui tangue comme un gros ours repu. Des petits pleurent encore, agrippés aux bras de leurs parents, refusant d'être posés au sol. Des ados affichent des airs bravaches, mais tremblent. Des cyclistes redressent leur vélo, rient haut et fort de blagues qui n'amusent personne.

Seule Natacha semble s'être sincèrement régalée. À peine à terre, elle me prend par le bras et avance d'un pas décontracté, de cette démarche chaloupée qui est la sienne.

— Oh Robert, quelle aventure ! Si cela doit être comme ça tous les jours, c'est un véritable rodéo que vous m'offrez là ! Je suis définitivement conquise. Pourvu que votre mère accepte mon dossier.

Je grommelle mon assentiment sans partager une once de son enthousiasme. La traversée m'a éreinté, et à l'idée de devoir subir le même genre de traitement au retour, je gémis intérieurement. Mais qu'est-ce qui m'a pris de lui proposer une telle folie ? Je perds complètement la boule. Il fait trop chaud, Natacha me ramène à trop de souvenirs. Il n'est jamais bon de fouiller le passé, elle-même l'a bien dit, regarder en arrière est stérile. Et pourtant, tandis qu'elle avance à mes côtés, c'est d'autres débarquements qui me reviennent à l'esprit, ceux de mon enfance, lorsque j'étais si heureux de revenir ici dans le chant des cigales. Nous étions lestés de valises, Aline tenait serrée contre elle Julie, sa poupée préférée. Laurette avait le visage fermé, ne souriait pas, répondait par monosyllabes au marin qui lui demandait de bien recompter ses bagages. On aurait dit qu'elle se préparait à un affrontement qu'elle n'était pas sûre de gagner. Moi, je laissais le vent tourbillonner dans mes cheveux, impatient déjà d'être à terre, de retrouver la maison et le grenier, de fouiller parmi les malles et les souvenirs de Paul, de vérifier l'état de mon attirail de pêche. S'ensuivaient des semaines de liberté totale, sans nounou, sans mère inquiète pour ses petits, ce qui, soyons honnêtes, était aussi le cas le reste de l'année. Mais sur l'île, l'indifférence de Laurette n'en était que plus manifeste et paradoxalement moins douloureuse. Je vivais pieds nus, les genoux écorchés, du sel plein les cheveux. Je me lavais peu, j'enfilais chaque matin le même tee-shirt gris pâle, et au fil des jours on ne devinait plus la couleur de mon short. Les draps de mon lit grattaient de tout le sable qui s'y était accumulé. J'étais Robinson sans son Vendredi, j'étais tous les naufragés du monde, j'étais seul et heureux.

Le vent me bouscule, me ramenant au moment présent.

— Venez, c'est par là.

Je pourrais rejoindre la maison les yeux fermés. Mais ce n'est pas le cœur battant d'un plaisir anticipé que j'en prends le chemin.

Magalie

Jacques m'attendait, à notre table habituelle. Il avait l'air un peu plus tendu, mais à peine, que lors de notre dernière rencontre. Sa chemise était légèrement froissée. Sa cravate gisait sur le siège à côté de lui. Un Martini avait déjà été commandé à mon intention.

Très vite, j'ai abandonné mon armure un peu usée de professionnelle revenue de tout pour retrouver nos sourires, nos rires, notre complicité. Après tout, nous n'avions aucun compte à nous rendre.

Nous avons repris la voiture et le chemin de chez lui. J'étais plus à l'aise, plus distante aussi, peut-être, que lors de nos rendez-vous précédents. Je l'avais trop attendu pour qu'il en soit autrement. À mon insu, ce temps sans lui avait changé l'équilibre de notre relation. Lui aussi le devinait. Il avait toujours su des choses sur nous que j'ignorais.

Contrairement aux fois précédentes, il ne m'a bandé les yeux qu'arrivés devant la deuxième porte à droite sur le palier. Puis, il m'a fait pivoter vers lui et m'a embrassée. Longuement, tendrement, doucement. Un baiser d'amants. Dans un geste impulsif, je l'ai serré contre moi. Il ne s'est pas soustrait à mon étreinte et a refermé ses bras autour de ma taille. Nous nous disions adieu et je prétendais ne pas le comprendre.

Quand nous avons été dans la chambre, il m'a entièrement déshabillée avant de m'allonger. Puis, c'est nu qu'il m'a rejointe.

Cette nuit-là, il m'a fait l'amour. Enfin, j'ai pu m'approprier son corps à l'envi, y imprégner l'empreinte de mes dents, le couvrir de ma salive, mêler mon odeur à la sienne. Enfin, je me suis couchée sur lui, lui apprenant le poids de mes seins, de mes hanches, de mes cuisses, nos silhouettes s'épousant. Et c'est ainsi qu'il m'a pénétrée. Nous n'étions plus qu'un. Assoiffés l'un de l'autre, nous naviguions pourtant avec lenteur, doux supplice né du désir de prolonger l'attente, de ne pas se laisser dépasser par le plaisir, pas déjà, pas tout de suite, pas encore. Car une question s'attardait dans l'air : que resterait-il ensuite de nos amours, une fois la chair rassasiée ?

Il m'a basculée sur le ventre. Du bout de l'index, il dessinait le contour du tatouage sur mon omoplate, encore et encore. Je m'enfonçais dans un univers étrange sous son poids, nos gémissements et soupirs mêlés scandant l'intimité de notre union.

Puis, il a joui. Dans un sursaut, dans un dernier cri. M'emportant avec lui sur la même vague que celle qui venait de le submerger.

Je m'en irai dormir dans le paradis blanc, Où les nuits sont si longues qu'on en oublie le temps, Tout seul avec le vent, Comme dans mes rêves d'enfant…

Oh oui, tout tient du rêve ici : les barques des pêcheurs qui se balancent à leurs amarres, le vent dans les drisses, les exclamations des touristes charmés au premier regard par l'île sur laquelle on a enfin posé pied. Je me sens déjà chez moi. Je respire mieux. Tant de beauté lave de tout le reste, j'en suis persuadée. C'est vraiment ce qu'il me faut, je suis prête à faire un caprice comme un gosse de trois ans devant le marchand de glaces, Laurette a intérêt à être sympa, drôle et chouette, une super-mamie branchée et fun, et, surtout, à me trouver sympa, drôle et chouette, une super-locataire branchée et fun (à supposer que cela entre dans ses critères de sélection). Je me vois déjà rentrer le soir après une longue journée, afficher l'air légèrement blasé de ceux qui font la traversée par tous les temps, deux fois par jour. Et prendre le chemin de la maison en faisant sauter mes clés dans ma main. Peut-être même qu'on pourrait se trouver un bateau, va savoir. Un semi-rigide au moins, pour les week-ends. Ouais, ça serait vraiment trop cool.

Magalie

Nous sommes restés ainsi un long moment, collés l'un à l'autre comme les rescapés d'un naufrage, avant qu'il ne se retire. J'ai cherché à le retenir un peu plus encore en moi, tenté d'effleurer son corps, mais c'était trop tard, terminé. Il n'était déjà plus là.

« Viens », a-t-il exigé en m'obligeant à bouger.

Les jambes peu assurées, je me suis mise debout. Il a pris ma main et a avancé, moi toujours nue et aveugle à sa suite.

« Viens », a-t-il répété.

Nous avons fait quelques pas. Il s'est arrêté.

Il est passé derrière moi, a commencé à défaire le nœud du bandeau qui me gardait dans le noir. Au moment où celui-ci est tombé de mon visage, Jacques a dit :

« Je te présente mon épouse. »

Face à moi, immobile dans un fauteuil roulant, une femme au visage pâle me lorgnait. Ses immenses yeux verts ne quittaient pas les miens. Jacques, lui, ne lâchait pas ma main.

Il m'a encore rapprochée d'elle.

« Elle est malade, m'a-t-il expliqué. Un accident. » Il me caressait le dos en parlant à voix basse, comme pour ne pas troubler cette poupée dont le regard brillait dans la semi-obscurité. Je frissonnais, mal à l'aise, soudain, dans mon corps nu, mon corps vivant, vibrant, jouissant.

« Son odorat est resté sensible, a-t-il dit. Et ce sont les parfums de l'amour qu'elle a toujours préférés. »

J'aurais pu refuser. Ramasser ma robe, partir en claquant la porte. Lui crier au visage que le malade, c'était lui. Oui, j'aurais pu. Encore aujourd'hui, je ne sais pas pourquoi je n'ai rien objecté, rien dit. En moi, quelque chose chancelait. Ainsi donc, il ne s'agissait que de cela : une histoire de corps, de maladie et de perte. Une histoire d'amour. Où je ne tenais pas le rôle principal.

Je touchais presque sa femme dont le visage restait impassible, quand Jacques m'a fait pivoter dans ses bras avant de me soulever de terre.

Il m'a installée sur le fauteuil, fesses tendues vers le visage de la statue, à quatre pattes sur les accoudoirs du siège.

Les inspirations de l'infirme se faisaient plus profondes, plus longues. Plus proches. J'ai frissonné.

Il parlait à sa femme, tout en tendresse et demandes pressantes. Il lui chuchotait de me sentir, de nous sentir. Il voulait que ce parfum l'éveille, la sorte de cette torpeur de princesse de contes de fées. Il avait besoin d'elle, mon Dieu, comme il avait besoin d'elle. « Je t'aime, répétait-il tout en me caressant une fesse. Je t'aime. » Et je ne savais plus à qui il s'adressait, à elle, dont les lèvres m'effleuraient, ou à moi, qu'il venait de revendiquer comme sienne.

Sa plainte se faisait litanie, je n'écoutais plus. J'ai fermé les yeux. Je me suis avancée vers le bord du fauteuil, prête à en descendre, souhaitant qu'il m'y aide. Mais il m'avait oubliée, emporté par sa prière. J'ai soulevé les paupières, souhaitant échapper au ressac de son chant. Et sur la cheville droite de l'infirme, j'ai découvert la réplique du tatouage que je portais à l'omoplate. Une ancre.

Laurette

La mémoire est vraiment une drôle de chose. J'ai raconté tant d'histoires, j'en ai tant vécu que je serais moi-même bien en peine de démêler certains jours le vrai du faux.

Ai-je mis le feu à ma cantine, ou était-ce un concours de circonstances ? Ai-je empoisonné Colette avec ma sauce au laurier-rose, dont tout le monde sait combien les feuilles sont toxiques, prenant au passage le risque d'occire le reste de ma famille, ou est-ce la touche de beurre de cacahouètes qui l'a tuée ? Personne ne connaissait son allergie, pas même elle. Et l'ombre de cet enfant qui règne sur ce domaine, ce petit dont la légende exige tant de choses, a-t-elle vraiment existé ? Ou le fantôme de Rudy, échappé de ma mémoire enfantine et des pages d'un conte danois, vient-il hanter les lieux ? « Viens avec moi sur le toit, petit Rudy ! » Et ensuite, que dit le chat ? Voyons… oui, ça me revient : « Cette histoire de tomber, ce sont des idées qu'on se fait, on ne tombe pas quand on n'a pas peur. » Dire que j'aurais pu être fascinée par la Petite Sirène. Ou la vendeuse d'allumettes. Non, moi, c'était Rudy qui meublait mes rêves. Parce qu'on ne tombe pas quand on n'a pas peur.

Parfois, malgré tout, la chute est là. Celle des autres. Paix à leur âme perdue. Et nous, du haut de nos cimes enneigées, qu'enterre-t-on jour après jour ? Nos désirs, nos folies, nos rêves ? Ou ceux qui les portent ? Finalement, on ne tue jamais que soi-même, avec une cruauté que nous envieraient bien des assassins. Notre corps est notre tombeau, dans lequel nous survivons comme nous le pouvons, asphyxiés jour après jour par notre chair qui étouffe peu à peu nos passions, nos espoirs. Nous ne vieillissons pas, seule notre enveloppe charnelle marque le passage du temps, cette lente dégénérescence qui nous empêche peu à peu de répondre à nos emballements, à nos souhaits les plus chers.

Je n'ai plus changé après mes quarante-deux ans, et si peu auparavant. J'ai bercé en moi la femme que j'étais devenue. Elle est là, toujours là, enfouie quelque part derrière les os ostéoporosés, les organes abîmés, les veines gonflées. Parfois, elle crie, trépigne, frappe les parois de ses poings, cherchant une issue, terrifiée à l'idée de mourir là, prise d'une angoisse implacable qui lui donne presque la force d'échapper à sa prison. Mais emmurée vivante comme elle l'est, c'est terminé pour elle, juste une question de temps et plus vite elle s'y résignera, plus doux seront les jours qu'il lui reste à vivre. Car le sable glisse à son rythme dans le sablier, rien ne sert de le secouer en tous sens. La fin arrivera bien assez vite, ou assez lentement, c'est selon.

Je cherche à me souvenir sans y parvenir de ces mots de Musset, que me voilà obligée de réinventer : il m'est arrivé de souffrir, de me tromper à l'occasion, mais j'ai aimé. La fin me revient : « C'est moi qui ai vécu, et non pas un être factice créé par mon orgueil et mon ennui. » Et pourtant, si ce « j'ai aimé ! » est un cri que j'adresse au ciel, mon opinion diverge ensuite de celle du poète. Je n'ai vécu que poussée par l'orgueil et l'ennui. Petite, la guerre m'amusait, à jouer à saute-mouton dans les gravats. Je n'en mesurais pas la portée, la violence, l'horreur. Je m'inventais un monde où je régnais sans partage. Et le jour où la cantine est partie en fumée, j'y ai vu la consécration de ma puissance. *Vanitas, vanitatum*, tout n'est que vanité. Très vite, il n'est plus resté personne pour m'arrêter. Papa et Miss Carry Edge taxaient l'événement d'accident qui aurait pu tourner au drame, et je souriais en moi-même, assurée d'en être l'instigatrice. J'étais tellement plus maligne qu'eux. Ne suffisait-il pas de prier pour être exaucée ? Ne m'avait-on pas appris depuis le berceau la force de nos pensées ? Y a-t-il vraiment une différence fondamentale entre souhaiter la mort de quelqu'un et lui porter le premier coup de poignard ?

J'ai aimé Alain, j'étais jeune. Un peu idiote, encore. J'y ai cru. Quand j'ai compris qu'il me trompait, malgré toutes ses déclarations d'amour qui m'avaient transportée, naïve que j'étais, j'ai fait de sa vie un enfer. Par orgueil, encore. Car il ne serait pas dit que sa trahison m'obligerait à accepter une nouvelle image de moi-même. Celle de la femme cocue, et qui, sûrement, méritait bien son sort.

J'ai dansé des nuits entières pour tuer le jour. J'ai bu plus que de raison, j'ai échappé aux responsabilités, à mes enfants, à tout ce qui me retenait rivée au sol, pour m'évader dans les vapeurs de l'alcool, dans le bruit des orchestres, dans le cliquetis des machines à sous. Parce que je m'ennuyais.

Je revois mon amant-paltoquet, j'entends sa voix, qui peine à s'imposer par-dessus la musique et les claquettes.

Je n'ai rien oublié de ses mots, de la folie de son regard, de ses pantalons trop grands qui lui tombaient à la taille.

Je revois mon père, qui marchait d'un pas martial sur le Mall, Miss Carry Edge trottinant à son côté.

Je revois Antoine, et nos matins balbutiants que seule une présence fantomatique à mes côtés alimentait.

Je revois la casserole oubliée sur le feu, mais est-il encore allumé ?

Je revois l'enfant quand il a couru vers les falaises, couru de toute la force de ses petites jambes. Il avait l'âge du mien. Il aurait pu être le mien. Il l'était ? Je ne sais plus, je m'embrouille, il faisait chaud aussi ce jour-là, je ne l'ai pas arrêté, je ne l'ai pas retenu, il aurait fallu quitter ma chaise longue, me dresser, crier, voire m'élancer à sa suite. Et je ne l'ai pas fait, par lassitude, j'ai refermé les yeux et me suis abandonnée à la torpeur des heures brûlantes du jour. Le soleil est implacable, il éradique tout sur son chemin, l'orgueil, l'ennui, la luxure et la démence dont ils s'accompagnent. Suis-je vraiment responsable de ce qui s'est passé ensuite ? Tue-t-on autant par paresse que par passion ? Ou peut-être l'ai-je vu passer, et ses cris de cow-boy m'ont vrillé les oreilles, arrachée à ma torpeur alcoolisée. Peut-être ai-je cru reconnaître mon fils et la coupe pleine a-t-elle débordé. Je l'ai secoué et secoué encore, criant pour couvrir ses cris, lui hurlant ma haine au visage. Je n'ai jamais voulu être mère, jamais souhaité me complaire dans une existence où l'enfant serait le sel de la vie pour une femme. Et le petit, terrorisé, d'abord, pleurant ensuite, la tête ballottée follement en tous sens comme une poupée de chiffon, aurait fini par chuter au sol. Et prise par ma fureur, ne me possédant plus, j'aurais continué de le battre, à mes pieds, avant de le faire rouler jusqu'à la falaise, avant de le pousser dans le vide, ce Robert de pacotille, ce Robert qui n'était pas le mien. Peut-être.

Peut-être ai-je si souvent tué mon propre enfant en rêve que j'ai fini par achever celui-là, qui n'était qu'un objet de substitution.

Peut-être que j'ai réussi là où la Vierge des glaces a échoué.

Quelle importance...

Je revois Rudy chuter dans les bras de sa mère au cœur de la crevasse, recevoir le baiser de la Vierge des glaces, un baiser inachevé, un baiser dont il se remettra. Elle, non. Et elle cherchera, encore et encore, à le faire revenir à elle, de ses doigts effilés, de son souffle, avec l'aide du Vertige et des autres. Pour qu'il finisse noyé, le pauvre Rudy, noyé le jour de son plus grand bonheur. Les contes ne racontent jamais que nos désirs les plus inavouables et cachés. Andersen le savait mieux que personne.

Les falaises ne sont-elles pas une sorte de *pip-celle* de feu ? Cette cellule qui rend fou, cinglé, m'a expliqué un jour mon amant, retrouvant alors le venin des cahiers qu'il avait écrits en 1946, dans l'une de ces mêmes *pip-celle*, à Copenhague. *Pip-celle*, ça a un côté pute, non ? Vierge des glaces contre Pute de feu. Là, la brûlure du soleil ne pardonne pas, dévorante, asphyxiante. Et le vertige est le même. On y tombe comme dans une crevasse et ce sont les flots qui se referment alors autour de vous.

Aurais-je à mon tour inventé un conte, à l'heure où je me plongeais dans l'alcool et Andersen, un conte pour effrayer mon pauvre Robert, tout en souhaitant ardemment que l'emporte la Pute de feu, là où la Vierge des glaces n'avait su retenir Rudy en son sein ?

Quelle importance...

Je revois des choses qui ont existé et d'autres qui l'auraient pu.

Je revois des souvenirs et des rêves éveillés.

Je revois les flammes qui dévorent la façade de la Roseraie. Au bout du compte, que l'incendie ait pris à la suite d'un court-circuit, provoquant l'explosion de la bouteille d'oxygène du plus gâteux de nous tous, ou que la foudre soit tombée parce que je l'avais appelée de mes vœux, que j'aie allumé une cigarette près de la bouteille de gaz, ou délibérément fait cramer les vieux tissus entassés dans la buanderie, qui cela intéresse-t-il ? Le doute n'est-il pas plus séduisant que les certitudes ?

Storm in a teapot.

Nous sommes bien présomptueux de nous imaginer que le destin se penche avec intérêt sur nos petites personnes, nos désirs mesquins, nos rêves minables, nos amours de pacotille. Il y a tant de manières de raconter l'histoire, et tant d'histoires à raconter.

Elles en savent quelque chose, ces femmes qui un temps viennent habiter sous mon toit. Elles m'imaginent un peu sénile, méchante ou indifférente, douce ou égoïste, mais tout cela n'est que le fruit de leur esprit, de leurs projections. Je suis bien plus et bien moins que ça. Si elles savaient…

L'image de Lise s'impose à ma mémoire. Elle était différente. Un petit rien décalé dans sa démarche, dans son regard. Un *je-ne-sais-quoi*, comme disent les Anglais, qui m'attirait à elle, qui éveillait une curiosité à laquelle j'avais renoncé depuis longtemps. Le parfum d'un silence, d'un mystère. Elle semblait avoir connaissance de quelque chose qui nous échappait à nous autres, simples mortelles. Magalie l'évitait. Plus que les autres. Comme un chat contourne un plant de lavande. Elle paraissait prête à disparaître dès que Lise faisait son entrée au salon ou à la cuisine. Je ne crois pas qu'elle lui ait proposé un jour de lui montrer ses paniers. *Lise was such a cockalorum. Cock… Cockalorum* ? Pourquoi me revient ce mot ? Qui lui correspond bien, il faut le dire. Oui, elle était prétentieuse, et je retrouve dans la sonorité du terme anglais un peu daté autre chose, ce *cock*, de *cockroach*, le cafard. Elle en avait certaines habitudes, notamment celles qu'on lui prête. Cet art de se faufiler dans les recoins, de s'infiltrer dans le moindre interstice, d'être synonyme de crasse, de putréfaction, de fin du monde. Oui, un beau cafard, une jolie prétentieuse. Avec des yeux verts comme j'en ai rarement croisé. Qui semblaient percer jusqu'au cœur des choses, des êtres. Un personnage dérangeant, au bout du compte. Non, sincèrement, elle ne me manque pas.

J'entends du bruit en bas. Sûrement Agathe avec les courses.

Pourvu qu'elle n'ait pas oublié le lait, je n'en ai presque plus.

Robert

— Là, vous avez le meilleur boucher de l'île, Pierre. Il livre souvent ma mère, vous n'aurez qu'à lui passer commande. Vous verrez, sa femme et lui sont charmants. Là…

Je m'interromps, voyant Agathe sortir de la petite supérette du village.

— Agathe !

Elle se retourne, Clim, langue pendante, se met à tortiller de l'arrière-train.

— Tonton Robert !

Natacha lâche mon bras et recule d'un pas, me laissant répondre à l'étreinte de ma nièce.

— Je ne savais pas que tu étais là ! nous exclamons-nous en même temps, avant de nous mettre à rire.

J'ai toujours beaucoup aimé Agathe. Elle est vive, drôle, généreuse. Bien sûr, tout comme sa mère, je me suis souvent inquiété pour elle. Mais elle semble se sortir de n'importe laquelle des situations où elle a le chic de se fourrer. J'admire – et jalouse aussi un peu, soyons honnête – sa jeunesse perpétuelle, sa capacité à ne pas s'encombrer de regrets, de désirs avortés, de tristesses. La facilité avec laquelle elle aime, toujours aussi fort, des hommes chaque fois différents m'horripile pourtant souvent. Comme si elle ne faisait que souligner mon impuissance à lâcher prise.

— Je suis venue voir Laurette. Et toi ?

Je me tourne vers Natacha pour l'inclure dans la conversation.

— Je te présente Natacha Royet, qui aimerait louer au rez-de-chaussée l'appartement laissé vacant par Lise. J'ai pensé que le mieux était de lui montrer la maison, qu'elle se fasse une idée par elle-même. Mes descriptions ne suffisaient pas !

Les deux femmes se serrent la main. Si différentes et si semblables.

— Bonjour, vous allez adorer ! C'est la maison, là-bas, dit Agathe en pointant le doigt sur la droite.

La demeure semble veiller sur le village qu'elle domine. J'ai oublié de préciser à Natacha que c'était la plus grande, la plus belle. Que Paul ne s'était rien refusé. Qu'il paraîtrait même qu'il avait graissé quelques pattes pour parvenir à ses fins. Le domaine s'étend derrière, plongeant jusqu'aux falaises.

— Waouh, s'exclame la jeune femme, bouche bée. Je ne m'attendais pas à ça.

Elle me lance un regard mi-courroucé, mi-amusé, comme si je lui avais sciemment menti.

— Oui, vue d'ici, elle en impose. Mais ne vous laissez pas intimider.

Nous reprenons notre route, Clim devant nous, truffe au sol, perdu dans les effluves trop nombreux portés par le mistral. Agathe parle de la maison, de son charme, du jardin, de Laurette. Elle a toujours aimé les lieux, mieux que nous tous. Comme si les murs lui racontaient des histoires auxquelles nos oreilles trop rationnelles sont insensibles.

— Et la falaise ? s'inquiète Natacha.

Mais je sens une pointe de quelque chose d'autre dans son ton. Quelque chose que je ne parviens pas à définir.

Après le fils, la petite-fille. Dans la famille Vue-Mer, je demande maintenant la grand-mère. Si elle est aussi fantasque que les deux autres, je ne vais pas m'ennuyer. Parce que Robert, il faut bien le dire, n'a quand même rien du psychiatre traditionnel. Et cette Agathe me semble le genre de femme atteinte du syndrome de Peter Pan. Franchement, elle doit avoir plus ou moins mon âge et se trimballe dans une combi-short (qui lui va à ravir, la question n'est pas là), comme si elle avait encore dix-sept ans.

La maison, vue d'ici, est impressionnante. Je la connais bien sûr, elle est immanquable et je m'en souviens de mes précédentes visites sur l'île. Comme j'ai toujours préféré me précipiter à la plage plutôt que visiter le village, j'avais cru jusqu'à présent qu'il s'agissait de la mairie. Tu m'étonnes, une vraie demeure de notable de province, convaincu de son importance. Du genre que j'ai toujours méprisé. Ou plutôt, du genre qui m'a toujours snobée. Mais adieu mes complexes de fille d'ouvriers perdue chez les bourgeois dans le collège privé où mes parents avaient jugé bon de me scolariser. Je tiens ma revanche, cette baraque, j'y habiterai ! Et puis, si j'affiche un léger mépris de classe laborieuse face au pouvoir des nantis, je dois bien reconnaître qu'intérieurement, je danse la danse de la joie. Voilà, j'en suis là aujourd'hui, c'est ma place, moi aussi j'ai droit à ce qu'il y a de plus beau ! Je le mérite, bordel ! J'ai bossé pour en arriver là, et j'en suis fière. Na !

Toute cette histoire est idyllique, mais y a qu'un truc qui me colle des frissons désagréables, c'est cette falaise. Y a quelque chose de pas net, là, je le sens. Et puis, je n'aime pas trop les falaises. Je les crains. Sûrement à cause d'un vieil Agatha Christie, quand j'étais trop jeune pour ces lectures, où le mec tombait d'un escarpement mal signalé sur un parcours de golf. Le meurtre parfait, quoi. Et moi, les meurtres parfaits, ça m'énerve.

Magalie

Voilà, le film est terminé.

Je n'ai jamais revu Jacques.

J'ai reçu un jour dans mon bureau à la banque un homme qui a souri en me voyant. Reconnue. Trois semaines plus tôt, il m'avait payée pour une soirée très privée.

J'ai compris que les coïncidences n'en étaient jamais.

J'ai quitté la banque, Jean-Louis, notre banlieue, ma vie.

Mes vies.

J'ai erré, atterri sur l'île, me suis réinventé un passé. Une fois encore, j'ai réprimé mes pulsions, mes envies, mes besoins, jeté ma lingerie fine et mes crèmes de soin. Une fois encore, je me suis dit que maman avait raison, que c'était mal.

Je me suis voûtée légèrement, ai remis des lunettes encore plus datées que les précédentes.

J'ai dérapé avec Pierre, quand on a le diable au corps, il ne l'abandonne jamais.

Me suis muselée, me promettant de ne pas recommencer.

Mais il y avait Lise. Et peu à peu, tout s'est fissuré, les emplâtres sur les jambes de bois, le Placo sur des murs gorgés d'humidité, le maquillage sur les rides.

Robert

Je laisse ces dames prendre une légère avance, flâne à l'arrière.

Leur bavardage me parvient, porté par le vent. Elles rient. Elles ont l'air de s'apprécier mutuellement. L'amitié féminine a toujours été un mystère pour moi, cette capacité que les femmes ont à se reconnaître et à s'adopter au premier regard, comme une évidence. Plus rien ensuite ne semble se mettre sur le chemin de ces âmes qui se sont retrouvées. En amour, il en va si différemment. Un coup d'œil, un désir, une complicité immédiate. Que tous les mots qui suivent ne viendront que gâcher. Il faudrait se contenter de faire l'amour dans la lumière et se taire dans le noir. L'incompréhension au sein du couple est depuis toujours un vaste sujet de réflexion pour moi. Finalement, on n'entend de l'autre que ce qu'on lui a mis dans la bouche. Le reste nous échappe.

Les voilà devant le portail où elles m'attendent, sourire aux lèvres.

Agathe est légèrement plus grande et charpentée que Natacha. Ses cheveux sont soulevés par les rafales hystériques animées d'une rage folle que rien, si ce n'est le temps, ne viendra calmer. Son piercing au menton scintille dans la lumière. Son short dévoile ses jambes musclées. Natacha, à son côté, est l'image même de la sportive assurée et musclée. Féline, presque. L'une me sourit avec tendresse. L'autre m'observe avec dans le regard ce qui ressemble à une certaine affection.

Je les rejoins en trottinant.

— Et si nous sonnions chez Magalie ? Comme ça, Natacha et elle pourraient faire connaissance ?

Le sourire d'Agathe s'efface.

— Je ne suis pas sûre que ce soit une bonne idée. On est passées tout à l'heure avec Laurette, et Magalie… enfin, elle… disons qu'elle n'avait pas l'air en forme.

Je hausse un sourcil.

— Ah bon ?

Je l'ai croisée à plusieurs reprises ces dernières années, elle a toujours semblé égale à elle-même. Effacée, grise, asexuée, terne. Une femme sans âge, sans désir. Seule. Flétrie et douce. Dissimulant son corps et ses pensées. Une femme blessée, sûrement.

— Ouais. Donc…

Agathe n'a pas le temps de finir sa phrase que la porte de la maison du gardien s'ouvre.

— Oh !

Magalie semble prête à reculer en nous découvrant tous les trois devant le portail. Puis renonce.

— Bonjour Robert.

— Magalie ! Nous nous apprêtions justement à sonner chez vous. Je voulais vous présenter Natacha, probablement une future locataire, si la visite de la maison et la rencontre avec Laurette ne la font pas fuir !

Mon rire sonne creux. Je me sens lourdaud, pataud. Nul. Je transpire.

— Enchantée, la salue Magalie.

Elle a effectivement l'air patraque, mais si Agathe ne m'avait rien dit, je ne m'en serais probablement pas rendu compte. Il n'y a que lors de mes consultations que j'observe vraiment les autres. Le reste du temps, je me contente de l'image qu'ils me donnent à voir et ne cherche pas à lire derrière leurs masques. Trop fatigant. Inutile.

— De même, répond Natacha. Vous vivez là depuis longtemps ?

— Trois ans, oui, à quelques jours près. Vous verrez, le lieu est très agréable.

— Magalie, intervient Agathe, j'avais un truc à te demander, mais je ne sais pas si c'est le bon moment. Tu sortais ?

La vannière a l'air interloquée, comme si elle-même ne se souvenait plus de ce qu'elle faisait là, dehors devant chez elle. Elle se reprend.

— Heu oui, je montais à la maison. J'avais envie d'un thé.

— Avec cette chaleur ? se récrie ma nièce. Mais comment fais-tu ?

— Justement, c'est très désaltérant…

Agathe et elle continuent à évoquer les bienfaits des boissons chaudes par temps de grosses chaleurs, tandis que Natacha et moi leur emboîtons le pas plus lentement. Mon invitée observe les alentours, s'arrête à un massif, un point de vue. Le balcon de Laurette retient un moment son attention. Puis son regard se porte sur la droite de la maison.

— C'est par là, les falaises ?

— Oui.

Elle fait mine de s'engager dans cette direction, mais je l'arrête en attrapant son bras en douceur.

— Je vous montrerai après. Allons d'abord saluer Laurette.

Laurette

Il y a d'autres voix.

Je reprends lentement pied dans la réalité.

Il me semble reconnaître celle de Robert. Que ferait-il là ? Il n'a pas appelé pour prévenir de son arrivée et je sais qu'il n'aime pas faire la traversée par grand vent. À mon avis, il apprécie bien moins la mer qu'il ne l'affirme. Je distingue un timbre qui m'est inconnu, vite recouvert par celui de Magalie. Sacrebleu, c'est une véritable invasion !

— ... falaises...

Les falaises ? Pourquoi parlent-ils des falaises ? Elles n'apportent rien de bon. Terre stérile, rochers glissants, drames. Ce n'est pas faute de le répéter. Et ici, elles charrient leur lot de tragédies, non ? En ce qui me concerne, j'ai toujours éprouvé un attrait teinté de frissons, une légère sensation d'écœurement quand on évoque des lieux maudits. On se repaît si facilement de la douleur des autres. On est si fier d'y avoir échappé.

Quoi qu'il en soit, les falaises sont et resteront miennes.

Et puis, les falaises, ça ne brûle pas. Mais parfois, oui, il arrive qu'on en tombe. Les romans sont remplis de chutes fatales. Les pierres ne parlent pas. C'est pour cela que je les aime. Rien à justifier, rien à expliquer. Attendre seulement que le temps adoucisse le contour des choses, gomme les aspérités des sentiments, efface les cicatrices. Il ne plane alors sur les lieux qu'un sentiment diffus, une atmosphère où se mêlent à parts égales peur et excitation. Tout le reste est à inventer.

Où est mon peigne ? S'il y a du monde, je dois me recoiffer. Sourire, en revanche, n'est pas nécessaire.

Magalie

J'étais surprise de trouver tout ce monde devant chez moi, alors que je me décidais enfin à sortir. Le pire de ma crise semblait passé. J'avais réussi à me relever, à me laver le visage à l'eau froide, à désinfecter mes plaies. Dans le miroir de la salle de bains, je cherchais à me reconnaître dans les traits pâles, tirés, de cette femme sans charme et sans projet. Mon masque ne me semblait plus aussi fissuré, mon personnage devrait réussir à donner le change encore un moment. Je l'espérais. Je ne pouvais me permettre d'attirer le moindre soupçon sur moi. Il me fallait encore patienter avant de quitter l'île. Et ce temps-là, je devais le mettre à profit pour me trouver une nouvelle destination, pour me reconstruire, autant que faire se peut.

Il n'y aurait jamais qu'une seule Lise. Ce qui ne signifiait pas pour autant que mon passé ne me reviendrait pas en boomerang sous une autre forme, ailleurs.

Elle, je ne l'avais pas reconnue, le jour où Laurette me l'avait présentée. Comment l'aurais-je pu ? Je ne l'avais vue qu'une fois, sur une chaise roulante, dans la pénombre, des années plus tôt. Hagarde, sans vie ou presque, muette. Le regard fou. C'est son tatouage qui l'a trahie. Le même que le mien. Cette ancre. Noire. Sombre. Qui ornait sa cheville.

Ce jour-là, le jour du tatouage, elle portait des sandalettes plates aux lanières de cuir vertes. Nous étions fin avril, une de ces journées dont la région est friande et qui nous laisse croire que l'été est déjà installé. Je les trouvais jolies. Lise était parmi nous depuis quelques mois. Elle était arrivée peu après Noël, avec quelques valises bien trop lourdes et ses silences. Depuis le premier jour, quelque chose me retenait éloignée d'elle, un sentiment de gêne, de malaise en sa présence. Son personnage me semblait outré. Elle m'inquiétait, j'éprouvais la sensation diffuse de ne pas être à ma place quand elle entrait dans le salon. Sa démarche était étrange, son regard avait parfois une fixité inquiétante. Sa diction, aussi, sonnait faux.

Mes yeux ont voyagé le long des sandalettes pour remonter vers ses chevilles. L'ancre s'est imprimée sur ma rétine. Mon cœur s'est arrêté de battre. J'ai relevé les yeux jusqu'à son visage, pensant voir un fantôme, cherchant dans ses traits ceux de la femme au fauteuil roulant. J'avais fait de mon mieux pour effacer cette partie de ma vie, et m'effacer. Pour oublier et m'oublier. Pour me contraindre à un ascétisme et à une abstinence qui ne me ressemblaient pas. Pour éteindre ce feu qui couvait, jamais loin.

Lise me souriait, arrogante.

« Elles vous plaisent ? Elles sont chères. Même en soldes. »

Le mépris s'entendait dans sa voix. J'ai ravalé mon envie de lui cracher au visage qu'à une certaine époque, elle la ramenait moins. J'ai fait profil bas, rougi et suis partie à pas de souris vers la cuisine. La tête me tournait. Je pouvais encore me tromper. Elle ne devait pas être la seule femme à avoir ce genre de tatouage sur la peau, non ?

J'avais oublié que je portais un débardeur dont la bretelle ne recouvrait qu'à moitié mon propre tatouage. Je prenais pourtant garde à le dissimuler le plus possible. Il jurait avec l'image que je donnais. Il était une survivance d'une époque lointaine, celle où l'ancre était un rappel : j'étais capable de m'amarrer en sécurité. Une promesse à moi-même. Ne plus jamais se laisser attirer vers le large et les horizons lointains. Il datait de l'époque de mon mariage. J'y croyais tellement cette fois-ci, j'étais tellement sûre d'avoir vaincu ces pulsions qui révulsaient mon entourage, faisant de moi un monstre impossible à aimer. J'avais mis du temps à en choisir le dessin, ce dessin jumeau de celui de Lise. Et si mon visage n'avait probablement pas retenu son attention cette nuit-là, si elle avait pu l'oublier, l'ancre, j'en étais sûre, l'avait marquée.

Lise ne m'a plus laissée en paix. Elle cherchait, fouinait. Elle voulait des certitudes. Elle racontait que son mari était mort, puis qu'ils avaient divorcé, qu'il s'était expatrié dans un pays arabe où elle n'avait pas souhaité s'installer mais qu'elle le rejoindrait bientôt. Elle mettait de la musique fort, les CD que Jacques avait eus dans sa voiture. Miossec hurlait « Je m'en vais » depuis son appartement.

Je me bouchais les oreilles en passant près de ses fenêtres. Elle me harcelait de mille manières, elle me rendait folle, elle m'humiliait. Ses piques, ses insinuations n'en finissaient plus. Elle mettait son nez partout. Elle appelait des amies à Paris, des amies dont les maris travaillaient à de hauts postes, dans de grandes banques. Le genre d'amies qui ne sont que des relations, mais toujours friandes d'un potin, d'une rumeur, de quoi secouer l'ennui de dîners en ville qui finissent par tous se ressembler. Elle lâchait des allusions pernicieuses. Elle riait fort. Elle grattait à mes volets, la nuit. Elle soufflait par l'interstice de la fenêtre, gémissait comme de plaisir. Elle chantonnait les mots de Jacques, ceux qu'il avait eus cette nuit-là. Elle apparaissait dans mon dos dans la cuisine sans que je l'aie entendue arriver, me faisant sursauter, me brûler à la casserole d'eau chaude que je tenais alors. Parfois, elle me touchait. Un pincement ou un effleurement. Une claque brutale ou légère. Une caresse volée. Sa présence avait la douceur du papier de verre sur une plaie à vif.

Elle n'avait jamais supporté ce que Jacques lui imposait, persuadé comme il était que faire l'amour à une autre devant elle revenait à l'aimer, qu'ainsi il provoquerait enfin une réaction chez elle. Elle en avait été humiliée, un peu plus rabaissée, à le voir coucher avec d'autres, d'autres qui lui ressemblaient, disait-il. D'autres dont le corps vibrait alors que le sien, de pierre, ne frémissait même plus. Plus il s'acharnait, plus sa catatonie s'aggravait. Le choc de l'accident qui l'avait clouée à son fauteuil roulant se doublait d'un drame amoureux, elle n'avait plus les mots pour le dire, le crier, le hurler. Elle n'avait plus la force de lutter, de se débattre. Guérir son corps, remarcher un jour lui demandait toute son attention. Pour le reste, elle se recroquevillait en elle-même. Mais une partie d'elle observait tout cela d'un œil froid, assassin, méprisant. Peu à peu, elle avait appris à se complaire à ses séances, transformant son sentiment d'humiliation en autre chose, un désir de revanche contre Jacques. Plus il s'acharnait à l'éveiller, à la faire revenir à la vie, à eux, plus elle se renfermait, scellait ses lèvres, vidait son regard. Et elle l'observait, le cœur de plus en plus sec, tandis qu'au fil des semaines, des mois, il sombrait de la perdre chaque jour.

Il avait alors cherché des femmes tatouées d'une ancre, espérant un processus d'identification qui fonctionnerait comme un électrochoc. N'importe quoi pour transformer la statue qu'elle était devenue en la femme qu'il avait aimée. Les agences n'étaient pas avares en détails physiques sur leurs hôtesses. Jacques savait, et cette coïncidence n'en était pas une. Et elle, ensuite, avait ces femelles sur son fauteuil, le nez dans leur sexe épilé, à renifler ces odeurs qui ne seraient jamais celles d'elle et Jacques. Comment avait-il même pu penser qu'elle sortirait ainsi de sa torpeur ? Seule la haine en Lise grandissait. Et finalement, Jacques avait eu raison. C'était cette haine qui l'avait poussée un jour à se hisser debout. Cette grosse boule cancéreuse qui la dévorait de l'intérieur avait fini par briser ses dernières résistances physiques.

Elle avait guéri. Ça avait été long, il lui restait des séquelles, un certain tremblement dans la démarche, des mots qui lui échappaient, un tic à la paupière. Mais elle savait se montrer patiente. Elle avait tout son temps pour se rétablir. Et se venger. Oh, bien sûr, elle ne s'attendait pas à tomber sur moi un jour. Elle n'avait jamais envisagé de chercher ces pauvres putes pathétiques qui dans leurs rêves se prenaient pour des princesses. Elle ne se serait pas abaissée à ça, ces connasses n'étaient que des minables, leurs gémissements de plaisir inspirés par de mauvais pornos. C'était un autre genre de punition qu'elle infligeait à Jacques, en le bannissant de son lit, en disparaissant. L'île lui avait semblé parfaite pour ça. Une vieille baraque, une mamie qui commençait à sucrer les fraises, et des bonnes femmes plus ou moins givrées pour vivre dans son ombre. Pas le genre d'endroit où elle se serait attendue à tomber sur une call-girl sur le retour qui s'était mise à travailler l'osier.

Tout cela, elle me l'a expliqué un jour, me suivant vers les falaises alors que je cherchais à lui échapper. Elle riait, se moquait de moi, son venin pénétrait mes veines. Elle savait, elle savait tout maintenant. Comme il avait été tentant de jouer au chat et à la souris pour tromper son ennui. Il lui avait fallu plus de trois mois pour remonter tous les fils, pour s'amuser de mes peurs, pour jouir de me persécuter. Je pouvais bien afficher mes airs de sainte-nitouche, elle se faisait fort de tout dévoiler. De dire la pute que j'étais. Parce que pute un jour, pute toujours, non ? Et la vieille, je la baisais aussi ? Ou je me contentais de son gros balourd de fils ? Hein ? Et le boucher ? Elle était bonne la bidoche du boucher ? « Groin, groin, il fait ce porc ? T'as perdu ta langue ? »

Elle criait de plus en plus fort, me repoussant vers le bord de l'escarpement. Les cigales chantaient, j'espérais qu'elles couvriraient ses hurlements et ses menaces. Je me suis collée dos contre les roches, des petits cailloux glissaient sous mes pieds pour tomber dans la mer, si loin, si basse, qu'on ne les entendait pas se noyer.

Je me suis retrouvée au pied du mur. Au sens propre.

Elle a eu un mot de trop, un mot qui a tout fait basculer. Elle a traité Jacques d'idiot.

Cela peut sembler peu, après tout ce que j'avais déjà entendu, après toutes ses insultes contre moi dirigées. Et pourtant.

J'avais dû aimer cet homme, plus même que je ne m'en doutais.

Je me suis ruée sur elle. Ses sandalettes chères qui avaient été cause du début de ma fin ont glissé sur les aiguilles de pin. Lise les portait pour la première fois ce mois-là, mai avait été pluvieux, juin s'annonçait frileux, elle n'en avait pas eu l'occasion auparavant. Elle est tombée en arrière.

Avec Lise mourait mon passé. Depuis, je m'accroche à l'espoir d'avoir encore un avenir.

Je suis rentrée tremblante dans la maison. Je ne pensais plus, ne réfléchissais pas. Je cherchais instinctivement une échappatoire, autre chose que de répéter en pleurnichant comme une enfant « c'est pas ma faute ». Je me suis glissée dans son appartement, ai jeté à la va-vite quelques affaires dans un petit sac de voyage qui traînait là. Je suis ressortie tout aussi discrètement avec le léger bagage et son sac à main. Et suis retournée à la falaise, les balancer là où elle était tombée. Comme si elle en avait eu besoin pour ce dernier voyage. J'ai même dû prononcer une rapide prière, la pensée d'autres rites à l'esprit, la pièce pour Charon, la nourriture pour les pharaons, tout ce qu'on offre à ceux qui partent pour ne plus revenir.

Puis je suis rentrée chez moi.

Robert

— Je vais chercher Laurette, installez-vous au salon.

Il est temps que je prenne mes responsabilités. Je me doute que son accueil ne sera pas des plus affectueux, mais cela ne changera pas de nos habitudes.

Je grimpe les escaliers pendant que les femmes investissent le salon d'hiver qu'on n'utilise que l'été, sous les exclamations de surprise de Natacha, sûrement conquise. La maison lui va bien. Je l'ai senti quand nous sommes entrés dans le grand hall. Elles s'entendront. Avec Laurette, en revanche, je n'en mettrais pas ma main à couper. Mais j'ai pris cette initiative stupide, à moi d'assumer.

Ma mère est dans son fauteuil, la tête droite, l'air sévère. L'âge la marque, mais souligne encore plus sa beauté. Elle a conservé sa peau pâle, ses yeux vifs. Elle porte ses cheveux détachés, comme souvent quand Agathe vient lui rendre visite. Une musique joue en sourdine, que je ne reconnais pas. On dirait… du rap ? Je préfère ne pas poser la question.

— Bonjour Laurette, tu vas bien ?

— Que fais-tu là ?

Pas un geste de la main pour m'attirer à elle, pas un sourire. Je soupire. Certaines choses sont immuables.

— Je suis venu te présenter une locataire potentielle.

— Le téléphone a été coupé ? Il ne me semble pas avoir été prévenue. Et tu sais que je n'accepte de voir que celles dont il est sûr qu'elles viendront habiter ici. Si j'avais envie de toutes les rencontrer, je ne te chargerais pas de leur recrutement.

Rien à opposer à cela.

— On descend ?

Elle finit par accéder à ma demande, les yeux au ciel.

Elle me précède dans l'escalier, altière. Brusque envie de lui décocher un coup de pied dans le bas des reins pour qu'elle dégringole jusqu'en bas. Que je contrôle. Comme tant d'autres choses.

Laurette hésite pourtant sur une marche, se retourne, me dévisage comme si elle avait lu dans mes pensées, comme si l'air s'était déplacé plus vivement à mon dernier pas. J'ai du mal à donner un nom à la lueur dans son regard. Une légère admiration, peut-être ? Ce serait bien la première fois. Puis elle reprend sa descente, sans même se tenir à la rampe. Orgueil.

Arrivée au rez-de-chaussée, elle s'engage d'une allure martiale vers le salon. À son entrée, les femmes se taisent. Natacha se lève.

— Madame, je suis ravie de faire votre connaissance. Votre maison est splendide.

— N'est-ce pas ? Et vous êtes ?

— Natacha Royet.

Ma mère se détourne immédiatement après avoir serré la main de Natacha.

— Magalie, vous avez préparé le thé ? Et toi, Agathe, tu as rangé les courses ? Et enlève-moi ce chien de là, il met des poils partout.

Royale, elle s'installe dans la bergère, tandis que Magalie s'active et qu'Agathe repousse son corniaud jusqu'au jardin, où il file directement vers les falaises. Il n'y a que lui pour se foutre des interdits avec un mépris tout canin.

Je me pose sur un tabouret, prêt à présenter Natacha sous son meilleur jour.

— Laurette, Natacha aurait aimé voir l'appartement avant de se décider, et j'ai exceptionnellement accédé à sa demande, car elle emménagerait avec son fils.

Laurette se raidit mais ne pipe mot.

— Tu n'y vois pas d'objections ?

Même si c'est le cas, je prie pour qu'elle se contienne et fasse appel à un code de la bienséance quelconque qui l'empêchera de les formuler.

— À quoi ? lance-t-elle, acerbe. À une visite des lieux ou à la présence d'un enfant ?

Comment puis-je encore nourrir tant d'espoirs à son égard ?

Natacha intervient, alors que Magalie fait comme si elle n'avait rien entendu. Je la trouve encore plus effacée qu'à l'habitude. Une anémie, peut-être ? Agathe, quant à elle, n'a toujours pas reparu.

Faut-il tant de temps que ça pour ranger deux paquets de coquillettes et trois boîtes de sardines à l'huile ?

— J'ai forcé la main à Robert, madame, ne lui en veuillez pas. Il m'avait dressé un tableau si enchanteur des lieux que…

— Ça n'a pas dû vous demander trop de peine pour y parvenir, la coupe ma mère, toujours aussi aimable.

Aujourd'hui, elle se surpasse. Le vent, sûrement.

Natacha ne se laisse pas démonter pour autant.

— Ne croyez pas ça ! Avec ce mistral, rien ne le tentait moins qu'une traversée.

Laurette ne sait que répondre, et d'un claquement de doigts impatient, fait comprendre à Magalie qu'elle désire son thé. Elle en boit une gorgée, grimace. Le retour d'Agathe détend légèrement l'atmosphère.

— Vous n'avez rien contre les chiens ? s'enquiert-elle auprès de Natacha, comme si la location était une affaire entendue. Je comptais demander à Magalie de s'occuper de Clim pendant une partie des vacances.

Si le visage de Natacha se fend d'un immense sourire à cette nouvelle, Magalie, elle, en perd le peu de couleurs qu'il lui restait.

— Mais au contraire ! Mon fils rêve d'en avoir un. Et en ville, il n'en est pas question. Ça lui montrera de quelles responsabilités cela s'accompagne.

Agathe est ravie. Elle se tourne vers Magalie.

— Tu serais d'accord ? Parce que…

Avant que celle-ci ne réponde, Laurette reprend les rênes de la conversation.

— Ma chérie, tes problèmes d'intendance attendront, si tu permets. Alors, Natacha, dites-m'en plus sur vous. Robert me fournira évidemment votre dossier et vos certificats d'employeur, donc épargnez-moi les détails fastidieux. Vous élevez votre fils seule ? Dans quelle branche travaillez-vous ?

Magalie

Mes mains tremblent. Il y a trop de monde ici aujourd'hui. Les aboiements de Clim me vrillent le tympan, m'inquiètent. Où est-il allé se fourrer ? Que cherche-t-il à nous dire ? Qu'a-t-il déniché ?

Je suis épuisée. Épuisée par ces mensonges, ces faux-semblants, cette mascarade. Épuisée par mon rôle que je tiens de plus en plus mal. Épuisée par le vent qui bouscule, malmène, tire et pousse en tous sens et me hurle de tout avouer, qu'on en finisse, avouer mon goût du sexe, des peaux humides, des odeurs, des formes, des corps. Avouer ma folie, mon geste inconsidéré, ma peur. Avouer que je ne suis pas celle qu'on croit, que je ne le serai jamais, que c'est trop dur tout ça, que si je le pouvais, je danserais nue tous les soirs dans la clairière près de la falaise, pour expier, pour qu'un dieu païen me vienne en aide. Avouer que Lise ne s'est pas enfuie avec un amant mais a sombré corps et âme au pied de ces foutues falaises maudites. Et que l'histoire qui l'a menée là a commencé bien avant moi, avec un chauffard ivre un soir de pluie. Et s'est achevée sur une paire de sandalettes de luxe aux semelles lisses.

Je tends sa tasse à Laurette, plus désagréable que je ne l'ai jamais vue. Elle n'aime pas qu'on lui vole la vedette et n'a pas eu le temps de se préparer pour la mise en scène du jour. Obligée d'improviser, elle se retranche derrière le répertoire qu'elle maîtrise le mieux : celui de la méchanceté et de l'aigreur.

Mais Natacha a l'air d'être femme à lui tenir tête, alors que je ne sais comment dire non à Agathe, non, non, non, je ne veux pas garder Clim, je ne veux pas de cette présence ici, comme un rappel qu'il y a tant à déterrer sur ce domaine, que ce n'est qu'une question de temps avant que tout le soit.

Je voudrais vivre encore un peu quand même. Libre.

Robert

Il me vient alors à l'esprit que c'est probablement la seule question que je n'ai pas posée à Natacha. Décidément, rien ne s'est passé comme prévu aujourd'hui. J'aurais dû commencer par là, c'est l'évidence même.

Le regard que me lance Laurette est sans concession. Ma bêtise n'est plus à lui prouver. Une fois encore, je la déçois. J'en ai l'habitude. Pourtant, cela reste chaque fois douloureux.

— Je suis officier de police judiciaire, répond Natacha.

Une tasse se brise.

Laurette pâlit.

Natacha sourit.

Depuis le jardin nous parviennent les aboiements frénétiques de Clim.

Le vent, lui, s'est fait silencieux.

Partie II

À vendre, vue mer

Le résultat du mélange d'une vérité
et d'un mensonge est toujours un mensonge,
sauf dans les romans où c'est une vérité.

Javier Cercas, *L'Imposteur*, traduit de l'espagnol par Élisabeth Beyer et Aleksandar Grujičič, Actes Sud

Agathe

J'ouvre les yeux et les referme aussitôt dans un grognement digne d'un homme des cavernes cisgenre, non binaire, à moins que ça ne soit l'inverse, impossible de me rappeler la nouvelle dénomination à la mode pour parler d'un mâle alpha. Et pourtant, il faut bien vivre avec son temps… ou essayer. D'ailleurs, se posaient-ils ce genre de questions dans les cavernes ? On sait que les femmes chassaient autant le mammouth que les hommes, mais à part ça ? Et est-ce bien important de s'interroger là-dessus ? Ou suis-je déjà passée de l'autre côté de la barrière, celle qui me sépare des *djeunes*, des mots que je comprends, des concepts qui me sont familiers ? Nouveau grognement. Pas le moment de me lancer dans ce genre de pensées, vraiment pas.

Malgré tout, durant ce laps de temps infinitésimal où l'on hésite encore entre sommeil et éveil, j'avais sombré dans un puits sans fond d'oubli dont je ne souhaite pas revenir autrement que par des chemins détournés. La vie sexuelle des hommes préhistoriques en vaut bien un autre. Mais il est déjà trop tard pour que mon petit subterfuge fonctionne. Essayer d'échapper à ce que me réserve la journée est inutile, ridicule même. Re-grognement. Je m'améliore, on dirait. Clim laisse échapper un jappement de protestation. Ou de peur ? Avec lui, on ne peut pas vraiment savoir…

Je soupire, m'étire pour mieux me rouler en boule, me cache sous les oreillers, les repousse avec impatience, joue un moment avec le drap et le couvre-lit en boutis, maudis l'absence de ma couette, celle en plumes d'oie, grommelle pour noyer le vide de la maison, tente de me rendormir en cherchant dans ma mémoire techniques de méditation, d'autohypnose et de je ne sais quel miracle contemporain. La bonne blague. Je pourrais me réciter dans l'ordre et le désordre les étapes du deuil que rien n'y changerait. Chaque matin, l'absence de Laurette est une douleur qu'il me faut réapprivoiser, encore et encore. Elle est toujours aussi vive, violente, brûlante. Ma grand-mère me manque, au-delà de l'imaginable. Au point qu'il me semble parfois entendre sa voix m'appeler depuis sa chambre ou la cuisine, et que je me surprends à lui répondre d'un « Oui ? » auquel seul le silence fait écho. Laurette n'est plus. Et si je sens parfois sa présence à mes côtés, c'est uniquement parce que l'empreinte qu'elle a laissée en ces lieux est encore prégnante. Au fil des rangements, des pièces qu'il faudra vider, des meubles qui seront donnés ou vendus, elle s'effacera peu à peu et seule son ombre subsistera dans ma mémoire, ici, à boire son chocolat matinal, là, à déguster une meringue détrempée dans son thé noir sucré et au lait, ou ici encore, installée le dos bien droit dans le fauteuil de sa chambre à raconter l'une des folles histoires qui ont jalonné sa vie.

Mes pieds sur les tomettes froides. La maison mutique. Reproduction à l'identique du calme irréel de l'île depuis le début du confinement.

J'ai l'impression de vivre aux temps anciens de la peste, ne me manque que la clochette au cou pour annoncer mon arrivée. Et que les autres aient le temps de fuir.

Sauf que les autres sont tous dans le même bateau que moi. La peur nous fige. Le moindre geste du quotidien nous amène à nous poser des questions sans fin qui toutes commencent par « Est-il sûr… ? ». Est-il sûr de se saisir du panier en plastique à l'entrée de la supérette ? Est-il sûr de le remplir comme autrefois ? Est-il sûr de ne pas se passer au Karcher une fois revenu à la maison, carottes comprises ? Est-il sûr de respirer, même ?

Vivre tue, jamais cela n'a été plus juste, plus vrai.

À cette réclusion décidée d'en haut s'ajoute celle provoquée par la mort de Laurette, il y aura bientôt deux mois. Ma grand-mère ne s'est tout simplement pas réveillée un matin. Rien ne me préparait à son départ. De toute manière, si on nous demandait notre avis, nous ne serions jamais d'accord pour voir s'en aller ceux qu'on aime. Ils ne s'y prennent pas comme il faut, ils ratent tous leur sortie. S'ils tombent malades, et que nous les accompagnons le long du chemin, c'est par lambeaux qu'on les voit disparaître, et nous les perdons parfois bien avant qu'ils n'aient rendu leur dernier souffle. Si la Mort les emporte brusquement, nous haïssons cet arrachement qui nous a privés d'adieux ou d'au revoir, selon nos croyances. Dans un cas comme dans l'autre, il ne reste que ce vide absolu, sidéral, béant, en nous, autour de nous, qui s'accroche comme une ombre malfaisante à nos pas.

Les miens résonnent dans le couloir de l'étage. Je passe devant la porte de la chambre de Laurette. Fermée. Dans un soupir, j'amorce la descente des escaliers, direction la cuisine et mon premier café de la journée. Amer.

J'ai déjà expertisé la vieille serre, l'abri de jardin, où j'ai eu la surprise de découvrir une bicyclette très bien entretenue, qui m'a laissée penser que Laurette était décidément pleine de mystères. J'ai aussi trouvé de vieux bulbes de tulipes, un sécateur rouillé, un râteau auquel il manquait des dents, une tondeuse datant probablement du siècle avant-dernier. Rien de très intéressant. J'ai établi une liste, puis suis passée au rez-de-chaussée de la maison. Si je m'étais attendue à des passages secrets, des cachettes remplies de lingots d'or ou d'un trésor quelconque, j'aurais été bien déçue. Les pièces, où les locataires s'étaient succédé au fil des ans, ne révélaient que leur papier peint vieilli, des taches d'humidité, des planchers qui auraient eu besoin d'être poncés et vernis. Aucune latte ne s'est miraculeusement soulevée pour révéler des documents secrets, ou tout simplement un testament que Laurette aurait choisi de garder planqué loin de nos yeux curieux.

J'ai fini le ménage en grand de l'appartement que Natacha avait occupé avec son fils. Ça ne m'a pas demandé tant de temps que ça, elle avait pris soin des lieux. Ou plutôt, ça n'aurait pas dû me demander tant de temps que ça, mais j'ai traîné. J'ai regardé les grains de poussière jouer dans le vent un jour de mistral. Les ombres se déplacer sur les murs à l'heure où le soleil se couche, laissant le crépuscule m'avaler à mon tour. J'ai mesuré la pièce en l'arpentant d'enjambées que j'espérais égales. J'ai vérifié quelles lattes couinaient sous mes pas, et si c'était le cas quand je portais mes baskets, mes tongs, uniquement mes chaussettes, pieds nus. Tout un tas d'expériences inutiles, mais qui m'ont permis de retarder encore le moment d'attaquer le rangement du premier étage. Et de la chambre de Laurette.

J'évite d'en ouvrir trop souvent la porte, de peur que les derniers effluves de son parfum ne disparaissent complètement. Mais parfois, la tentation est trop forte, je m'y glisse et fais jouer IAM sur son vieux gramophone. *Je danse le Mia.* Je la revois alors ce jour de juillet, riante et détendue, dégustant son loup chez Marco. Le jour où Natacha s'est présentée chez nous. Où Magalie s'est effondrée.

Est-ce à ce moment-là que Laurette a commencé à être moins bien ? J'aimerais pouvoir jeter mes souvenirs en vrac sur la table de la cuisine et les trier, tout remettre dans l'ordre, chercher les premiers signes de défaillance chez elle. Quand a-t-elle commencé à tenir des propos étranges, dans un charabia qui nous laissait perplexes ? Aurait-on dû être plus vigilants ? Était-ce un petit AVC passé inaperçu et qui a fini par l'achever ?

Clim pousse ma jambe du museau, quémandant une caresse. Et puis, il a sûrement envie de sortir. Je lui gratouille les oreilles avant d'ouvrir la porte du jardin où il s'élance, heureux d'aller pisser sur l'hortensia qui, cette fois-ci, ne s'en remettra pas. M'en fous. Ce n'est pas ça qui changera le prix de la maison.

Robert

Je m'inquiète pour Agathe. Je n'aurais pas dû lui laisser le soin de vider la maison. Certes, elle a insisté, mais… depuis le début du confinement, je la sens si fragile. Nos conversations se font monosyllabiques, et je n'entends même plus Clim aboyer joyeusement à ses côtés, alors que ce chien a toujours été mis en liesse par les sonneries farfelues du portable de sa maîtresse, rendant impossible toute communication entre elle et ses interlocuteurs pendant au moins une bonne minute. Seuls ses soupirs me parviennent, qui font écho à ceux d'Agathe.

Nous avons tous été sidérés, au sens propre, par le décès de Laurette. Elle semblait aussi immortelle que les falaises de sa propriété. Qu'est-ce qui aurait pu l'abattre ? Elle ne souffrait de rien (ni personne, d'ailleurs, et j'ai toujours pensé que c'était cet égocentrisme chevillé au corps qui la ferait nous enterrer tous).

Mais Laurette est morte, de la manière la plus banale qui soit : son cœur a tout simplement cessé de battre, un beau matin de la fin janvier. Agathe est persuadée que nous aurions dû prévenir la chose, elle trouvait sa grand-mère plus fantasque à chacune de ses visites. La culpabilité des survivants. Pour ma part, je suis persuadé que Laurette se foutait de nous, comme il en avait été de tout temps. Ses allusions sibyllines à des faits anciens, ses éclats de rire que rien n'annonçait, les mots bizarres et inconnus qu'elle balançait parfois au milieu d'un repas… Non, elle n'était pas atteinte de gâtisme, elle continuait à se jouer de nous. Son rôle de jeune première n'étant plus adapté à son âge, elle avait avec sagesse décidé d'enfiler un costume mieux taillé à sa mesure : celui de la vieille femme qui sait mais ne dira rien.

Agathe voyageait alors beaucoup, tandis que je me faisais plus présent sur l'île. Non pas dans l'espoir de percer les mensonges et mystères de cette femme que j'avais pour mère, mais par devoir et nécessité. Quand ai-je cessé de la craindre et de l'aimer ? Comme si les deux sentiments étaient si étroitement liés que la disparition de l'un avait entraîné celle de l'autre. Je venais donc lui rendre visite une à deux fois par semaine, et elle ne cherchait même plus à se plaindre de ce que, jusque-là, elle avait considéré comme des intrusions malvenues dans son intimité. Parfois, elle était en verve et se mettait à me raconter des fables sur sa vie d'enfant, sur Londres, la guerre, son père. Pour se taire brutalement lorsqu'il s'agissait d'évoquer le mien. Souvent, elle revenait sur Colette. Les premières fois, j'ai cru que sa mémoire flanchait, qu'elle voulait parler de mon épouse actuelle. Mais non. Elle insistait. « Un vrai cadeau, cette Colette, un vrai cadeau », disait-elle avant de ricaner et d'ajouter une ribambelle de « *gift, gift, gift* » chantés sur tous les tons. Comme si en l'entendant en anglais, j'allais soudain me frapper le front, afficher un air de circonstance digne des meilleures pièces de boulevard et m'écrier : « Oh mère, votre clairvoyance est à nulle autre égale ! »

Après ces éclats, Laurette sombrait de nouveau dans le mutisme. J'avais vite cessé d'y prêter attention. Elle n'avait pas plus aimé Colette que qui que ce soit d'autre dans la famille. Je n'étais pas idiot, même à l'époque. Et Laurette n'avait jamais cherché à dissimuler son mépris.

Il est courant qu'avec l'âge nous replongions dans un passé plus lointain, oubliant les petits gestes d'un quotidien rabougri. Ces incursions dans un temps mort et enterré depuis longtemps ne m'avaient pas vraiment inquiété. Agathe, en revanche, était frappée à chacun de ses séjours par les nouvelles faiblesses de sa grand-mère. Qui aurait pu vivre encore longtemps, à mon avis, si son cœur n'en avait décidé autrement. Si j'osais, je dirais qu'apprendre alors qu'elle en avait un avait été une véritable surprise.

Laurette elle-même ne s'imaginait sûrement pas nous quitter si vite. Elle n'avait laissé aucune disposition. Rien prévu, rien préparé. Ou si tel était le cas, les documents n'avaient pas encore été retrouvés dans le fouillis du bureau de Paul, où nous mettions rarement les pieds. Quel choc de découvrir après le décès de Laurette le capharnaüm de la pièce : livres en pagaille au sol, étagères remplies de papiers divers et variés qui, s'ils avaient été classés un jour, ne l'étaient plus depuis longtemps ; cendriers débordant de cigarillos ; un fauteuil à trois pieds, le quatrième égaré pour toujours ; magazines, coupures de presse, vieux horaires de chemin de fer et de la navette pour le continent ; photos arrachées à leurs albums et éparpillées sous le bureau dont les tiroirs ouverts dégueulaient de tout un fatras sans queue ni tête.

Le temps nous manquait pour une fouille approfondie. Nous avons donc agi à notre guise et avons dispersé les cendres de Laurette en mer, entre île et continent. Une simple stèle, au cimetière de l'île, rappelle son passage sur cette terre. Elle aurait probablement préféré que cette plaque soit apposée sur le continent. A-t-elle jamais vraiment aimé l'île ? Elle paraissait, surtout les derniers mois, mener une lutte perpétuelle contre elle, la personnifiant, lui prêtant des pensées et des pouvoirs qu'aucun bout de terre ne détient. Sauf, peut-être, dans certaines régions reculées d'Afrique, quand il en restait encore à découvrir et à cartographier. Et que nous retrouvons dans les livres de Conrad ou d'autres, ayant connu ces époques où ces lieux et leurs habitants restaient indomptés.

Il a bien fallu abandonner ces chimères. Sous la forme d'un appel d'un notaire de la ville, la réalité – et ses contingences – nous a ramenés à la temporalité des hommes modernes. Nous avions six mois pour liquider la succession.

Dans le petit jardin d'hiver de la maison, Agathe, Aline et moi nous sommes réunis par un froid matin de février, autour d'un thé trop fort et de quelques meringues orphelines. La discussion s'est poursuivie pendant des heures, nous faisant oublier le déjeuner. De longs silences la ponctuaient. Des silences inutiles, où chacun plongeait dans sa peine, craignant de ne plus en émerger.

Agathe s'est battue jusqu'au bout. Inutilement, car elle savait le combat perdu d'avance. Vendre était la seule issue. Les frais de succession étaient trop importants. La maison était évaluée à un prix exorbitant. Ils flambaient sur l'île depuis un moment, construire n'étant plus possible. Et l'agent immobilier qui s'était vu chargé de la tâche avait été très clair : ils ne feraient qu'augmenter dans les mois à venir. C'était la loi du marché.

Si Aline se moquait bien de perdre la demeure, Agathe, elle, était inconsolable. De mon côté, comme souvent, j'hésitais entre les deux postures : défendre à tout prix l'héritage familial ; renoncer, vendre, et avoir de quoi couler une retraite sans peine ni angoisse financière. Selon les arguments avancés par ma sœur ou ma nièce, je penchais comme une Justice ivre d'un côté ou de l'autre, glaive et balance vacillant entre mes doigts gourds.

La raison l'a emporté sur la passion. Nous devions vendre.

Agathe a demandé à rester sur place. Le temps que tout se fasse. Le temps d'expertiser la bibliothèque, les souvenirs de sa grand-mère, de mettre de l'ordre dans les papiers. Elle était persuadée que ces coupures de presse jaunies, ces lettres en anglais, en français, écrites et reçues ; ces prospectus pour des spectacles donnés au siècle précédent ; ces billets d'avion à des noms qui nous étaient inconnus ; ces invitations à des mariages de gens que nous n'avions jamais rencontrés ; ces photos ; ces notes presque illisibles sur des vieilles factures de téléphone datant de l'époque des PTT et d'appareils en Bakélite noire, où l'on composait des numéros en insérant son doigt dans des ronds parfaits pour l'accueillir, en un mot, ces morceaux épars d'une vie lui rendraient sa grand-mère, ou tout du moins, lui permettraient d'en dresser un tableau au plus près, des plus justes.

Aline était d'avis d'appeler un brocanteur et de tout bazarder. Plus sentimental, j'espérais bêtement qu'émergent de tout ça quelques indices sur le mystère que ma mère avait toujours représenté à mes yeux. Agathe, quant à elle, aurait rêvé de tout conserver en l'état, transformant la maison en un mausolée un peu sordide, dont le papier peint aurait fini de s'effriter au fil des ans, rongé par le temps et l'humidité.

Le retour de Natacha et de son fils, en fin de journée, nous a ramenés au présent. Il fallait aussi s'occuper du sort des locataires. La maison de Magalie n'avait plus été relouée depuis son incarcération, quatre ans plus tôt. Ses volets restaient clos, comme des paupières baissées sur des drames qui n'étaient pas les nôtres. Le deuxième studio de la maison était occupé par une jeune retraitée qui avait moyennement goûté la mort de sa propriétaire et nous avait annoncé dès le lendemain son désir de nous quitter. Elle pensait sûrement que le couperet n'était pas passé loin et que si la Grande Faucheuse s'était tout bêtement trompée d'étage (ces choses-là arrivent), autant ne pas lui faciliter la tâche en l'attendant sagement sur place. Elle tenait à la semer, aucun doute là-dessus.

Natacha nous a rejoints, alors que la pièce avait sombré dans l'obscurité sans qu'aucun de nous ne le remarque vraiment. Son arrivée nous a sortis au sens propre des ténèbres : elle avait allumé en entrant.

« Je vous prépare quelque chose ? » a-t-elle demandé.

Nous avons battu des paupières, comme éveillés d'un mauvais rêve, avant de lui répondre que non, merci, mais c'était gentil.

« Reste », lui ai-je proposé.

Aline s'est tendue. Elle n'aimait pas Natacha. Elle en était jalouse. Avec son flair si développé de sœur aimante que personne n'avait jamais détrônée du cœur de son frère, elle se méfiait du lien qui m'unissait à la jeune femme.

Un lien que j'avais moi-même du mal à définir mais qui existait bel et bien, rien ne servait de le nier. Au fil des ans depuis son installation sur l'île, nous avions pris l'habitude de nous retrouver régulièrement en ville ou en mer. Nous discutions de tout et de rien. Natacha était une femme intelligente, équilibrée, qui cultivait son jardin secret, ce qui ne me la rendait que plus attirante et attachante. Non, elle n'était pas la fille que je n'avais pas eue. Non, je ne la désirais pas comme on désire une femme qu'on veut posséder. Et oui, il y avait un peu de tout ça dans notre relation. Une séduction étrange, un charme, presque.

En mer, nous restions silencieux la plupart du temps. Où ses pensées voguaient-elles alors ? Les miennes me ramenaient à une adolescence gauche, à l'époque où je n'étais pas tout à fait sorti de ma chrysalide, où je brûlais encore d'être aimé de ma mère, tout en me consumant à l'idée de corps féminins dont les contours se dévoilaient l'été sur les plages de l'île. Ils restaient inaccessibles à mes mains, et bien souvent, ma concupiscence me faisait honte. Je partais alors pêcher pendant des heures, ou je m'enfermais dans le grenier pour y mourir de chaleur. J'expiais de trahir ma mère, d'errer entre l'amour pur qui m'attachait à elle et le désir bestial qui m'attirait vers les autres femmes. Sur ces sentiments, à l'époque, j'aurais bien été incapable de poser des mots. Aujourd'hui, je sais combien tout cela est banal. Que le premier amour que les hommes trahissent est celui qu'ils portent à leur génitrice. Qu'il en est ainsi depuis que le monde est monde, mais que cela n'atténue en rien leur douleur.

Natacha a accepté un siège. Je me suis raclé la gorge et lui ai annoncé notre décision. Nous vendions. Elle avait trois mois pour déménager, peu ou prou.

Elle m'a souri, un voile de tristesse dans le regard.

« Merci de me prévenir, Robert. J'avoue avoir anticipé cette éventualité. J'ai commencé à me mettre en quête d'un logement. Sur le continent, de préférence. Timothée grandit, l'île l'isole de ses camarades. Pour autant, je n'ai plus envie de vivre en ville. Je cherche sur la presqu'île. »

Elle a ajouté, avec un petit sourire, celui qui illuminait jusqu'au fond de ses prunelles :

« En somme, une manière de ne pas trancher. Ni vraiment ici, ni vraiment là-bas. »

J'ai refréné mon envie de serrer sa main entre les miennes, et c'est Agathe qui s'est avancée pour étreindre la jeune femme.

« Merci de ta compréhension. Tout ça est tellement difficile. Reste aussi longtemps que tu veux, rien ne presse. »

Natacha lui a rendu son étreinte avant de la remercier à son tour. Elle a prétexté les devoirs de son fils pour nous laisser en famille. Mais nous n'avions déjà plus rien à nous dire.

Aline a sauté dans la dernière navette après un rapide baiser à sa fille. Celui qu'elle a daigné m'octroyer s'est perdu dans le vide quelque part entre ses lèvres et ma joue.

Je suis resté une nuit de plus. Ce n'était pas la place qui manquait. Mais plutôt le courage de s'attaquer aux choses. J'ai passé quelques heures au grenier, dans la matinée, à claquer des dents. Les moutons gisaient, éventrés, sur le plancher sale. Finies leurs danses dans la lumière de l'été. Me sont revenus à la mémoire les derniers mots du *Bal du comte d'Orgel*, « Et maintenant, Mahaut, dormez ! Je le veux », et le désir de relire l'ouvrage. Étonnamment, je ne l'ai pas trouvé dans la bibliothèque de Paul, où je l'y ai cherché avidement. J'ai pris cela comme une excuse pour retourner sur le continent et poursuivre ma quête dans ma propre bibliothèque. Agathe m'a regardé partir sans chercher à me retenir. Elle avait ses propres pistes à suivre. Elle préférait se débarrasser de moi.

Je suis revenu à quelques reprises sur l'île ensuite. Ces courts séjours se mélangent tous dans ma mémoire. Puis nous avons été enfermés chacun chez soi. Certes, je pourrais sans trop de difficultés, je pense, m'établir un laissez-passer et prendre la navette.

Mais pour quoi faire ? Les insulaires se sont repliés sur eux-mêmes un peu plus encore. Les épidémies ne sont jamais bonnes sur ces rochers qui dérivent non loin des côtes, et bien plus meurtrières.

Je me contente donc de téléphoner régulièrement à ma nièce. On se ment tendrement au téléphone. Elle m'affirme avancer. Je fais semblant de la croire. Elle s'informe du temps qui lui reste. Je lui livre le sinistre compte à rebours. Avec ce confinement, elle grignote un léger sursis. Elle n'a pas le cynisme de s'en réjouir, les images qui nous proviennent du monde entier sont bien trop violentes pour cela. Mais je sais que ça lui donne un second souffle, une ultime possibilité de faire des adieux plus longs à la maison et à sa grand-mère qu'elle aimait tant.

Nous regardons donc filer les jours, l'avenir se dérobant à chacun de nos pas. L'impatience a été la première à nous quitter.

Léontine

Bientôt l'heure de la visite d'Agathe. Cette petite est une bénédiction tout droit tombée du ciel. Un cadeau divin, vraiment. Ou le seul que Laurette m'aura jamais fait.

Un frisson, comme si l'ombre de cette dernière venait de me souffler dans le cou. Je me signe. Il n'est jamais bon d'évoquer les morts. Laurette était la première à l'affirmer, d'ailleurs. Avec cet éclat particulier dans le regard. Comme une menace doublée de mépris. Du pur Laurette.

Nouveau frisson. Nouveau signe de croix.

Je n'aurais jamais cru lui survivre. Après tout, elle avait sept ans de moins que moi. Et semblait en pleine forme. Certes, nous nous croisions moins souvent ces dernières années au village, et depuis belle lurette nous avions cessé de nous fréquenter. Mais les nouvelles circulent vite ici, et à aucun moment je n'ai entendu dire qu'elle était « fatiguée », terme pudique et générique qu'on utilise dans nos contrées aussi bien pour évoquer la lassitude qui nous prend après une journée bien remplie, que l'épuisement qui nous étreint lorsque le corps se bat pour sa propre survie.

Je crois savoir que la veille de sa mort, encore, elle était passée à la boucherie commander un rôti de veau. Et des lasagnes. Ça a été un choc pour le commis quand il est allé sonner à la porte et a appris son décès. Il est gentil, ce petit, très serviable et poli. Il prend toujours le temps de papoter un peu avec moi lorsqu'il me dépose mes achats. Il faut dire que je connaissais bien son arrière-grand-mère, Huguette. Nous étions en classe ensemble, à la petite école du village. Je me souviens encore de nous, avec nos jolis tabliers, penchées sur nos cahiers d'écriture, pendant que le maître dictait la leçon. Elle était ambitieuse, Huguette. Elle a quitté l'île pour le continent et a poursuivi des études à Paris. On la voyait moins souvent, mais quand même, à chacun de ses retours, elle prenait le temps d'une visite, et nous nous remémorions les temps anciens. Elle aussi est morte, maintenant. Des vieux de l'île, il ne restera bientôt plus que moi.

Laurette, c'est plus tard que j'ai fait sa connaissance. Quand elle a commencé à venir, après le décès de Paul, passer ses étés ici avec les enfants. Les premières années, elle donnait l'impression de chercher à s'intégrer. Oh, bien sûr, une dame comme elle, de la haute, il n'y en avait pas tant que ça, à l'époque. Elle nous impressionnait toutes, avec ses parfums capiteux et ses tenues à la dernière mode. Il lui arrivait de se joindre à nous pour un thé, ou un petit apéritif, et elle nous a même reçues à quelques occasions dans sa maison. J'en garde un souvenir émerveillé. Après tout, c'est la plus belle de l'île. En ce temps-là, le jardin était ravissant. Très bien entretenu. Marius s'en occupait en toutes saisons, aussi bien que si ça avait été le sien. Pauvre Marius, mourir écrasé par sa nouvelle tondeuse à moteur qui s'est renversée sur une restanque. Et jeune, en plus, il ne devait pas avoir plus de soixante ans. Nous étions nombreux à l'enterrement, tout le village était venu lui rendre hommage. Il faut dire qu'il était toujours prêt à rendre service et connaissait nos plantations mieux que nous-mêmes. Pourquoi Laurette l'avait-elle renvoyé ?

— Voyons, voyons, Léontine, ne laisse pas ta mémoire te jouer des tours !

Je me tords les mains, cherche, fouille dans mes souvenirs… et rougis. Oh oui, ça me revient maintenant. Le bruit a couru qu'ils auraient eu une aventure. Ma mère, qui était encore de ce monde, avait alors commenté d'un : « En voilà encore une qui se prend pour Lady Chatterley. » Bien sûr, je n'ai jamais lu cet ouvrage, bien trop… olé-olé. Mais enfin, ça ne m'avait pas empêchée de saisir l'allusion maternelle.

— Pardonne-moi, Seigneur, car j'ai péché…

Oui, vraiment, prêter l'oreille à ce genre de rumeurs est indigne. D'autant que Marius n'a jamais cherché à se vanter d'une telle liaison. À mon avis, il ne s'en serait pas privé si tel avait été le cas.

Toujours est-il que Laurette ne l'avait pas remplacé. Et peu à peu, le domaine a perdu de sa superbe. Un terrain comme celui-là, s'il n'est pas entretenu, ça devient vite la jungle ! Je crois qu'elle faisait appel à quelqu'un, de temps à autre, mais ça n'a plus jamais été aussi beau que du temps de Marius. Paraît-il. Parce que je ne suis pas allée le vérifier moi-même. Je n'ai plus remis les pieds là-bas depuis…

Un frisson. Aurais-je attrapé ce méchant virus ? Ce n'est pas dans mes habitudes de trembloter comme ça.

Voyons, Léontine, tu sais très bien pourquoi tu bloblottes comme une brindille dans le vent. Ça suffit. Arrête de penser à cette maison et à cette funeste journée dont tu ne veux pas parler, car autrement, tu vas finir par vraiment tomber malade. Le décès de Laurette te replonge dans des souvenirs qu'il ne fait pas bon évoquer.

Voilà. Je ferais mieux de chercher quel livre commencer aujourd'hui. Le temps nous est compté. Nous ne resterons pas confinés très longtemps. Et je ne peux décemment pas le souhaiter, ce serait si égoïste de ma part, quand tant de gens souffrent. Et meurent.

D'ailleurs, je suis très prudente. Je ne reçois qu'Agathe qui, la pauvre, n'a pas beaucoup d'occasions de frayer avec le monde.

Mon petit doigt me dit que ces visites lui procurent autant de plaisir qu'à moi. Nous rompons ainsi nos solitudes respectives, la sienne n'étant que ponctuelle, la mienne un état de fait que plus rien ne changera vraiment. Ce qui explique pourquoi je me suis aussi bien coulée dans ces nouvelles restrictions qu'on nous impose. Après tout, elles ne modifient pas grand-chose à mon rythme quotidien. À mon âge, c'est le corps qui limite et rapetisse petit à petit notre espace vital. J'ai donc au contraire gagné une présence, celle d'Agathe. Merci mon Dieu.

Je rejoins ma cuisine à pas prudents, en m'accrochant aux meubles judicieusement disposés sur mon passage, comme autant de phares dans la nuit. Dans une petite assiette, je dispose quelques sablés, mes préférés. Je sors deux tasses et leurs soucoupes assorties du placard au-dessus de l'évier. Dans la théière se trouvent déjà deux sachets d'Earl Grey. Agathe n'aura plus qu'à mettre l'eau à bouillir.

Je retourne lentement au salon.

Quel livre choisir, alors ? Appuyée contre le dossier du fauteuil aux oreilles, comme je le surnommais enfant, j'observe les rayonnages avant de caresser de la main les ouvrages. Ma vue est trop basse pour que j'en distingue bien les titres. Mais mes doigts ne me trompent pas. Ici, Alexandre Dumas. Là, Victor Hugo. Sur l'étagère la plus haute, les auteurs russes se sont mis à l'aise. Et puis, sur la droite, à moitié dissimulée par une collection de beaux livres sur la danse, ma littérature danoise.

Ma main volette dans cette direction. Revient se poser le long de mon flanc. Mon index est comme animé d'un tic nerveux et se tend maladroitement. Je renonce à le calmer.

La famille d'Agathe a le droit de savoir. Mais moi, ai-je celui de rompre la promesse que je me suis faite à moi-même, il y a plus de cinquante-cinq ans ? La mort de Laurette met-elle un terme à mon vœu de silence ? Les événements méritent-ils qu'on y revienne ? S'ils m'ont fortement marquée, je doute que Laurette se soit encombrée de ce genre de réminiscences. Elle a probablement tout oublié de cette funeste après-midi, à laquelle j'accorde sûrement trop d'importance. Elle rirait de me voir ainsi, se moquerait de moi, n'hésiterait pas à expliquer mon trouble par l'étroitesse de ma vie stérile, sur ce petit bout d'île que j'ai si rarement quitté. Elle n'aurait peut-être pas tort. Mais oublierait l'essentiel, ce que je n'ai jamais pu lui pardonner, Dieu sait que j'ai essayé, malgré toutes mes tentatives, mes prières, mes chapelets. Elle qui avait eu la chance d'enfanter, comment osait-elle se permettre une telle indifférence envers ses enfants ? Son comportement était une brûlure à vif dans mon cœur, mon corps. Surtout ce jour-là. Particulièrement ce jour-là. Je n'ai jamais réussi à m'expliquer sa froideur, sa distance envers Robert et Aline. C'est pour cette raison, je crois, qu'aujourd'hui j'aimerais briser le silence qui a recouvert tout cela. Des événements qui aux yeux de la plupart seraient perçus comme anodins. Mais qui pour moi ne le sont pas, et sont revenus me hanter, ne me quittant plus depuis son décès.

Mon tendre époux, paix à son âme, m'aurait sûrement conseillé de ne pas m'en mêler. Les morts méritent qu'on leur offre un repos que rien ne viendra troubler, aurait-il dit en se signant. Mais lui non plus n'est plus là, et parfois, mon cœur palpite pour de bien petites choses, faisant une montagne d'un caillou minuscule.

Mon bras se tend dans un dernier effort. J'attrape une vieille édition de contes et légendes vikings. Ce sera un premier pas dans la bonne direction. Un pas inaperçu, comme un silence dans une pièce vide.

Agathe

Tout en me rendant chez Léontine, je passe en revue les accomplissements de la journée. Mieux vaut se féliciter de ce qui est fait que s'inquiéter de ce qu'il reste à entreprendre.

Ma séance de yoga matinale achevée, j'ai pris une longue douche en écoutant de la musique méditative et en travaillant mon souffle. Ici et maintenant. Un ancrage dont j'ai plus que jamais besoin.

Puis j'ai joué avec Clim un petit moment dans le jardin. Un jour sur deux, je l'emmène pour une grande promenade à travers les vignes ou sur la plage, quel que soit le temps. Je m'y oblige. Il en a besoin, et cet exercice me permet de laisser libre cours à mes pensées, d'accueillir et accepter les émotions qui m'habitent alors. Aujourd'hui, c'était le jour du jeu. Clim n'a jamais su rapporter la moindre balle (il les mange) ni le moindre bâton (*idem*), mais il apprécie qu'on s'occupe de lui. Sans grand espoir de parvenir maintenant à un résultat quelconque, je lui lance donc ce qui me tombe sous la main. Il s'élance en jappant, attrape la chose, la jette en l'air, fait mine de la déchiqueter puis se couche pour l'achever. Quand il en a fini, il revient en trottinant, battant de la queue, langue pendante, et guette le moindre signe de fierté de ma part. Une caresse, un nouveau bout de bois, et c'est reparti. Après une demi-heure, il en a assez et file vers le massif d'hortensias. Et moi, je rentre dans la maison.

Ce matin, j'avais décidé de m'attaquer enfin au bureau de Paul. M'y attaquer pour de bon. J'avais déjà rangé une grande partie des livres, mais il me restait le pire : des montagnes de documents, dossiers, fiches en tout genre à expertiser et à trier. Tous appartenaient-ils à Laurette ? Ou certains dataient-ils de l'époque de Paul ?

En entrant dans la pièce, j'ai été saisie par une vague de découragement. Par où commencer ? Il y en avait absolument partout. Les cartons de livres que j'avais choisi de donner s'empilaient dans un coin, prenant déjà la poussière. Sur les étagères de la bibliothèque qui courait tout le long de la pièce, de nombreux ouvrages avachis, posés pêle-mêle, attendaient encore de connaître leur sort. Des bibelots leur tenaient compagnie dans cette défaite, patientant pour un nouveau voyage. Pour ce que j'en savais, certains avaient sûrement de la valeur, Paul ayant beaucoup bourlingué, Laurette n'ayant pas été en reste. Mais par qui les faire expertiser, et comment ? Ou devais-je les choisir en fonction de mes propres goûts ? Ou les exposer sur une table en bas et demander à ma mère et à Robert de venir faire leur choix ? Mais quand ? Maman ne cesse de geindre quand je l'ai au téléphone, à l'entendre, ce confinement est pire que tout, pire que la guerre même, elle ne vit plus, ne respire plus, s'angoisse en passant la journée à regarder BFM, hypnotisée par le décompte macabre que les journalistes, affichant des mines de circonstance, égrènent heure après heure. Un voyage jusqu'à l'île est absolument hors de question, elle me l'a dit et répété. Robert, quant à lui, s'est montré plus conciliant quand je lui en ai parlé. Mais il ne voit pas où est l'urgence. Après tout, aucune visite ni aucune vente ne sera conclue avant la fin du confinement, non ? À quoi bon se presser ? Mais si j'y tiens, il fera le déplacement, bien sûr. Je n'ai qu'à demander.

Je n'ai pas osé lui faire remarquer que c'était effectivement le but de mon appel, l'ai remercié avant de raccrocher, pas plus avancée.

Et s'il n'y avait que les bibelots…

Ce matin, donc, l'enthousiasme n'était pas au rendez-vous. Comme il fallait quand même bien commencer quelque part, j'ai choisi le bureau, un meuble imposant, sûrement d'époque, mais laquelle ? Il croulait sous les papiers, ses tiroirs ne fermaient plus. Dieu merci, il n'en comptait que quatre. Sûrement qu'à l'heure du déjeuner, j'en serais venue à bout.

C'est cet optimisme délirant (ou cet aveuglement stupide) que m'a toujours reproché Laurette avec tendresse. Quand j'ai décidé de me lancer dans la critique littéraire sur Instagram, elle m'a encouragée, mais je la connaissais suffisamment pour savoir ce qu'elle en pensait au fond d'elle-même : encore une idée folle qui m'amuserait un moment, m'occuperait, mais dont je me lasserais si elle exigeait de moi le moindre effort. Bien sûr, ce n'était pas ce qu'elle disait à voix haute. Elle m'a toujours soutenue dans mes projets, les plus sages comme les plus dingues.

Cette fois-ci comme les autres, je m'étais promis de lui prouver combien j'assurais. Pour échouer. Quand, après quatre mois de lectures intensives, de recherches sur les meilleurs hashtags, de quête éperdue de followers, le nombre de ces derniers a atteint péniblement 321 et qu'aucune maison d'édition n'a accepté de m'envoyer des services de presse (sauf une petite, installée à Livourne et spécialisée dans les sciences occultes), il m'a bien fallu me rendre à l'évidence : je n'allais pas vivre de ma plume d'influenceuse, et l'aventure m'avait déjà coûté une petite fortune, obligée que j'étais de m'acheter des romans en pagaille. Et je ne parle même pas de ma désillusion sentimentale de l'époque, dont je rougis encore. L'auteur aux posts enchanteurs, aux stories sublimes, s'est avéré être homosexuel. Très pratiquant.

J'aurais dû m'en rendre compte plus vite, il posait souvent avec un hipster un peu hirsute à l'air de gros nounours sympathique. Une espèce de Paddington sans chapeau ni tartines de marmelade, mais doté d'un sourire dont la bonté illuminait chaque photo où il apparaissait. Dans mon aveuglement amoureux (hormonal ?), j'avais décidé qu'il s'agissait de son frère. N'importe quoi ! Tu parles de prendre des vessies pour des lanternes. Aucune ressemblance entre les deux types, et j'aurais mieux fait de m'intéresser de plus près à tous les #amourdemavie et autres #loveisintheair qui ponctuaient les posts de mon crush du moment. Ça m'aurait évité de fantasmer sur un type qui préférait les moustaches à un maillot parfaitement épilé. Dépitée, j'avais fini par lire ses romans pour m'apercevoir qu'il écrivait comme un pied, et des mièvreries d'une banalité affligeante qui plus est. Par honnêteté intellectuelle autant que poussée par la déception, j'avais taillé en pièces son dernier ouvrage, encensé par tous. Ce qui m'avait valu de perdre direct une vingtaine de followers, sans parler des commentaires assassins qui avaient émaillé mon compte, et des messages envoyés en privé où j'avais été traitée de salope frigide, d'homophobe de la pire espèce, de frustrée et autres gentillesses. L'expérience avait sonné le glas de ma carrière d'instagrameuse et de mes espérances de vie à deux avec labrador, SUV, et maison en banlieue avec jardinet anémique.

Laurette n'avait pipé mot. Ce n'était pas nécessaire.

Je me suis ensuite lancée dans une formation de massage assis, mais quand j'ai compris qu'il me faudrait aussi bien passer mes mains huileuses sur des corps musclés que sur les peaux fripées de vieilles rombières plus pétainistes que gaullistes, j'ai abandonné. Pour me relancer immédiatement dans une expérience de vie communautaire dans le Tarn. J'ai tenu huit mois. Pas mal, compte tenu que les toilettes sèches ne l'étaient pas tant que ça, que Clim supportait mal le climat, et qu'il m'a fallu égorger et plumer une vieille poule aux muscles d'acier qui s'est révélée immangeable. Mais bon, c'était la règle : on ne tuait pas celles qui étaient capables de pondre. Seulement les vieilles. Une forme d'euthanasie qui, sur le plan philosophique, m'a moyennement emballée.

Puis je suis partie au Sénégal pour une association humanitaire. Mais je préférerais ne pas me replonger dans ces souvenirs-là. Je n'oublierai jamais la honte ressentie quand l'une des femmes du chef du village (j'étais, sans surprise, tombée follement amoureuse de lui) a soulevé le tissu servant de porte à sa hutte, tandis que sous les yeux de tous les habitants rassemblés là, mon cul de blanche s'agitait sur le membre de son époux. Mon amant a bien pris la chose, moi beaucoup moins.

La question se pose de savoir ce que je ferai une fois la maison vidée et vendue. Peut-être ma lenteur à accomplir ma tâche vient-elle aussi de là. Je perdrai alors mon dernier refuge, moi qui suis déjà privée des rires de ma grand-mère et de ses commentaires cinglants sur le monde entier sauf moi.

Je refuse d'y penser, maintenant, déjà. Il sera toujours trop tôt pour ça.

Je me concentre donc de nouveau sur ma marche dans le village désert tout en m'obligeant à voir le côté positif des choses.

J'ai donc attaqué le bureau de Paul. Les tiroirs, pour être précise. Enfin, deux d'entre eux, ce qui m'a demandé une énergie considérable, des pauses fréquentes pour stabiliser mon rythme cardiaque ou me moucher, la poussière ayant tout envahi. Résultat, en quatre heures de temps, j'ai fini par réussir à fourrer 99,9 % des documents trouvés dans de gros sacs-poubelles. Lesquels se sont avérés trop lourds à transporter jusqu'au rez-de-chaussée. Qu'il a fallu que je divise en deux, puis une nouvelle fois.

Bilan : la pièce paraissait toujours autant en désordre, j'étais persuadée de m'être donné un tour de reins, et huit sacs-poubelles de bonne taille attendaient patiemment dans l'entrée d'être emportés vers leur destination finale : les grands bacs de recyclage qui se trouvaient près de l'embarcadère, soit à dix minutes de marche de la maison, les jours où je me sentais d'humeur à descendre la pente d'un pas sautillant, telle Perrette et son pot de lait. Dans la pub, bien sûr. Sous la plume de La Fontaine, je ne me souvenais pas de la voir si guillerette.

La maison de Léontine est en vue. J'aime beaucoup cette vieille dame, qui ne me rappelle en rien Laurette, mais plutôt une Miss Marple post-aventures policières. Elle est maintenant bien trop frêle et fragile pour enquêter sur quelque sujet que ce soit, à supposer que ça ait été un jour le cas.

Léontine semble avoir mené une existence simple, bien loin de meurtriers pervers à l'imagination débordante et aux poches regorgeant de garrots et autres poisons. Elle est née, a grandi et vécu sur l'île toute sa vie. Elle parsème ses récits de petits claquements de langue quand un mot lui échappe, et son insulte préférée est « saperlipopette ». Elle ne manque pas, chaque fois qu'elle y a recours, de rougir comme si elle avait proféré une insanité digne des bordels d'Amsterdam, et de porter la main à la bouche avant de se signer. Adorable. Dans ces moments-là, je la serrerais bien contre mon cœur, mais pandémie oblige, nous restons à distance respectable l'une de l'autre, et parlons à travers un foulard noué à la va-vite et qui ne cesse de glisser. On dirait deux bandits mal préparés à leur premier casse.

C'est elle qui s'est présentée un matin à la maison, pour m'offrir ses condoléances. Elle a refusé d'entrer, malgré le froid, car, disait-elle, elle ne souhaitait pas me déranger. Trente minutes plus tard, elle était toujours lancée en plein papotage, alors que le mistral nous cisaillait les cuisses et nous fouettait les joues. J'ai craint de perdre une oreille. Quant à la vieille dame, elle semblait ne même pas se rendre compte de l'inconfort de la situation.

Je lui ai rendu la politesse une dizaine de jours plus tard, et cette fois-ci, elle a été ravie de m'inviter à boire un thé chez elle. Il y faisait bien trop chaud, ce qui ne l'empêchait pas de serrer contre sa maigre poitrine son cardigan rose bonbon en cachemire. Quand, au détour de la conversation, elle a avoué souffrir de ne plus voir assez bien pour lire, je lui ai spontanément proposé de venir régulièrement lui faire la lecture. Elle a tout d'abord refusé, bien sûr, mais deux jours plus tard commençaient nos rendez-vous bihebdomadaires, auxquels le confinement n'a rien changé.

Léontine a des goûts éclectiques. Nous passons de la Bible à Ian Rankin. De Mauriac à Aurélie Valognes. De Hemingway à Sophie Kinsella et son accro du shopping. Avec elle, je vais de surprises en surprises. Elle avoue, quoi qu'il en soit (et toujours rosissante) un penchant pour les polars les plus noirs, surtout s'ils sont américains, que le détective privé boit comme un trou et est malheureux en amour. Mais, dit-elle, philosophe, on ne peut pas toujours lire la même chose, n'est-ce pas ? On se lasserait du plaisir qu'on ressent à retrouver ou à rencontrer un nouveau pauvre hère à la dérive.

Venant de quelqu'un qui n'a jamais bougé d'une île grande comme un caillou obèse, j'ai trouvé que la remarque ne manquait pas de charme, mais j'ai gardé mes pensées pour moi.

Léontine a perdu son mari il y a bientôt quinze ans. Le couple n'avait pas d'enfants. Oh, bien sûr, quelques neveux et nièces qui n'ont plus donné de nouvelles depuis belle lurette se feront un plaisir d'apprendre son décès et d'hériter de sa maison (qui vaut elle aussi une petite fortune, même si le circuit électrique date probablement d'avant-guerre), elle n'a aucun doute là-dessus et préfère en rire.

Et moi, j'aime bien quand elle rit, Léontine. On devine alors sans peine derrière ses rides la jeune fille qu'elle était, espiègle et libre, heureuse de gambader entre les vignes avec ses amies, guettant le bateau du continent pour espincher, comme on dit ici, les gens d'ailleurs venus s'égailler sur l'île le temps d'une journée ou d'une semaine.

Son intelligence est restée vive et affûtée. Elle se souvient de tout un tas d'anecdotes sur tout un tas de sujets, et, bien souvent, une fois le livre fermé, elle se laisse emporter par les méandres de sa mémoire et me régale d'histoires qui, comparées à celles de Laurette pourraient sembler bien fades, mais ne me séduisent pas moins.

Je sonne deux fois, entrebâille la porte.
— Léontine ? C'est moi !
— Entre vite, ma petite, entre. Je mets mon foulard !
Un sourire effleure mes lèvres. Le premier de la journée. Il est 17 heures passées.

Léontine

Agathe vient de partir, se faufilant discrètement dans la nuit. Quelle bonne petite ! Aujourd'hui, nous avons finalement consacré peu de temps à la lecture, avant de nous mettre à papoter. Elle m'a raconté qu'elle avait du mal à venir à bout du bazar (enfin, elle a employé le mot « bordel », mais je n'oserais jamais m'exprimer ainsi, les jeunes sont sans limite !) dans le bureau de Paul. Ça m'a bien étonnée un peu. Ce dernier était un homme sévère et droit, il m'a toujours impressionnée et je baissais la tête quand je le croisais, avant d'accélérer le pas. Je ne crois pas que sa femme ait été très heureuse avec lui. Elle était assez terne, d'ailleurs, effacée.

D'après Agathe, certains des papiers et dossiers seraient ceux de Laurette. Là encore, j'ai été surprise. À l'époque où nous nous fréquentions, elle avait pour habitude de ne pas s'encombrer de souvenirs et autres babioles et jetait tout. Elle m'avait avoué avoir déchiré la moindre photo datant de l'époque de son mariage, et quand je m'étais offusquée que les enfants aient ainsi été privés du souvenir de leur père, elle avait haussé les épaules, s'en fichant complètement. « À quoi sert d'encenser les absents ? m'avait-elle dit. Il est né, a vécu, est mort, et pas sur la croix ! » Et nous en étions restées là. Si elle avait cherché à me choquer, elle avait réussi.

Agathe est friande des souvenirs que j'ai de sa grand-mère, même si nous n'étions pas des amies proches. D'ailleurs, je doute que Laurette ait noué ce type de relations avec quelque femme que ce soit. Elle était trop indépendante pour ça, trop libre. Trop différente. Et peut-être aussi, que Dieu me pardonne, trop égoïste. Malgré tout, lors de ses séjours sur l'île, il nous arrivait de partager un moment, à la tombée du jour. Je raffolais du vin d'orange, elle préférait des boissons plus fortes, et savait doser à la perfection son gin tonic. Une survivance de ses origines britanniques, sûrement. Je dois l'avouer, elle me fascinait. Elle était si différente des personnes que j'avais l'habitude de fréquenter.

Elle parlait rarement de son enfance. Peut-être parce que nous n'avions pas encore atteint l'âge où l'on aime s'y replonger et en rectifier les contours à coups d'enluminures et de circonvolutions tout en douceur.

Parfois, quand elle avait un peu trop bu, elle évoquait sa vie à Paris, notamment dans les années 1950 et 1960. Elle prenait des cours de danse, de flamenco. Elle adorait ça. Le bruit des talons qui claquent, la musique, la salle aux barres et aux grands miroirs. Et puis, il s'était passé quelque chose, elle avait cessé ses visites et ses cours. Mais elle en gardait un souvenir émerveillé. Elle fredonnait alors des airs qui m'étaient inconnus, et quand elle sombrait dans sa nostalgie au point d'en oublier ma présence, je m'éclipsais.

Elle laissait beaucoup les enfants livrés à eux-mêmes, ça faisait jaser au village bien entendu. Robert était un petit garçon qui aurait tout fait pour sa mère. Aline était plus difficile à cerner. Le premier mot qui viendrait à l'esprit pour la décrire serait « sournoise ». Ce qui ne serait pas très chrétien ni charitable de ma part. Elle souffrait peut-être tout simplement d'un manque d'affection et ne savait comment attirer sur elle le regard de sa mère.

Robert, lui, vivait comme un sauvageon. Je me demandais même s'il lui arrivait de se laver plus de deux fois durant l'été. Au fil des jours, son short était de plus en plus raidi par l'eau de mer, la plante de ses pieds sales se couvrait de corne à force de marcher sans ses sandalettes, et ses cheveux ne devaient pas voir le peigne bien souvent. Il me faisait de la peine, ce petit. Intelligent, vif, ça se voyait au premier regard. Et portant en lui un gouffre de souffrance. Pas de père, et une mère, il faut bien le reconnaître, qui ne lui accordait pas l'affection qu'il méritait.

Et puis, il y a eu l'été de ses huit ans. Ou neuf peut-être. À mon âge, on ne peut pas exiger de moi que je sois trop précise, quand même ! Pourtant, Dieu sait que cette journée m'a marquée. Elle reste parmi mes plus vifs souvenirs. Car c'est aussi ce jour-là que j'ai cessé de fréquenter Laurette. Après ça, nous nous contentions de nous saluer au village d'un poli hochement de tête, d'un bonjour marmonné bas.

C'était un été de canicule, pire peut-être que celle que nous avons connue il y a quatre ans. Elles étaient rares en ce temps. Et ne s'éternisaient pas. Ça, j'en suis sûre. Et qu'on ne vienne pas me dire que je fais partie de ces vieux qui passent leur temps à radoter que c'était mieux avant. Non, ce n'était pas mieux avant, par tous les saints ! Avant, on mourait jeune, ou en couches. On devait obéir à son père, puis à son mari. Et se taire. Maintenant, les femmes ont gagné leur autonomie. Il suffit de voir Agathe pour s'en persuader. Mais je m'égare…

Oui, tout a basculé cet été-là, ce jour-là. Pour Laurette, l'incident était probablement de petite importance. Mais pour moi, il avait la force d'un tsunami meurtrier. Ce qu'elle n'aurait pas compris s'il m'avait pris la fantaisie de lui en parler. Je n'ai donc rien dit, je me suis effacée et je ne pense pas qu'elle ait même remarqué mon absence dans sa vie. Je le dis sans amertume, elle était comme ça Laurette, à prendre ou à laisser. Et tout cela remonte maintenant à bien loin dans le temps.

En parlant de temps, il est déjà 8 heures passées. J'ai raté le début du journal télévisé et pas encore mis ma soupe à cuire ! Allez, Léontine, inutile de ressasser. Tu dormiras mal. Et l'insomnie au printemps t'épuise encore plus qu'en d'autres saisons.

Je range l'ouvrage lu avec Agathe en caressant doucement sa couverture. J'ai hâte qu'elle revienne. Dans deux jours.

Agathe

Je n'en peux plus de tout ce bordel et de cette poussière. C'est vraiment une tâche sans fin que de ranger le bureau de Paul. Hier, je suis tombée sur toute une correspondance entre lui et son fils, le père de Laurette. Au lieu d'archiver les papiers et de passer à autre chose, je n'ai pas su résister à la tentation et je me suis plongée là-dedans. Il faut dire que Laurette m'avait dressé un tableau de son père assez… héroïque ? Non, ce n'est pas le bon terme. Disons qu'en tout cas, il était à mes yeux d'enfant, quand elle l'évoquait, un mélange de Zorro, d'Albator et de Robin des Bois. Bref, un personnage haut en couleur.

Les lettres racontent une histoire bien différente. À l'évidence, Paul n'a pas été enchanté par le mariage de son fils avec la mère de Laurette. Une danseuse, rencontrée à Londres. À en croire Paul, ce n'était qu'une chercheuse d'or, une fille qui se produisait dans les cabarets. Son fils, quant à lui, maintient qu'elle appartenait aux troupes de l'Opéra, qu'une grande carrière s'ouvrait à elle, que c'était une femme élégante, certes pauvre de naissance, mais si riche de cœur. Paul n'a pas pris la peine de se déplacer au mariage, pas plus qu'à l'enterrement, quand sa bru est morte en couches. Ensuite, le fils n'écrit plus au père que pour lui demander de l'argent. Des dettes, encore des dettes. Fais ça pour la petite, le supplie-t-il. Pour Laurette, cette pauvre enfant qui grandit sans mère. Là, Paul semble assouplir sa position. Il reçoit le père et l'enfant pendant des vacances. Mais ne compte pas leur prodiguer la moindre affection. Son « Je t'avais prévenu » clôt tous ses courriers.

J'ai du mal à concilier ce que j'ai appris hier avec ce que je croyais savoir. Laurette m'a toujours parlé d'une enfance heureuse, à Paris, à Londres, puis chez sa tante. Son père était tout pour elle. Homme d'affaires à la réussite avérée, il avait pourvu à ses besoins et à son éducation. Et voilà que je découvre que c'était Paul, surtout, qui payait les factures, que son fils était plus joueur que travailleur, superficiel et léger, un vrai fils à papa.

Sur sa disparition, le mystère continue de planer. Laurette se contentait d'un sec « et puis un jour, il n'a plus été là ». Quant aux courriers, ils ne m'éclairent en rien à ce sujet et je n'ai pas trouvé, en tout cas pas encore, de faire-part de décès portant le nom du père de Laurette. Je ne peux qu'émettre des suppositions. J'appellerais bien maman, mais si c'est pour l'entendre pleurnicher pendant une demi-heure et ne pas obtenir ensuite la moindre réponse, ça m'épuise d'avance.

Robert en sait peut-être un peu plus ?

J'avale une cinquième biscotte (en préférant ne pas penser aux conséquences de ce foutu confinement sur mon tour de taille) et décroche mon téléphone.

— Tonton ? Salut, c'est moi, je ne te dérange pas ?

— Pas du tout, je suis ravi de t'entendre. Comment vas-tu ?

— Bien, bien. En fait, je suis tombée sur toute une correspondance entre Paul et son fils, le père de Laurette. Et je me demandais si tu savais quoi que ce soit concernant sa disparition.

Robert prend le temps de la réflexion.

— Hum, finit-il par répondre. Pas vraiment, non. Laurette m'a toujours raconté qu'il s'était volatilisé après la guerre, probablement avec la nounou qui s'occupait d'elle à l'époque, mais elle s'arrangeait souvent avec la réalité. Il pouvait tout autant être pro-nazi que résistant à Londres, et sincèrement, je ne vois pas où nous pourrions nous tourner pour le découvrir.

À mon tour de marquer un temps de silence.

— Ouais…

— Agathe, reprend mon oncle d'un ton plus doux, tout cela remonte à si loin. J'ai à peine connu Paul, je n'en garde presque aucun souvenir. Quant à Laurette… je n'ai jamais réussi à trancher : mentait-elle par désir de dissimulation, par jeu, parce qu'ainsi la vie était plus belle ? Une chose est sûre, la moitié de ce qu'elle racontait n'avait aucune réalité.

Je me referme. Si ses rapports avec sa mère étaient déplorables, ça ne fait pas pour autant d'elle une manipulatrice machiavélique.

Moi, j'y crois aux histoires de Laurette. Elle était bien trop libre et indépendante pour qu'il en soit autrement.

Robert reprend.

— Elle aurait dû être romancière, je t'assure. Par exemple, tu te souviens de ses bains de boue en Roumanie ?

— Oui, bien sûr !

Ma grand-mère m'avait parlé de leurs bienfaits. Vers la fin de sa vie, elle y revenait régulièrement.

— Eh bien, je peux t'assurer qu'elle n'a jamais mis les pieds là-bas.

— Comment le sais-tu ?

— Laurette n'a plus jamais quitté la France après son mariage. Pas de passeport, et sa dernière carte d'identité est périmée depuis près de quarante ans. Elle n'a pas estimé utile de la renouveler.

Une vague de tristesse me submerge. Qu'on ne m'enlève pas, en plus du reste, la vie de Laurette racontée par Laurette. Je veux qu'on me laisse les escapades au bout du monde, les paquebots qui traversent l'Atlantique, les îles grecques, les danses le soir dans les médinas marocaines. Si ce qu'affirme Robert est vrai, alors ma grand-mère devient une étrangère. Une femme que je ne connais pas et ne connaîtrai jamais. Impossible, impensable.

Robert sent qu'il m'a involontairement blessée.

— Laurette était ainsi, Agathe. Mais s'il y a bien une chose sur laquelle elle n'a jamais menti, c'est sur l'amour qu'elle te portait. Là, elle n'était que sincérité. Tu étais tout à ses yeux, crois-moi. Et elle avait une confiance inébranlable en toi, en ce que tu entreprenais.

Je reste silencieuse. Trop perdue pour répondre.

— Agathe, insiste Robert, laisse dormir le passé. Souviens-toi de ta grand-mère comme elle s'est offerte à toi, le reste n'a pas tellement d'importance, je t'assure. Et ne t'enrhume pas dans cette grande baraque humide. Tu veux que je passe la semaine prochaine ? Lundi, par exemple ? Et j'apporte de bons burgers avec des frites bien grasses ?

Je souris.

— Merci pour ta proposition. Pourquoi pas, effectivement ? En tout cas, le menu est alléchant. Je te confirme ça d'ici là, OK ?

Robert n'est pas dupe. Ce déjeuner n'aura pas lieu.

— Parfait ma chérie. Je t'embrasse fort.

— Moi aussi, tonton.

Je pose mon portable sur la table de la cuisine, pensive. Robert se trompe sûrement. Laurette rangeait ailleurs ses documents d'identité, voilà tout. Et puis, à force de grandir sans trop la voir, il a certainement lui aussi récrit l'histoire. Il s'est persuadé qu'elle dormait toutes les nuits dans leur appartement alors qu'elle était partie en voyage dans une île ou une autre. Voilà, l'explication est là. Moi-même, serais-je capable de dire avec précision où se trouvait ma mère l'été de mes huit ans ? de mes dix ans ? Non, évidemment.

Et puis, ne pas fouiller le passé ? Pourquoi donc m'en priver ? De toute manière, s'il y a des squelettes dans les placards, je les trouverai. Après tout, ne suis-je pas là pour les vider ces placards ?

C'est d'un pas conquérant que je remonte à l'étage vers le bureau de Paul. À nous deux, Laurette ! Moi, je saurai qui tu étais vraiment. Et je prouverai au monde entier que tu n'étais pas mythomane. Na !

Feuille n° 1

Jeg hedder Laurette. Jeg kommer fra Paris. Jeg danser med Lucette.

Je... Paris... Danser...

Jeg elsker hendes mand. Hendes mand er gift. Forgifte. Forgive.

Mand. Man. Mari... Mon cul.

No forgiveness.

Jeg hedder Laurette.

Jeg elsker dig. Cette déclaration, jamais je n'aurais eu la vulgarité de te la faire en français. Je t'aime. C'est d'un commun... Mon heart ne s'exprime bien que sous des langues étrangères.

Hjertet er et ligegyldigt sted, som ting strømmer igennem.

The heart is a trivial place that things stream through.

Le cœur est un lieu indifférent, que le flot des choses traverse.

Tout cela veut dire la même chose.

Conne. Kone. Wife. Gift. Gift.

La femme conne est un cadeau.

L'épouse conne est un poison.

Faites vos jeux.

Natacha

Quelle merde, ce confinement ! J'en peux plus de l'éducation à distance, des vacances apprenantes et de toutes ces conneries. Timothée me rend folle. Au boulot, c'est pas mieux. Et puis, je m'inquiète pour Agathe. Elle s'est mis en tête de découvrir la vérité au sujet de sa grand-mère, comme si la vérité des autres existait !

Le vent me fouette le visage. Je souris malgré moi, malgré le froid et les embruns, heureuse de retourner sur l'île, de retrouver les sensations que cette traversée m'a offertes deux fois par jour pendant des années.

Quand je repense à ce premier jour chez Laurette… Tu parles d'une comédie dramatique ! Les aboiements de Clim, Magalie qui tombe dans les pommes, Laurette, hautaine et froide, nous plantant au salon pour regagner sa chambre sur un « quelle vulgarité tout ce ramdam ! », comme s'il s'agissait juste de querelles d'enfants un jour d'anniversaire où ils auraient avalé trop de sucre. Cette Laurette, quel personnage ! Jamais je n'en ai rencontré des comme elle. Elle n'a pas eu un mot pour Magalie et n'a pas une seule fois demandé de ses nouvelles. Elle s'est contentée de faire nettoyer son logement, puis a décidé de ne pas le relouer, finalement. Je l'ai vue s'y rendre à quelques reprises, en douce. Pourquoi ? Mystère. Un de plus.

La cohabitation n'a malgré tout pas été plus difficile que ça. Je la soupçonne même de s'être prise d'affection pour Timothée. Quand elle le croisait à la cuisine, elle lui racontait des histoires du temps passé. Ne manquaient que les dragons et les princesses dans des tours d'ivoire. Il l'écoutait bouche bée, sa tartine de Nutella dégoulinant sur la nappe vichy en plastique, Laurette se régalant une fois encore de ses meringues plantées pour l'occasion dans un chocolat chaud. Dans ces moments-là, j'éprouvais une folle affection pour elle, l'envie de la prendre dans mes bras comme si elle avait été ma grand-mère à moi, voire de lui confier mes doutes, mes secrets, les difficultés de mon job, le désir d'un homme protecteur, ma volonté farouche de rester libre, ma crainte de voir ma confiance une nouvelle fois trahie.

Puis, elle reprenait des airs de châtelaine, plissant du nez quand nous rentrions de la plage, les pieds couverts de sable, ne nous épargnant pas une pique au passage. Il n'y avait qu'avec Agathe qu'elle se montrait égale. Les autres ne savaient jamais à quoi s'attendre de sa part.

Vers la fin, ce n'était plus des histoires abracadabrantes qui sortaient de sa bouche mais des suites de mots sans queue ni tête, en français, en anglais et dans une langue que je n'ai jamais réussi à identifier proprement. Ça la prenait rarement. Son regard, alors, se faisait plus perçant, menaçant, même. Comme si elle me défiait de la comprendre, tout en me prévenant que si j'y parvenais, ma vie ne tiendrait plus qu'à un fil. Les séances de goûter avec Timothée se sont faites plus rares, avant de disparaître complètement. Il n'a pas eu l'air d'en souffrir.

J'ai bien essayé de faire comprendre à Robert que sa mère commençait à sucrer salement les fraises, mais sans succès. Laurette avait toujours eu des accès de bizarrerie, affirmait-il, ce n'était qu'une mise en scène supplémentaire. J'en doutais fort, mais après tout, c'était leur problème. Agathe, elle, se montrait plus concernée lors de ses passages. Malheureusement, ils étaient peu nombreux et ne duraient jamais assez longtemps pour qu'elle mesure bien l'ampleur du phénomène.

Et puis, un matin, Laurette ne s'est tout simplement pas réveillée. La meilleure façon de partir, à mon avis.

L'île se rapproche, je souris d'une oreille à l'autre. Je m'y sentirai toujours chez moi, quoi qu'il arrive.

Hier, Magalie m'a téléphoné. On est restées en contact. Cette femme me touche beaucoup. Il a bien fallu l'arrêter, aller témoigner au procès, écouter sa condamnation, la voir sans réaction, comme si tout cela concernait quelqu'un d'autre qu'elle. Son ex-amant a tout nié. Leurs rencontres tarifées, cette scène avec le fauteuil roulant, tout. Personne n'a cherché à creuser de ce côté-là. Heureusement, l'expertise psychiatrique a joué en faveur de Magalie. Enfin, heureusement… J'ai été horrifiée de découvrir comment ses parents avaient choisi de soigner son « mal ». Les séances d'exorcisme, de torture, même, que Magalie a subies ado n'auraient laissé personne indemne. Interrogée à ce sujet, elle a répondu d'une voix creuse qui ne rendait son discours que plus terrifiant. Immersion dans l'eau bénite gelée, chants incantatoires d'une foule de croyants la fouettant à chaque refrain, nuits passées enfermée dans une cave… Un vrai cauchemar. Franchement, je la trouve super équilibrée compte tenu de ce qu'elle a traversé.

Je savais bien aussi pourquoi elle ne réagissait pas aux débats, pâle dans le box des accusés, le regard vide. Plus que tout, voir cet homme qu'elle avait tant aimé l'ignorer, la trahir, l'anéantissait. Là se trouvait sa condamnation la plus lourde. Le reste semblait ne plus la concerner.

Je suis allée régulièrement lui rendre visite aux Baumettes, où elle a purgé sa peine. Je l'ai vue reprendre peu à peu des couleurs, retrouver un semblant de joie de vivre. Elle est sortie depuis quelques mois maintenant, et vit à Bandol. Elle a trouvé un travail à la maison de la presse locale. A abandonné ses tenues mornes qui cachaient son corps. Arbore une nouvelle coupe, courte, au carré, qui lui va bien. Elle semble avoir enfin trouvé un équilibre. Elle s'est montrée discrète sur la question, mais je crois que les sites de rencontres n'y sont pas pour rien. Ils lui permettent de vivre ses désirs autrement, et en toute liberté.

L'île est à portée de brasse.

Je suis curieuse de savoir de quoi Agathe tient tant à me parler, et de vive voix qui plus est. Elle s'est montrée si mystérieuse au téléphone…

On accoste. Les amarres geignent et grincent. Je saute sur le quai. Direction la maison.

Feuille n° 2

Tu me fais l'amour comme tu écris. Sur un rythme syncopé, brûlant. Le chant des guitares nous accompagne, étouffe mes cris de plaisir. Tu m'imposes le silence, ta main couvre ma bouche.

Qu'y a-t-il de plus tendre que ce baiser que tu déposes à l'intérieur de ma cuisse ? De plus doux que tes mains tachées d'encre sur mon ventre ?

Nue et sauvage, je danse pour toi, mime un flamenco fou, mes cheveux couvrant mes seins, mon visage, la chute de mes reins au gré de mes mouvements. Et je tournoie encore et encore sur moi-même. Et tu m'intimes de m'arrêter. Stop. Je me fige, te tournant le dos. Avant de pivoter pour tomber, essoufflée, entre tes bras grands ouverts. Et tu m'habites, m'envahis, me prends sans douceur sur ton bureau, au milieu des feuilles qui fuient en tous sens notre corps à corps bestial, presque brutal.

Il nous faut faire vite. Le cours de danse est bientôt terminé et ça sera mon tour. Je me rhabille en silence, m'échappe par la porte de derrière, rejoins le devant de la maison et sonne.

Lucette m'accueille, me trouve bonne mine, prend ma main pour me conduire à l'étage. Elle est tactile, Lucette. Elle est encore jeune. Et belle. Et souple. Malgré tout, je ne sais pas ce que tu lui trouves, au-delà de cette loyauté sans faille dont elle fait preuve à ton égard. Elle te suivrait au bout du monde. Elle l'a déjà fait, d'ailleurs. Dans ce pays où vous aviez froid, où tu as été emprisonné. Ce pays synonyme des cris qui résonnent d'une cellule à l'autre, d'hivers interminables, de lumière morte. Le Danemark.

Jeg hedder Laurette. Jeg elsker hendes mand. Je m'appelle Laurette. J'aime son mari. Il est mon homme. My lover. My raison de vivre.

Jeg hedder Laurette.

La victoire est toujours une salope, *disais-tu, avant de conclure à mi-voix* : confidences pour une autre fois.

Agathe

Quand Natacha arrive enfin, je suis excitée comme une puce.

Foulards sur le nez, nous filons vers la cuisine, où j'ai préparé le thé et où nous attend une pile de papiers.

Natacha rit.

— Dis donc, ça fait longtemps que je ne t'ai pas vue aussi en forme ! Et très joli foulard, au fait.

Je hausse les épaules, lui indique du menton le gel hydroalcoolique et l'invite à s'asseoir.

— Écoute, je suis tombée sur des documents super bizarres et j'ai besoin de ton aide.

Pas la peine de tourner autour du pot. Je sens que je suis sur une piste, et si quelqu'un peut bien me le confirmer, c'est Natacha. Il n'en faut d'ailleurs pas plus pour éveiller son intérêt. Elle se redresse, regard acéré, buste tendu en avant. Si en plus elle se mettait à bouger les narines, on pourrait la prendre pour une version humaine de Clim face à une odeur alléchante, type poubelle de plus de trois jours, ou carcasse de poulet avariée.

— Raconte.

Alors, je raconte.

Comment j'ai fini par entrer dans la chambre de Laurette. Ouvert les placards et les tiroirs de sa commode. Me suis sentie gênée de découvrir ainsi ses culottes montantes et ses bas antivarices. Je les ai donc refermés très vite. Pour aller à sa coiffeuse, où elle gardait les bouteilles de ses anciens parfums, une palette de fonds de teint, quelques vernis séchés, une brosse à cheveux à manche d'ivoire que je n'ai pas souvenir de l'avoir vue utiliser.

J'en ai ouvert le tiroir.

— Et voilà. Je suis tombée sur tout un tas de feuilles, sans dates, sans rien. Certaines sont des lettres, à l'évidence (je pousse une pile vers Natacha), les autres ? Aucune idée. Ça n'a ni queue ni tête et, en plus, une partie des textes sont écrits dans une langue que je ne connais pas. Et figure-toi que c'est du danois !

Natacha a l'air aussi ébahie que moi.

— Du danois ? Tu en es sûre ?

— Mais oui ! Du danois !! Y a deux trois phrases dans tout ça qui m'ont permis d'arriver à cette déduction.

Je saisis une feuille, indique une ligne du doigt :

— Regarde, là, elle parle du Danemark. Du coup, ça semble logique, non ? Et là : *Jeg elsker dig. Cette déclaration, jamais je n'aurais eu la vulgarité de te la faire en français. Je t'aime. C'est d'un commun… Mon heart ne s'exprime bien que sous des langues étrangères.* Je suis sûre que « jeg elsker dig » veut dire « je t'aime » en danois. Et puis, tu sais bien que Laurette, quand elle se laissait vraiment prendre par l'émotion, retournait alors à l'anglais.

— Pas faux. Mais de là à affirmer que tout ça est du danois… Tu n'as pas vérifié sur Internet ?

— La box est coupée et le réseau toujours aussi foireux. Ça me prendrait des heures. Quand Laurette a-t-elle appris le danois ? Elle m'en a raconté, des histoires, mais ne m'a jamais parlé de ce pays. Je ne crois même pas qu'elle y soit allée un jour. Je pourrais demander à maman, mais là, j'ai pas le courage. Avec la pandémie, elle est encore plus chiante que d'habitude.

Natacha a un sourire en coin. Elle voit le topo. Des gens comme ça, elle en a des paquets au téléphone tous les jours. Qui dénoncent des voisins sortis plus d'une heure. Des caissières sans masque. Des membres de leur famille qui se sont retrouvés en catimini à plus d'un kilomètre de chez eux, mettant en péril toute notre nation, voire l'avenir de l'humanité. Sans parler des étrangers, surtout d'origine asiatique. Soudain, on dirait qu'ils sont partout, qu'ils ont envahi nos villes et nos campagnes, alors qu'il n'y a même pas un seul restaurant chinois en ville. Elle m'a avoué qu'avec ses collègues, histoire de ne pas craquer, ils tenaient un registre des appels les plus loufoques.

— Et Robert ?

Ils s'aiment bien tous les deux. Ça ne m'a pas échappé.

— Je ne sais pas. La dernière fois que je l'ai eu au téléphone, il m'a conseillé de ne pas remuer le passé. D'une certaine manière, je me demande s'il n'est pas soulagé par la disparition de Laurette. Elle lui en a quand même fait voir de toutes les couleurs.

Natacha confirme d'un hochement de tête. Oui, mon oncle est libéré de cette présence maternelle imposante, des diktats d'une Laurette qui s'est toujours agacée de ses preuves d'affection et irritée de son indifférence, feinte la plupart du temps. Je ne peux pas lui en vouloir. Elle n'était pas tendre, ma Laurette.

— Et tu as réussi à tout traduire ?

— Non, pratiquement rien. À mon avis, certaines phrases sont des citations, et pour le coup, je n'ai pas encore réussi à mettre la main sur les textes d'où elles sont tirées. En plus, si tu regardes bien, l'encre n'est pas la même partout. Ma grand-mère a probablement apporté des ajouts à des textes qu'elle avait écrits antérieurement. Bref, un véritable casse-tête.

Natacha baisse son foulard, souffle doucement sur son thé, remet le tissu en place et tend la main vers le premier paquet.

— Et ça ? Je peux ?

— Vas-y.

Ce sont des lettres en français. Des lettres d'amour, à l'intention d'un certain Antoine. Jamais postées. Datant d'une trentaine d'années. J'ai rougi en en lisant certaines, où Laurette étalait son désir sans aucune pudeur. D'autres sont touchantes tant elle semble amoureuse de cet homme. De lui, rien. Ou plutôt, je n'ai encore rien dégotté. Pas de courrier envoyé à Laurette, pas de nom de famille, je ne vois pas ce qui me permettrait de l'identifier. Était-il un homme d'Église ? un homme marié ? son amant ? Mais pourquoi ne lui a-t-elle jamais posté ces mots doux ?

Natacha prend son temps. J'ai classé les lettres chronologiquement. La dernière ne laisse supposer en rien que cette correspondance prendra fin. Que s'est-il passé ? Laurette a renoncé ? Cet Antoine a fini par lui dire d'aller se faire foutre ? Aurait-il même porté plainte pour harcèlement ? Ce qui n'a aucun sens, s'il n'était pas au courant des sentiments de ma grand-mère.

Mon amie repose la dernière lettre. Circonspecte.

— Elle comptait écrire un roman épistolaire ?

Tiens, bizarrement, c'est une option qui ne m'était pas venue à l'esprit.

— Peut-être. Comment savoir ?

— À mon avis, impossible.

Mes épaules s'affaissent sous le coup de la déception.

— Agathe, les gens ont tous des secrets. C'est le propre de l'existence. Et quand on meurt, les autres se sentent autorisés à fouiller dans nos armoires. Peut-être que Robert a raison, peut-être que tu ferais mieux de ne pas trop déterrer de vieux squelettes.

Sa voix est douce, reflet de son inquiétude. Ce qui ne m'empêche pas de me braquer.

— Écoute, j'ai perdu ma grand-mère, je vais perdre cette maison, alors tant qu'on est tous enfermés chez soi, je fouillerai autant qu'il me plaira. Et j'ai bien conscience que je n'aurai pas de réponse à toutes mes questions. Ce que je te demande, c'est seulement un coup de main : comment on enquête ? De quoi on part ? Comment procéder ? Le reste, c'est mon problème.

Personne ne semble comprendre mon besoin viscéral : celui de m'accrocher, un moment encore, à ma grand-mère disparue, à ses mots, fussent-ils en danois, à sa vérité, qui ne sera jamais que parcellaire. Je ne supporterai pas qu'on me retire ça, ce dernier voyage en sa compagnie.

J'hésite entre colère et larmes. Ces dernières menacent de l'emporter.

Ma chaise bascule quand je me lève pour planter Natacha devant les lettres de Laurette et son thé qui refroidit. Je grimpe l'escalier quatre à quatre, et pour faire bonne mesure, claque la porte de ma chambre derrière moi… où un fou rire me prend.

Nan, mais complet ridicule, l'Agathe ! N'importe quoi…

Je ris tellement que j'en pleure. Très vite, ce sont les sanglots qui me serrent la gorge et m'empêchent de respirer.

Je suis à bout.

Léontine

Agathe était tendue à son arrivée. Elle se triturait les mains, à défaut de pouvoir porter ses ongles à la bouche. Son agitation a fini par me gagner, et j'ai eu le plus grand mal du monde à me concentrer sur sa lecture. J'avais choisi cette fois-ci le roman de Karen Blixen, *La ferme africaine*, qui a inspiré le film *Out of Africa*. Je me demande bien comment d'ailleurs, car si le film m'a enchantée au point que parfois, je l'insère dans le lecteur de DVD rien que pour savourer les dialogues et la musique, le livre m'est tombé des mains plus d'une fois. Mais j'ai pensé que ça mettrait peut-être la petite sur la piste.

Son ton monocorde, sa diction hachée n'ont pas aidé à me faire aimer le roman cette fois encore. Je sentais bien qu'elle était ailleurs, et après une trentaine de pages, j'ai mis fin à son calvaire. Nous avons un peu papoté, mais là encore, Agathe s'est montrée distraite. Ça ne lui ressemble pas.

Je n'ai pas osé l'interroger sur les raisons de son comportement. A-t-elle mis la main sur quelque chose de compromettant dans la maison de Laurette ? Ou a-t-elle des problèmes personnels dont je ne sais rien ? Après tout, cette petite a peut-être un amoureux qui l'attend quelque part.

Nous ne sommes pas assez proches pour que je la passe à la moulinette. Mais depuis, je suis moi aussi troublée. Je me suis trompée dans le compte de mon chapelet, et n'ai plus su combien de prières j'avais adressées à Marie et à son fils, béni entre tous les hommes. Dans le doute, j'ai marmonné deux *Je vous salue Marie* supplémentaires, et un *Notre Père*. Ça ne coûte rien. Et j'aimerais tellement que mon berger me montre la voie à suivre.

J'ai de plus en plus de mal à me relever de mon prie-Dieu. Bientôt viendra le jour où il me faudra m'en passer pour m'adresser au Tout-Puissant.

Puisse-t-Il guider mes pas et soulager mes tourments actuels. Dois-je parler à Agathe ? Et est-ce si important ? Ce petit secret pèse aujourd'hui bien lourd sur mes frêles épaules, de plus en plus lourd. J'ai gardé le silence si longtemps… pourquoi ne pas emporter tout cela dans la tombe avec moi ? Ce n'était pas un grand péché, quand même ! Pas de quoi me voir privée du paradis. Enfin, je l'espère…

Chaque fois que me reviennent les souvenirs de cette journée-là, une sensation physique de malaise m'envahit. Je n'aime pas celle que j'ai été à ce moment-là. Une lâche. Et c'est probablement pour changer cette perception que j'ai de moi-même que parler me démange. Je souhaiterais tant partir en paix. Or ma mémoire ne me l'autorise pas tant que je n'aurai pas tout dit.

Bien sûr, pour Agathe et sa famille, mes révélations ne changeront pas grand-chose, je pense. Avouer est souvent un acte égoïste. J'admets rechercher ce soulagement à travers la confession. Avouer et être pardonnée.

Je vous salue Marie, pleine de grâce…

Feuille n° 3

Julelege. Fremmedgørelse. Den slags ? Et liv i en
hornlygte : græd ikke over det !
Double jeu. Aliénation. Ce genre de choses ? Pisser
sa vie dans un violon : pas la peine d'en pleurer !
No pain, no gain.
No.
Nous.
Non.
Ni, ni.

Hélas, mon chagrin n'est pas là – il est dans l'effroyable injustice de toute cette abominable aventure –, tout ce que j'ai voulu en bien s'est tourné contre moi en mal.

Je reprends à mon compte ces quelques lignes de toi. Tout ce que j'ai voulu en bien s'est tourné contre moi en mal. Tout. Tout. Tout.

Agathe

Quand j'ai fini par me calmer, j'ai rejoint Natacha à la cuisine. Elle n'a pas commenté mon départ précipité, ni mes yeux rouges et gonflés.

Je me suis rapidement préparée pour ma séance de lecture chez Léontine, accompagnant au passage mon amie jusqu'à la navette.

Sincèrement, elle ne m'a pas été d'une grande aide. J'ai senti en elle une réticence, une résistance même, à l'idée de ce que j'ai décidé d'entreprendre. Car oui, je tiens à savoir ce qui bouleversait ainsi ma grand-mère, ce qui la rattachait au Danemark. Le Danemark, bon sang ! Je n'avais même aucune idée qu'elle parlait danois. C'était peut-être pour ça que tout le monde pensait qu'elle déraillait à la fin de sa vie. Comment aurait-on pu reconnaître une langue que nous n'avions jamais entendue ?

Une fois rentrée, je me suis remise à la fouille de la chambre de Laurette. Pour le moment, j'ai trouvé une trentaine de pages sur lesquelles s'alignent des phrases qui n'ont pour moi aucun sens. Et deux carnets, plus anciens visiblement, où elle a écrit essentiellement en français et en anglais. Sans oublier le paquet de lettres adressées au fameux Antoine et jamais postées. Et un autre. Contenant des lettres d'amour d'anciens amants. Je les ai survolées rapidement. Elles ne m'apprenaient rien que je ne sache déjà : ma grand-mère avait connu une vie amoureuse tumultueuse.

Natacha a peut-être raison en ce qui concerne les lettres à ce mystérieux Antoine. Ma grand-mère s'était lancée dans la rédaction d'un roman épistolaire avant d'en abandonner l'idée. L'ensemble est étrange, je ne trouve pas de trame bien définie. *Les Liaisons dangereuses* était l'un de ses romans préférés, a-t-elle cherché à s'en inspirer ? Mais il n'y a là que des missives adressées à un seul homme… Une vraie galère.

Je me suis quand même accrochée, prenant des notes au fil de ma lecture, cherchant à identifier ici ou là des citations d'auteurs célèbres. Chou blanc.

En attendant, le bureau de Paul est toujours dans un désordre indescriptible, il me reste un appartement à nettoyer de fond en comble, et les jours filent.

Par moments, j'ai le sentiment de perdre complètement la tête, dans le silence de la maison et du monde autour. Comme si les éléments eux-mêmes retenaient leur souffle, dans l'attente d'un cataclysme, d'une tragédie. Ou de la résolution heureuse d'un *feel good* bien ficelé.

Heureusement, il y a mes visites à Léontine. Mais je l'ai trouvée en petite forme aujourd'hui. Quant à moi, la tête ailleurs, je ne lui ai pas offert la meilleure lecture au monde, mais bon. Le livre était chiant. Et elle se trémoussait sur son fauteuil en poussant des soupirs à fendre l'âme toutes les deux pages. Remarque, l'auteure est danoise, peut-être que… Et si Léontine savait quelque chose ?

Comment n'y ai-je pas pensé plus tôt ? Mais bien sûr ! Elle…

Agathe, reprends-toi. Laurette et elle n'étaient pas des amies proches. Depuis le décès de Marissette, je ne crois pas que quiconque ait eu droit à ce titre. Et quand je dis le décès… disons surtout que Laurette ne lui a jamais pardonné son passage en maison de retraite. Elle l'a ensuite rayée de sa vie plus vite qu'on arrache une mauvaise herbe au jardin.

En même temps, je ne perds rien à interroger Léontine. Et si je la soudoyais avec une boîte de chocolats ? Quels sont ses préférés déjà ? Ah oui, les truffes. Je connais une recette…

— Clim ! Clim ! Allez, viens mon gros, on descend au village faire les courses.

Je remplis une attestation à la va-vite, agrippe la laisse de mon gros loulou puant et claque la porte de la maison derrière moi. Elle résonne comme un coup de gong. Ou un glas.

Feuille n° 4

Les journaux, les paroles s'envolent, les faits eux-mêmes s'effacent, s'oublient, se dissipent, si le gravé, le livre, ne viennent les sauver et les rendre éternels un petit peu.

Tu répétais cette phrase. Puis tu me disais, comme une incantation : L'univers se refait entièrement tous les vingt ans – pour les beaux yeux de la jeunesse, le passé n'existe plus, chaque génération chie la colonne Tant pis pour moi, je devrais être mort, voilà.

Couillon misérable.

Jeg elsker dig.

Jeg danser med Lucette.

Jeg er et svin. I'm a pig. Je suis une salope.

Jeg er sød. Délicieuse, oui. Je suis délicieuse. Je le suis, car tu me le susurrais à l'oreille, après l'amour. Tu es délicieuse. Du er sød.

Couillon misérable. Une chose est sûre : tu n'es pas délicieux. Tu ne l'as jamais été. Jamais. Et pourtant…

Robert

J'ai fait un rêve étrange cette nuit. J'avais une dizaine d'années, il faisait nuit. J'étais sur mon petit bateau de pêche qui tanguait doucement. À la proue, j'ai distingué une silhouette que j'ai mis un moment à reconnaître. Laurette.

Elle chantonnait doucement, un air que je ne connaissais pas. Ses longs cheveux lâchés recouvraient sa chemise de nuit diaphane, celle qu'elle portait le jour de son anniversaire, ce jour maudit où elle m'avait frappé.

Je tenais la barre, le regard fixé sur son dos. Elle était mon cap, mon étoile Polaire, ma direction. J'allais vers elle tout en m'en éloignant.

Elle s'est tournée vers moi et a souri.

Elle n'avait plus de dents. De ses yeux s'écoulaient des larmes d'un noir d'encre, ses paupières s'affaissaient, on aurait dit un masque de carnaval en train de fondre. Bientôt, son crâne a été nu, il n'en restait que les os et des orbites vides.

Elle m'a tendu la main en murmurant d'une voix rauque, échappée des abysses, « viens, viens, viens à moi ».

Mais le bateau s'allongeait et s'allongeait, et je m'éloignais, m'éloignais.

Elle s'est mise à rire, un rire tonitruant, un rire d'ogre, et sa bouche s'ouvrait, s'ouvrait, menaçant d'avaler le mât, les voiles, le pont, le bateau en son entier.

Alors, je me suis jeté à l'eau et j'ai nagé dans cette mer houleuse et sombre, porté par les vagues, ballotté par la tempête qui s'éveillait.

Je n'avançais ni ne reculais. Je stagnais.

J'ai mis la tête sous l'eau pour ne plus entendre le rire de Laurette, et j'ai crié, crié des « maman » que personne n'entendait.

Une secousse et j'ai sorti la tête de l'eau.

Sybille me surplombait, l'air inquiète.

« Ça va ? Tu faisais un cauchemar. »

Je l'ai observée un moment sans la voir. Je cherchais à reprendre mon souffle, à redéfinir les contours de la chambre, du lit. Mon cœur s'est peu à peu calmé. Je l'ai rassurée. Elle a déposé un baiser sur mon front avant de se tourner sur le côté et de se rendormir.

Je suis resté longtemps les yeux ouverts dans le noir. Je n'avançais ni ne reculais. Voilà ce que je retenais de ce rêve. Je m'agitais en tous sens depuis des années, m'épuisant, ridicule, et tout ça pour faire du surplace dans ma relation à ma mère.

Une sensation d'abattement s'est emparée de moi. Je ne pouvais plus me mentir. Rien n'avait changé. J'aimais Laurette. Elle ne m'aimait pas. Et dans ce pas de deux que nous dansions ensemble et que j'avais cru maîtriser, surtout lors des derniers mois de sa vie, jouant au fils modèle, c'était elle, depuis toujours et à jamais, qui donnait le rythme.

Ma maman n'était plus. N'avait jamais été. Laurette, quant à elle, avait disparu depuis bientôt trois mois. Et j'étais orphelin de sa dureté, de ses mystères, de sa violence. Perdu à jamais, condamné à la stagnation.

Natacha

Demain, je vois Robert. Agathe m'inquiète vraiment à essayer de déchiffrer et comprendre ce que Laurette a bien voulu dire sur ces bouts de papier qui menacent de se désintégrer. À mon avis, Laurette était déjà un peu paumée quand elle s'est lancée dans la rédaction de ces trucs. Et puis, sincèrement, elle n'a rien d'une plume inoubliable. Mon Dieu, ces lettres à Antoine, quel ramassis de cuculterie ! C'est d'un praline ! On se croirait dans un Harlequin à la traduction particulièrement ratée. Que des niaiseries.

OK, je ne suis pas une grande lectrice, mais quand même, je sais faire la différence entre un texte naze et un chef-d'œuvre, faut pas déconner. Franchement, j'étais gênée. D'une part, d'entrer ainsi dans l'intimité de Laurette, et d'autre part, de devoir émettre un commentaire un tant soit peu flatteur à l'adresse de sa petite-fille. J'adore Agathe, vraiment, mais là, elle déconne complet. Et Robert ferait mieux de se sortir la tête du cul s'il ne veut pas que sa nièce finisse par errer dans cette demeure à vous coller des frissons d'angoisse, en déclamant les lettres de son aïeule, Clim hurlant à la mort et la suivant à la trace.

Rien que l'idée me fout les jetons.

C'est drôle, parce que j'y ai vécu, moi, dans cette baraque, et elle ne dégageait pas du tout la même atmosphère. Mais là, entre les pièces vides où tout résonne, le confinement, l'ambiance de veillée mortuaire interminable et plus aucun meuble pour cacher les traces qu'ils ont laissées sur le papier peint, c'est l'endroit parfait pour tourner un remake de *Scream*.

Je vais te le secouer, moi, le Robert. Ça va bien de laisser Agathe dans ce bordel toute seule. Et en plus, elle fera quoi, après ? Elle ira où ? On dirait qu'elle n'a plus d'avenir, plus de futur, rien. Uniquement ce but : comprendre les gribouillis de Laurette. Franchement, si sa grand-mère n'était pas déjà morte, je me ferais un plaisir de l'étrangler de mes propres mains pour imposer une telle merde à son Agathe chérie.

En tout cas, c'est une leçon : ne jamais rien garder, ne jamais rien laisser traîner. Même à mon âge. Laurette aurait dû faire le ménage avant de partir. Ça aurait été plus sympa pour ceux qui restent.

— Allô, Robert ? Je ne te dérange pas ?

— Natacha ! Quelle bonne surprise !

S'il savait…

— T'es libre demain ? Je passe te voir ?

Un silence. Je n'ai jamais mis les pieds chez lui. Jamais rencontré sa femme.

Il se racle la gorge.

— Je préfère autant qu'on aille se promener, si ça ne te dérange pas. Un kilomètre, une heure, ça ira ?

— OK, comme tu veux. Je te retrouve devant la mairie à 15 heures.

— Parfait. À demain, alors.

— À demain.

Il n'a pas intérêt à se défiler.

Robert

Rien qu'à sa voix, j'avais compris que Natacha n'était pas dans un bon jour. Mais je ne m'attendais pas pour autant à une telle volée de bois vert. Sa visite à Agathe l'avait secouée. Moi-même, je n'étais pas brillant après ce rêve dont les images en noir et blanc ne me quittaient pas.

J'ai d'abord pensé que la situation actuelle l'avait fragilisée, ma belle Natacha. Aucun de nous n'était prêt à vivre dans un monde à l'arrêt, à retenir son souffle, à voir les jours passer sans avoir la moindre idée de ce qui nous arriverait ensuite. Les premiers temps, j'étais aussi un peu perdu. Puis, je me suis installé dans une routine qui me convient. Je relis Sénèque et Platon, écoute France Culture ou du jazz et prépare le dîner. Sybille et moi mangeons assez tôt, avant de regarder un film que nous commentons une fois au lit. Nous en profitons aussi pour visiter virtuellement de nombreux musées, ou pour nous régaler d'un opéra. Certes, je ne souhaite pas que la situation s'éternise, mais après tout, étant maintenant à la retraite, je trouve ce calme bienvenu. Plus personne pour s'inquiéter de ma relative solitude et me conseiller de m'inscrire auprès d'un club d'échecs ou à une œuvre caritative. Mieux encore : me suggérer une croisière. Quel cliché ! Et après ma navigation nocturne, rien ne me tente moins que me retrouver en mer. En revanche, je ne souhaite qu'une chose : que mon inconscient me fiche la paix, que la tristesse que j'éprouve au plus profond de moi depuis toujours quand j'évoque ma mère disparaisse à jamais, l'accompagnant dans son ultime voyage.

Natacha, au contraire, a vu son rythme s'accélérer et en plus, elle doit gérer le confinement de son ado. Qu'elle soit à cran est donc tout à fait normal. Si j'avais été encore en activité, je lui aurais probablement prescrit un léger somnifère. Je lui trouve l'air pâlichon et les yeux cernés.

Quoique, vu tout ce qu'elle m'a jeté à la figure, je serais peut-être même allé jusqu'aux calmants.

« Mais enfin, Robert, ouvre les yeux, bordel ! Agathe est en train de péter les plombs ! À quand remonte ta dernière visite, merde ? »

Je n'ai pas eu le temps de répondre qu'elle s'est lancée dans une description de ma nièce à faire peur. Amaigrie, le cheveu sale, la cuisine où s'empile la vaisselle grasse, le chien qui pue encore plus que d'habitude (là, elle exagère sûrement, c'est impossible) et maintenant, cette fascination morbide pour le danois !

« Le danois ! Non mais tu te rends compte ? N'importe quoi ! Ce que j'ai lu montre surtout que Laurette n'avait vraiment plus toute sa tête vers la fin, en espérant que ce charabia ne date pas des années 1950 ! Autrement, il aurait fallu la faire interner ! Pardon, je sais que je parle de ta mère, mais vraiment Robert, secoue-toi, merde ! »

J'ai béni le gouvernement, ce qui ne m'arrive pas souvent, d'avoir limité notre temps de sortie à une heure. Je n'aurais pas tenu plus.

Je n'avais rien à lui opposer, à lui répondre. Agathe ne m'avait soufflé mot de ces histoires de danois, et je n'avais pas souvenir que ma mère eût appris un jour cette langue. À mes yeux, cela expliquait surtout pourquoi nous ne la comprenions pas certains jours, ce qui, finalement, était assez rassurant.

Mais Natacha ne l'entendait pas de cette oreille.

« Robert, je te conseille vivement de rendre visite à Agathe dans les plus brefs délais. Elle ne va pas bien, et ce n'est pas Aline qui sautera dans un avion pour venir lui tenir la main. Bouge-toi, bordel de merde ! »

Et elle m'a planté sur le trottoir sans un regard en arrière.

Je me suis fait la réflexion que je ne l'entendais jurer que lorsque son énervement était à son paroxysme. Compte tenu du nombre de « merde » et de « bordel » qui avaient émaillé son monologue, je tenais là une indication assez précise de son état.

Ne me restait plus qu'à me charger de celui d'Agathe.

J'ai soupiré en insérant la clé dans la serrure de ma maison. Aucune envie d'aller sur l'île. Car oui, ce foutu virus me fait peur, et je préférais cent fois rester chez moi à l'abri. Et oui encore, je n'ai vraiment aucun désir de me retrouver dans cette demeure, avec ses fantômes, ses poutres qui grincent, ses volets qui gémissent à la moindre brise. Je suis sûr que le rire de ma mère, cette mère cauchemardesque, y résonnera plus fort, en écho à ma nuit mouvementée.

À contrecœur, je me suis néanmoins préparé à faire fi de mes craintes et ai cherché les horaires des navettes dans les dépliants du fourre-tout de l'entrée.

Magalie

Quand Natacha m'a téléphoné, je n'ai pas hésité une seconde à lui dire oui. Alors que retourner sur l'île m'angoisse. Follement. Il faut croire que mon cerveau a d'abord enregistré qu'il s'agissait d'Agathe, puis seulement ensuite a analysé ce que signifiait remettre les pieds dans un endroit que j'avais quitté menottes aux poignets. J'ai alors eu chaud, puis froid. Téléphone serré contre la poitrine, je me suis collée à ma fenêtre, mon regard cherchant à dépasser les immeubles, les méandres de la côte, à s'évader jusqu'à l'île, invisible depuis mon point de vue. Mais ce n'est pas parce que les choses ne se voient pas qu'elles n'existent pas. Un sanglot est monté, que j'ai réprimé.

Je me suis calmée en buvant un grand verre d'eau fraîche. Je savais aussi ce que je devais à l'île. C'était là que j'avais entamé ma mue, à supposer qu'il soit possible d'identifier le point précis où l'on commence à se raconter sur soi une nouvelle histoire, histoire qui très vite se fait vérité. La prison s'est chargée du reste. Là, à fréquenter des femmes dont le passé était bien plus sordide que le mien, j'ai compris beaucoup de choses.

Que le désir en soi n'est pas condamnable, tant que le passage à l'acte s'opère entre personnes consentantes. Que mes pulsions n'avaient rien de répréhensible. Que je n'étais pas un monstre. Que je n'abritais pas en mon sein des démons ne demandant qu'à me dévorer de l'intérieur.

Je n'ai pas voulu chercher d'autre coupable que moi pour ma vie ratée. En vouloir à mes parents pour ce qu'ils m'avaient fait subir, me regarder dans une glace pour découvrir que dans tout ça, la victime, c'était moi, ne m'intéressait pas. Il me fallait poursuivre mon bout de chemin, accepter le passé, penser à l'avenir.

Bien sûr, tout cela ne s'est pas fait en un jour, et il m'arrive encore d'entendre mes démons ricaner à mon oreille, de sentir le parfum de Lise effleurer mes narines. Certaines nuits, les cauchemars me terrassent. Mais je survis. Je surmonte. J'avance.

Natacha m'a beaucoup aidée. Je ne sais pas ce qui l'a touchée dans mon histoire au point de venir régulièrement me rendre visite pendant mon incarcération. Je ne lui ai jamais posé la question. Je crois que je préfère ne pas connaître la réponse.

C'est grâce à elle et à Agathe, avec qui j'ai correspondu, que je travaille dans cette maison de la presse. La patronne est la cousine d'une amie de l'ex-mari de Natacha et a aussi aidé Agathe à l'époque où elle était influenceuse littéraire. Une perle, cette Simone. Aux rides qui marquent ses yeux, je me doute que tout n'a pas non plus été rose dans sa vie. Mais là encore, je ne demande rien. Elle me parlera si elle en a envie.

Simone m'a trouvé mon logement. Simone m'invite régulièrement à déjeuner le dimanche, une fois la boutique fermée. Simone est en train de devenir une amie. Et, entourée d'elle, de Natacha et d'Agathe, je mesure qu'avant tout cela, je ne connaissais pas la douceur des amitiés féminines.

Alors, bien sûr, pour Agathe, j'aurais tout accepté, ou presque.

On ira la semaine prochaine, a décidé Natacha. Mercredi. Le meilleur jour, selon elle, puisqu'il s'insère entre deux visites d'Agathe à une vieille dame du village. Léontine. Impossible de me rappeler qui il s'agit. Une chose est sûre, je ne l'ai jamais vue chez Laurette. Cette dernière recevait peu et de plus, compte tenu de ma situation géographique au domaine, tous ses invités passaient à un moment ou à un autre devant mes fenêtres. Je n'aurais pas pu manquer cette Léontine sortie du chapeau. Soi-disant qu'elles étaient proches, il y a quelques décennies de ça. Pourquoi pas ? Venant de Laurette, plus rien ne peut m'étonner.

L'essentiel, c'est Agathe.

Natacha m'a demandé si j'avais souvenir que Laurette ait un jour évoqué le Danemark. Ça ne me disait rien. Elle parlait souvent de Londres, de sa nounou, de la Roseraie, sa maison de retraite qui avait pris feu, mais le Danemark ? Non, vraiment, je ne voyais pas.

Pas grave, a conclu Natacha.

Je n'en crois pas un mot. Sans pour autant trouver de solution à cette nouvelle énigme : Laurette, le Danemark, Agathe ? Quelle équation relie tous ces éléments ?

J'en apprendrai plus très vite. D'ici là, rien ne m'empêche de fouiller un peu sur le Danemark, que je confonds allègrement avec ses voisins du Nord, et je ne suis sûrement pas la seule. Ça m'occupera et me changera des séries télé où je tremble chaque fois qu'un personnage entre dans un restaurant, en embrasse un autre, ou se retrouve à un dîner de plus de deux personnes, c'est-à-dire en permanence. Je suis surprise de voir à quelle vitesse ce qui nous semblait une abomination insupportable, ces contraintes, cette peur, cet enfermement, sont maintenant si bien ancrés en nous que la moindre vision de deux ados partageant une clope sur un écran télé nous met en transe. Ou plutôt, me met en transe.

Enfin, le moment n'est pas à la pseudo-philosophie de comptoir sur l'adaptabilité du genre humain. D'autant que, après tout, je ne renonce pas complètement à des rencontres furtives *via* les applis. On doit déjà se protéger du sida, s'il faut en plus s'inquiéter de mourir après un simple baiser… Il est quand même paradoxal de trembler pour n'importe quelle star de troisième zone roulant une pelle à son partenaire à l'écran et de se foutre complètement du risque qu'on court soi-même. Robert aurait sûrement une explication. Mais ça m'étonnerait que j'aie l'occasion d'en discuter avec lui.

Nous avons coupé les ponts. Ce que je comprends. Il n'avait aucune raison de maintenir un lien avec moi. Après tout, je n'étais qu'une locataire de sa mère parmi d'autres, même si j'avais duré plus longtemps que toutes. Je n'ai d'ailleurs toujours pas compris ce va-et-vient permanent. Natacha, elle, a bien tenu le coup, non ? Et ne s'est jamais plainte de Laurette. Elle en prenait son parti, voilà tout. La vie sur l'île lui offrait tant de plaisir que supporter la cohabitation avec la maîtresse des lieux n'était pas un problème.

Bon, le Danemark, donc…

Léontine

J'aimerais lui faire lire de la poésie, mais ne suis pas sûre que son timbre s'y prête. La poésie nécessite tant de choses pour être dite. De la patience, de la douceur, du rythme, l'intelligence des mots, un ton, une musique et que sais-je encore. Non pas qu'Agathe soit dépourvue de qualités, loin de là. Mais la poésie… et celle du Nord, particulièrement. Je crois me souvenir d'un poème de Jan Erik Vold. Il commençait ainsi :

D'abord tu brûleras
les images. Puis
tu
brûleras
les lettres. Puis tu brûleras
ce qui est écrit
dans l'eau.
Et ce…
Et ce quoi ? La suite m'échappe.

Laurette a-t-elle brûlé quoi que ce soit ? J'ai cru entendre dire qu'il y avait eu un incendie à la maison de retraite où ses enfants l'avaient placée, ce qui expliquait son arrivée sur l'île et la présence de ses locataires. Mais je me demande si Laurette a jeté au feu, comme j'en ai pris le soin, des photos, des lettres, des mots, des dossiers, ceux qui racontent sur nous bien plus que nous ne sommes prêts à le faire. Non pas que j'aie quoi que ce soit à cacher. Mais je n'ai aucun désir qu'on retrouve après mon décès les poèmes que j'écrivais enfant, ma correspondance avec mes amies parties vivre ailleurs, les photos de famille… Tout cela ne regarde personne, puisque personne ne s'y est intéressé de mon vivant. Je donnerai peut-être à Agathe une photo de moi jeune fille. Elle est encadrée dans l'entrée et cette chère petite ne cesse de s'extasier devant à chacune de ses venues. Oui, je la lui donnerai. Bientôt. Quand nous aurons fini nos lectures. Ou quand la maison de Laurette sera vendue.

Hier, j'ai encore prié longuement avant de me coucher. Des bribes de psaumes appris il y a fort longtemps me sont revenues à la mémoire. *Fais-moi connaître le chemin à prendre. Apprends-moi à faire ce qui te plaît. Ton souffle est bon, il me conduit au pays du droit. Moi, ta justice me fait sortir de l'angoisse.*

Je vais donc tout dire à Agathe. Mais à ma manière. En lui soufflant les réponses à l'oreille, en espérant qu'elle entende ma voix.

Je vais remonter le fil à l'envers, comme celui qui permit à Thésée de sortir du labyrinthe. Je serai l'Ariane d'Agathe, en quelque sorte. Ce ne serait que justice. Après tout, c'est grâce à Laurette que j'ai découvert les poètes du Nord, la littérature danoise. Sans son obsession pour la Vierge des glaces, sans cette après-midi fatidique, je n'aurais probablement jamais lu un seul de ces livres. Ils m'ont permis d'éprouver une paix relative par rapport aux événements. Comme souvent la littérature. On s'y évade, mais on y cherche aussi des certitudes, des ancrages, une vision du monde qui nous le rende pour un moment plus supportable.

La Bible n'est pas le seul texte à m'apporter du réconfort. Les romans m'auront offert tant de voyages immobiles, tant d'évasion. Oh, bien sûr, je suis restée une simple provinciale ayant grandi sur une petite île, mais il semble qu'à travers leurs pages, j'ai effectué des voyages à côté desquels bien d'autres sont passés. C'est ainsi. Nous suivons tous notre propre chemin de vie.

Feuille n° 5

Il est loin le temps où je dansais, je dansais à en perdre la tête, à en avoir le tournis, je dansais avec Lucette et je dansais entre tes bras, et toutes ces danses se mêlent et se mélangent, et toutes ces fêtes où nous étions nus, et tous ces rires, ces hommes, ces discussions, et ta rage et ta fureur, et les mots que tu jetais sur des pages vierges, et ton bureau et ce lit où tu m'aimais, en secret, déversant ton encre en moi, cette encre qui ne coulait plus sur le papier, mais en moi.

Et je dansais et je dansais.

Et la tête me tournait et me tournait.

J'avais des vertiges et des nausées.

Et mon ventre gonflait et gonflait.

Prégnante, ton odeur. Pregnant. My belly was a womb, our tomb.

Je tombais et tombais encore. Jamais ta main ne s'est tendue pour me retenir.

Je tombais et tombais encore.

Ai-je jamais cessé depuis ?

Jeg danser med Lucette.

Jeg danser.

Agathe

Je suis seule sur la plage. Seule avec un Clim ravi et excité, qui se rue sur un bout de bois, le jette en l'air, le manque quand il retombe, s'occupe alors d'un autre, pique un sprint, se roule dans les posidonies, repart, jappe, revient, et recommence.

Je souris et avance à mon rythme, bercée par mes pas, laissant mes pensées s'égarer.

Il fait humide, mes pieds commencent à être mouillés, j'aurais dû mettre mes bottes.

Il ne fait pas froid pour autant.

Il n'y a que moi.

Des papiers de Laurette, je crois avoir maintenant tout retrouvé.

J'en ai fait des piles nettes et propres.

Les lettres à Antoine. Celles des amants de Laurette.

Les photos.

Les feuillets épars, non classés. Il y en a une trentaine. Parfois, elle s'est contentée de jeter quelques mots sur un ticket de caisse. À d'autres, elle écrit plus longuement, sur du papier à lettres grammé, ou sur des feuilles à petits carreaux arrachées à un cahier à spirale. Il arrive que son écriture soit illisible, car elle n'a pas assez appuyé sur son crayon à papier, ou rageuse, le Bic transperçant presque la page.

À cela vient s'ajouter un journal intime non daté.

Hier soir, ma tâche achevée, j'ai passé un long moment à contempler mes piles. Me demandant si je ne ferais pas mieux de tout balancer. Étais-je prête à apprendre des choses sur Laurette qui changeraient définitivement la vision que j'avais d'elle ? Celle d'une grand-mère un peu fantasque, aimante, cinglante, à l'humour acéré ? Avais-je réellement envie de découvrir quelle femme, quelle épouse, quelle amante elle avait été ? N'était-il pas indiscret, d'ailleurs, de fouiller ainsi dans son passé ? En avais-je même le droit ?

Clim tente de me faire croire qu'il va nager. Je l'encourage de la voix. Il me regarde une dernière fois, puis abandonne la mer pour le sable, et se lance dans une course vaine derrière une mouette qui s'éloigne à grands cris courroucés.

Je souris quand mon chien revient vers moi, langue pendante, regard pétillant, fier de lui, quêtant mon approbation.

— Oh oui, tu es un bon chien, le meilleur chien du monde.

Tortillant des fesses, battant l'air de sa queue, il quémande une caresse avant de s'éloigner à nouveau.

Demain, je vois Léontine. Peut-être l'interrogerai-je. Après tout, elle a la sagesse de ceux qui ont longtemps vécu. Et elle connaissait Laurette. Et semble en savoir un rayon sur la littérature danoise. J'ai appris il y a déjà un bon moment à ne pas poser les questions quand je n'étais pas prête à entendre les réponses. Là, il me semble que je le suis. Tout, plutôt que ces incertitudes, ces regrets, cette image déformée d'une Laurette qui m'échappe et que je ne reconnais pas.

Je siffle entre mes doigts. Clim accourt ventre à terre.

Il est temps de rentrer à la maison, de finir le tri dans le bureau de Paul. Et d'oublier un peu les papiers de ma grand-mère. Jusqu'à demain.

Léontine

Je tremble en servant le thé. Cette fois, je suis décidée. Je dirai la vérité à Agathe, elle le mérite, et puis, avec le recul, tout cela est-il bien si grave ? S'il y a quelqu'un à qui pardonner, c'est moi.

Mais comment amener la conversation ? J'hésite encore.

— Léontine, ce thé est parfait.

Je souris et trempe les lèvres dans le mien.

— Merci, ma petite. Ta grand-mère l'aimait aussi beaucoup, je crois.

— Oui. Surtout quand elle plongeait ses meringues dedans.

Un fou rire la prend.

— Robert m'a raconté que, lors de la visite de l'une des futures locataires, Laurette s'était transformée en vraie Tatie Danielle et dégustait ses fichues meringues toutes détrempées. Résultat, elle avait la commissure des lèvres parsemée de petits grains blancs, et du thé lui coulait au menton. Il ne savait plus où se mettre !

Je gloussote. Ça ne m'étonne pas de Laurette. Elle avait plus de couleurs qu'un caméléon.

Agathe reprend son sérieux, son regard se voile.

— Elle me manque tellement. Et puis...

Un grand soupir, une inspiration qui risque de priver mon petit salon d'oxygène. Elle ajoute :

— Je ne devrais peut-être pas vous en parler parce que, après tout, il s'agit de la vie privée de ma grand-mère, mais en rangeant, j'ai découvert des documents...

Je me raidis.

— Oui ?

— Des documents, reprend Agathe, qui n'ont pas grand sens. Je suis un peu perdue avec tout ça.

J'aimerais tellement lui tapoter la main pour la réconforter. Comme je la comprends. Maintenant que j'y prête plus attention, je remarque les cernes qui marquent ses yeux, son teint presque blafard, le manque de sommeil inscrit sur son visage. Pauvre enfant.

— Ta grand-mère était un être à part. Je ne la connaissais pas intimement, et je crois que personne ne peut se targuer d'affirmer une telle chose. Mais elle t'aimait plus que tout, ça, je n'en ai jamais douté. Quand tu étais encore un nourrisson, elle passait des heures à pousser ton landau en tous sens sur les sentiers de l'île et dans les rues du village, affichant une fierté ! Tu aurais vu ça ! Elle s'arrêtait à chaque magasin, baissait la capote pour qu'on t'admire, racontait tes sourires et tes mimiques, comme si aucun pitchoun au monde n'avait jamais réussi de tels exploits.

Je sens plus que je ne le vois le sourire qui étire les lèvres d'Agathe sous son foulard qu'elle a remis en place, une fois son thé fini.

— Puis, quand tu as commencé à marcher, elle t'emmenait partout, calant son pas sur le tien, hésitant. Et sans jamais se plaindre d'avancer courbée ni de douleurs lombaires, non, jamais ! Tu adorais aller au port voir les bateaux partir et vous y passiez des heures. Elle te prenait sur ses genoux et te racontait des histoires à l'oreille.

Je n'ai jamais oublié le tableau que grand-mère et petite-fille offraient alors. Je les observais de loin, jalouse un peu, mais emplie avant tout d'un sentiment de plénitude, de bonheur. Laurette laissait le vent jouer dans ses cheveux. Elle fumait à l'époque, et les volutes de la cigarette s'égaraient autour d'elles, comme si elles appartenaient à un mirage. Je n'ai jamais entendu ce qu'elle pouvait bien dire à la petite, je restais à distance. Mais de temps à autre, un rire cristallin me parvenait, celui de la toute jeune Agathe, suivi par celui, plus rauque, de Laurette.

Elles repartaient quand le soleil commençait à descendre sur l'horizon, toujours de ce pas hésitant et lent. Par moments, la pitchoun était si fatiguée, droguée par la mer, les embruns et les contes qu'elle appuyait sa tête sur ses doigts noués à ceux de sa grand-mère. Laurette l'encourageait alors avec douceur, ne perdant jamais son calme. Et l'enfant se redressait pour poursuivre sa marche.

— Ça, pour me raconter des histoires, elle m'en a raconté ! commente Agathe.

Quelque chose dans son ton a changé. J'y perçois comme une note de rancune.

— Je me demande même si un jour elle m'a dit la vérité sur quoi que ce soit.

Je reste silencieuse. Il y a tellement de façons de mentir. Par omission. Par lâcheté. Pour protéger l'autre, ou soi. Parce que c'est plus facile et moins douloureux que la vérité. Par méchanceté, aussi, parfois. Je refrène mon envie de me signer.

— La vérité, ma chérie, est un concept qui a fait son temps, dis-je. L'important est ce à quoi on croit. Le reste, finalement, n'a que peu d'importance.

Agathe semble réfléchir à mes mots.

— Vous n'avez pas tort, Léontine. La vérité, c'est surfait ! Bon, alors qu'allons-nous lire, aujourd'hui ?

— Un conte d'Andersen. Tu connais sûrement cet auteur ? Il est danois. C'est lui qui a écrit *La Petite Sirène*, par exemple. Là, j'aimerais entendre *La Vierge des glaces*.

Et chaque matin, les rayons du soleil brillaient par l'unique petite fenêtre de la maison de Grand-Père, jusqu'à l'enfant endormi. Les filles des rayons du soleil l'embrassaient, elles voulaient dégeler, réchauffer, faire disparaître un jour les baisers de glace que la Vierge royale des glaciers lui avait donnés quand il gisait dans les bras de sa mère, dans la profonde crevasse de glace d'où il avait été sauvé comme par miracle.

La Vierge des glaces, Contes,
Andersen, traduit et édité par Régis Boyer, Gallimard.

Agathe

J'ai blêmi quand Léontine a mentionné Andersen. En toute sincérité, si j'avais su un jour qu'il était danois, je l'avais oublié depuis longtemps. Et après Karen Blixen, je savais maintenant au plus profond de moi que ces choix ne devaient rien au hasard.

Je ne crois pas que la vieille dame s'en soit aperçue. Elle m'a indiqué l'étagère où se trouvait le recueil, et j'ai entamé ma lecture. J'essayais de me concentrer sur les mots, sur l'histoire, sans y parvenir vraiment.

Léontine m'interrompait régulièrement, me demandant de reprendre un passage, analysant un autre, me faisant répéter. J'ai fini par trouver ça suspect. Jamais auparavant elle n'était ainsi intervenue pendant une de nos séances. Il y avait là quelque chose de louche. Ou pas.

En tout cas, je suis devenue plus attentive à l'histoire, celle du petit Rudy qui, enfant, manqua périr dans une crevasse dans les bras de sa mère. Elle ne survécut pas à la chute. Rudy fut accueilli par son grand-père, puis chez un oncle où il devint chasseur de chamois. Mais la Vierge des glaces comptait bien remettre la main sur cet enfant qui lui avait échappé.

Nous en étions arrivées à cette partie du récit quand Léontine m'a demandé d'en rester là.

Le silence a envahi le salon. La vieille dame était perdue dans ses pensées. Elle a poussé un soupir, puis d'une voix tellement basse que j'ai dû me pencher pour l'entendre, elle a murmuré :

— Les crevasses… les falaises… la chute… l'élévation… et la mort, à la toute fin.

Puis, elle a semblé sortir de sa transe. Son regard s'est posé sur moi. Il y avait tant de choses qui s'y bousculaient que j'étais incapable d'en définir la moindre avec certitude.

— Je ne voudrais pas te retenir plus longtemps, ma petite Agathe.

— Mais pas du tout ! ai-je répondu, reprenant à mon tour mes esprits. En plus, c'est drôle que vous ayez choisi un auteur danois, parce que chez Laurette…

Elle m'a coupé la parole, elle dont l'éducation réprouvait sûrement ce genre de pratiques.

— Je suis fatiguée, ce soir. Ça ne t'ennuie pas si je ne te raccompagne pas à la porte ?

Effectivement, ses mains tremblaient.

Je me suis levée, ai débarrassé les tasses, le sucrier en porcelaine et la théière d'argent sous ses faibles protestations.

Je l'ai saluée depuis l'entrée, lui promettant de revenir le surlendemain.

— Et si vous avez besoin de quoi que ce soit d'ici là, n'hésitez pas à me téléphoner, lui ai-je rappelé.

Elle a hoché la tête, puis fermé les yeux. J'ai cru voir une larme couler sur sa joue. Elle m'a paru si frêle et fragile.

J'ai fermé la porte derrière moi. Les rues étaient désertes, la nuit était tombée et le mistral s'était levé, balayant tout de son souffle glacé. J'ai frissonné en relevant la capuche de ma doudoune et accéléré le pas.

J'avançais tête baissée. Incapable de mettre de l'ordre dans mes idées. C'était quoi, maintenant, cette histoire de Vierge des glaces ? Aucun doute, Léontine avait cherché à me faire passer un message, ou au moins à me mettre sur une piste. Mais laquelle ? Quel rapport entre Andersen et tout le fatras de petites notes de Laurette, le Danemark mis à part ? Et encore, le fil était bien ténu, dans la mesure où cette histoire se déroulait dans les Alpes.

Je n'y comprenais décidément plus rien.

Arrivée à la maison, j'ai retrouvé un Clim fou de joie de me revoir après une absence aussi longue. Il m'a sauté dessus, lavé le visage à grands coups de langue avant de se précipiter dans le jardin. En direction des falaises.

Feuille n° 6

Jeg hedder Laurette. Jeg dansede med Lucette. Også hun er gift med min kæreste. Mon cœur, mon chéri. Gift. A gift can be so many things and take so many different shapes. My gift to Colette was one of them.

Tu l'aurais traitée de couillonne misérable, min kæreste. She was a stupid cow. Hun var ikke god nok til min søn. No good at all. No god either.

Søn. Son. Sun.

Mon. Ton. Son.

Parfois les mots me manquent et à d'autres ils s'entremêlent, une langue mange l'autre, la dévore et la recrache et je ne sais plus rien.

Det er…

Jeg hedder Laurette. Hun hedder Lucette. Hun hedder Colette.

Vi er kvinde. Vi er kone. Vi er god.

Nous sommes femmes. Nous sommes épouses. Nous sommes bonnes.

Nous sommes connes. Kone. Conne. Ça sonne pareil, non ? Épouse et conne. Comme il est beau le chemin qui mène d'une langue à l'autre, d'une idée à la suivante, en ces associations étranges et colorées qui me viennent.

Jeg… Je… Jeu…

J'ai joué et j'ai perdu.

Va chier.

Robert

Je prends mon téléphone, le déverrouille, cherche dans mes contacts le numéro de ma nièce. Mon pouce volette au-dessus de la touche d'appel. S'éloigne et se rapproche.

Je soupire.

Je sais que je n'appellerai pas. Je tente de me mentir à moi-même, me faisant croire que oui, bien sûr, Natacha a raison, laisser Agathe gérer tout ça seule n'est pas correct de ma part. Elle mérite tellement mieux. Et tellement plus d'être soutenue.

J'ai eu Aline hier au téléphone, c'était pénible. Ma sœur ne sait plus que se plaindre et se plaindre encore. Les hôpitaux débordés, les morgues qui dégueulent leurs morts dans des camions frigorifiques. On dirait presque que c'est à elle de s'en occuper, de débarrasser le monde de ce virus et de ses victimes.

Je l'ai écoutée un moment, marmonnant de temps à autre des mots de réconfort, avant de prétendre que Sybille m'appelait pour dîner et de raccrocher.

Il n'y a rien à attendre d'elle. Pourtant, lâchement, j'aimerais qu'elle prenne la direction de l'île, qu'elle vienne tenir la main de sa fille, qu'elle finisse avec elle de vider cette maison qui, dans mon esprit, s'apparente de plus en plus à un mausolée.

Je n'ai pas rappelé Natacha qui, de son côté, se mure dans le silence. Je l'ai déçue, j'en ai conscience. Mais c'est ainsi.

Je ne veux pas retourner sur l'île. Je ne veux plus remettre les pieds dans cette maison. Je veux seulement qu'on laisse intacts les quelques bons souvenirs que j'y ai, ceux de mon enfance, de ma liberté, de mes rêves, de mes ennuis adolescents et de la mer qui m'y accueillait toujours avec la même chaleur, la même tendresse, m'emportant sur ses vaguelettes comme des chatouilles bienveillantes.

Natacha

Évidemment, Robert ne s'est jamais bougé le cul. Il m'énerve !! Je l'adore, mais là, il va trop loin ! Très sympa, ce nouveau rôle qu'il affiche de papy sur le retour qui écoute en fumant sa pipe des concertos pour violoncelle de je ne sais qui, mais il le joue mal. Car c'est la lâcheté qui l'empêche de sauter dans une navette pour l'île. Tout simplement. Et s'il y a bien quelque chose que je méprise et ne pardonne pas, c'est ça.

Agathe va vraiment finir par devenir dingue dans cette baraque. En plus, avec son imagination débordante et son immaturité affective, elle n'hésitera pas à nous inventer je ne sais quoi au sujet de Laurette. Un truc que même cette dernière n'aurait jamais osé affirmer.

J'ai rendez-vous avec Magalie à l'embarcadère.

La voilà qui approche. Comme elle a changé, depuis notre première rencontre. Elle avance vers moi la tête haute, la démarche assurée. Un jean, une doudoune cintrée, des bottines noires. Simplicité et élégance.

On se prendrait bien dans les bras l'une de l'autre, mais situation sanitaire oblige, on se contente d'un vague geste de la main à deux mètres de distance.

— Tu vas bien ? me demande-t-elle, la voix étouffée par son foulard.

— Grande forme ! Et toi ?

— Super.

Je devine son sourire aux rides qui se creusent autour de ses yeux. C'est vrai, elle a l'air en grande forme. Purgée de toutes ses angoisses, de ses peurs. Affirmée dans sa féminité. Prête à assumer ses désirs, quels qu'ils soient. De quoi redonner espoir à toute quinqua persuadée que la ménopause signera la fin de sa capacité à séduire et être aimée.

On monte à bord de la navette, quasi déserte. Malgré le fond de l'air bien trop frais pour cela, d'un commun accord, nous nous installons à l'extérieur, à l'avant.

— Alors ? Explique-moi bien tout, exige Magalie.

Mais le bruit des moteurs et les claques du vent emportent mes paroles et je renonce bien vite, lui faisant comprendre d'un signe de tête que je lui raconterai l'histoire une fois à terre.

Quelle histoire, d'ailleurs ?

Je n'ai pas prévenu Agathe de notre arrivée, craignant qu'elle ne repousse notre aide. Comme moi, Magalie a prévu de quoi rester quelques jours sur l'île. Sa maison de la presse est fermée. Et moi, j'avais des RTT à prendre. Magalie n'a pas jugé utile de m'interroger plus avant au téléphone. J'étais pressée ce jour-là et avais aussi besoin de mettre de l'ordre dans mes pensées. Après tout, à part l'inquiétude réelle que j'éprouve pour Agathe, y a-t-il quoi que ce soit dans le fatras de documents qu'elle déterre qui vaille la peine qu'on y consacre du temps ? Je n'en suis pas sûre.

J'ai tenté de procéder comme pour n'importe quelle enquête. Identifier les mensonges, chercher des mobiles, reconstruire une trame. Sans trop de succès.

Qu'avons-nous à notre disposition ? Des lettres à un certain Antoine, jamais postées ; des bouts de phrases en danois sur des papiers épars et sans chronologie exacte ; une sorte de journal intime sans queue ni tête, où Laurette utilise aussi bien le français que l'anglais. Bref, un sacré casse-tête, et je ne vois pas où tout ça nous mène.

Elle avait un amant viking ? Au lieu de se mettre au crochet et à la broderie, elle avait préféré se lancer dans les langues étrangères ? Elle a un enfant caché avec un membre de la famille royale danoise ? Le père de Robert ou d'Aline n'est pas celui qu'on croit ? Les possibilités sont infinies, de la plus inintéressante à la plus romanesque.

Le tout semble important pour Agathe. Et finalement, il n'y a que ça qui compte vraiment.

L'île approche, le bateau ralentit. Dans cette lumière d'avril, elle semble flotter sur les eaux, hésiter à s'y poser. Je frissonne. Pour la toute première fois, elle m'apparaît comme hostile. Je n'aime pas ça.

Magalie

Assise sur un banc, je fume en écoutant Natacha. J'en ai pris l'habitude derrière les barreaux. Difficile de renoncer maintenant au plaisir d'une cigarette. Entre deux mots, Natacha tire aussi sur la sienne. Elle, elle ne fume que lorsqu'elle est contrariée, que son côté rationnel ne trouve pas de solution à une situation qui la tourmente.

Agathe m'a toujours donné l'impression d'être une fille saine. Un peu la tête dans les nuages, idéaliste sûrement, mais saine. Alors quoi ? La mort de Laurette l'aurait-elle propulsée dans la folie ? C'est vrai qu'elle est fragile, aussi, Agathe. Le décès de sa grand-mère, la pandémie, la maison à vider, sa solitude dans cette grande demeure déserte… Il y a de quoi craquer. Je ne comprends rien à ces histoires de carnets, de notes et de je ne sais quoi encore.

Natacha tente de me dresser un tableau le plus objectif possible, mais je sens qu'elle aussi est dubitative. Même si on arrive à trouver une cohérence chronologique aux écrits de Laurette, même si on traduit les mots danois, à quoi tout cela nous mènera-t-il ?

J'avoue avoir toujours eu un drôle de sentiment en sa présence, un malaise. Bien sûr, elle avait ses secrets. Comme nous tous. Mais là, je pense qu'on s'égare. Les élucubrations d'une vieille dame en fin de vie qui n'a plus d'autre repère que ses mensonges auxquels elle se raccroche avec l'énergie du désespoir ne nous apprendront rien d'elle.

Mais bon, si c'est important pour Agathe… Et ai-je mieux à faire en ce moment ?

Je frissonne, et le climat n'en est en rien responsable.

Agathe chasse ses propres fantômes. Je me prépare quant à moi à retrouver les miens.

La maison où j'avais cru à une paix relative. Les falaises où j'ai tué. Ou plutôt, les falaises meurtrières qui ont eu raison de mon passé. Oui, il y a bien un avant et un après la chute de Lise. Ce moment marque le début de ma résurrection. Car aujourd'hui, je vis. Entière. Pleine. En accord avec moi-même. Dans l'acceptation de tout ce que je suis, de tous les visages que je donne à voir. Je me suis trouvée.

Je ne suis pas sûre d'avoir envie de rouvrir la porte de la loge, d'aller me promener à l'est de la propriété. Sauf à croire que pour expier entièrement, il me faut effectuer une dernière fois ce voyage.

J'écrase ma cigarette et range le mégot dans mon paquet.

On verra bien une fois sur place. J'ai appris en quatre ans à ne pas m'attarder sur les questions auxquelles je n'avais pas de réponse.

Natacha a fini son topo. Elle m'observe.

— Tu appréhendes ?

Elle est fine. Après tout, c'est son boulot.

— Oui.

Instinctivement, elle cherche à me prendre la main dans un geste de réconfort. Avorté. Le virus nous empêche ce genre de consolation.

Je lui souris. Un sourire un peu triste. Puis me lève.

— Allez, viens, on y va !

Et nous attaquons la montée vers la maison, dans un village totalement désert et muet.

Feuille n° 7

Jeg elsker dig.

L'Allemagne n'a jamais été ta maîtresse. Moi, oui.

Et pourtant, j'aurais tellement donné pour anéantir le fruit de nos amours. Là où il ne devait y avoir que deux corps qui s'affrontent, s'apprennent, se fondent l'un dans l'autre, l'intrusion de ce troisième en moi a tout brisé.

Jeg elsker ikke dig.

I don't love you.

I've never loved him. Il nous a séparés.

Jeg dansede ikke med Lucette. Jeg danser ikke.

Je ne danse plus. Je me noie une nouvelle fois dans l'alcool, l'absence, le vide abyssal du manque de toi.

Et je relis tes livres, tes mots.

Natacha

Je sens Magalie se raidir à mes côtés, ralentir inconsciemment le pas. La maison trône, imposante, arrogante, au détour de la rue dans laquelle nous nous sommes engagées. J'y ai de bons souvenirs. Timothée aussi. Mais Magalie… c'est une autre histoire.

Je cale mon pas sur le sien, sans rien dire. Lui laissant le temps de prendre la mesure du paysage, de remonter le fil de sa mémoire. Peut-être se concentre-t-elle sur le jour de son arrivée sur l'île. J'espère qu'elle évite celui où elle a poussé Lise depuis les falaises. Elle a payé sa dette à la société. Et si j'osais, je dirais même que ces années en prison non seulement l'ont libérée de tout un tas de choses, mais ont été comme une nouvelle naissance pour elle. Elles lui ont permis de s'autoriser à être elle-même. J'aimerais autant que ce séjour ne détruise pas tout ça. J'espère ne pas avoir commis une erreur en lui demandant de m'accompagner. De toute manière, il est trop tard maintenant pour revenir en arrière.

Devant le portail, elle s'arrête, effleure doucement la poignée en fer forgé. Elle réapprivoise les lieux. Rien ne nous presse. Elle n'a pas eu un regard pour la maison du gardien où elle a vécu. Elle l'a ignorée superbement. Et il ne m'a pas échappé que lorsque nous sommes passées devant la boucherie, elle a détourné le regard.

Elle pousse la lourde grille en fer et s'immobilise en l'entendant grincer.

— C'est drôle, lâche-t-elle dans un souffle, du temps de Laurette, elle était parfaitement huilée.

Nous avançons sur les graviers de l'allée. La demeure nous domine, comme si elle nous défiait de percer un jour ses secrets.

Je suis rarement sensible aux atmosphères. Dans mon boulot, je finirais noyée sous des sensations indésirables. Mais là… Un frisson me parcourt le dos.

Non, vraiment, je n'aime pas ça.

Feuille n° 8

Lyst. Lust. Le désir s'explique-t-il ? La violence de l'attirance d'une peau pour une autre, la douceur d'une main qui caresse lentement un flanc, un souffle qui s'accélère dans un baiser, des regards qui se perdent et s'égarent.

Il n'y a pas de finitude dans le désir. Le plaisir ne se raconte pas. Il se vit.

Ton corps qui vibre contre le mien, ton cri étouffé dans mon cou, mes cuisses qui tremblent. Un naufrage commun sous une vague de jouissance.

Ton sperme qui se répand en moi. Que je sens couler le long de ma cuisse quand ton étreinte se desserre.

Et mon ventre qui gonfle, mois après mois.

Jeg elsker dig. Jeg elsker ikke dig.

Agathe

Quand j'ouvre la porte, je manque tomber à la renverse. Sur le seuil, Natacha et Magalie.

Elles rient en me voyant bouche bée, yeux écarquillés, tandis que Clim glapit de joie. J'avais oublié combien il aime les visites.

La scène s'anime, le chien sautant sur l'une, puis sur l'autre, avant de revenir à moi et de recommencer son manège. Elles l'éloignent, gloussent, le caressent, et je m'ébroue.

— Les filles !! Mais qu'est-ce que vous faites là ?

— Ben quoi ? Tu croyais vraiment qu'un petit confinement allait nous empêcher de te filer un coup de main ? me lance Natacha sur un clin d'œil.

Magalie sourit. De la femme effacée que j'ai connue, il ne reste pas grand-chose. Une lueur fugace dans le regard, peut-être. Trop rapidement disparue pour qu'on s'en souvienne longtemps.

Elle est devenue belle. À l'observer, j'ai soudain honte de mes cheveux pas lavés, de mon survêt informe et de mon sweat à capuche deux fois trop grand.

— Entrez, entrez ! Vous connaissez la maison.

Je les suis à la cuisine. Il reste peu de pièces au rez-de-chaussée pour nous accueillir, elles sont toutes vides.

Natacha prend immédiatement les choses en main après se les être consciencieusement lavées et se lance dans la préparation d'un brunch, ouvrant placards, frigo, mettant le nez dans la buanderie à la recherche d'un paquet de sucre qui ne s'y trouve sûrement pas.

Magalie passe un coup d'éponge sur la table, faisant remarquer au passage que la nappe est toujours la même, c'est drôle quand même comme certaines choses ne changent jamais.

Et moi, je m'éclipse pour me doucher.

À mon retour, assiettes et couverts sont en place. Une bonne odeur d'omelette emplit la pièce. Clim salive devant le fourneau. Magalie émiette une biscotte tout en papotant avec Natacha, concentrée sur la cuisson de notre repas.

Quand elles m'entendent entrer dans la pièce, elles se retournent comme une seule femme et m'évaluent du regard. À leur sourire, je sais que j'ai passé l'inspection.

— Ah ! C'est mieux comme ça, commente Natacha. Même Clim devait commencer à être importuné par ton odeur, ajoute-t-elle.

— Oh, ça va, hein ! C'est pas comme si j'avais autre chose à faire que me saloper toute la journée dans la poussière et le ménage.

— Ouais, tu parles ! Le ménage ! T'as vu l'état de ta cuisine ?

Elle n'a pas tort. Maintenant que j'observe la pièce à travers leurs yeux, je mesure combien je me suis laissé absorber ces dernières semaines par mes recherches vaines concernant le passé de ma grand-mère. Le lino colle sous les pieds, l'évier n'a pas dû être récuré depuis je ne sais quand, et je ne parle pas de l'état de la cuisinière. En même temps, je m'en sers uniquement pour faire cuire des raviolis en boîte.

Ce dont témoigne l'état des casseroles qui s'y empilent…

Magalie a un léger rire.

— C'est sûr que si tu espérais incarner Cendrillon, c'est foutu. Sauf pour ta tenue à notre arrivée, évidemment. Là, c'était très réussi.

Je fais semblant de me vexer et m'installe à table. J'ai le ventre qui gargouille. La faim. Une sensation que j'avais occultée et qui se rappelle soudain à moi. Je pourrais dévorer… un T-rex ?

Natacha nous sert et pendant un temps, seul le bruit des couverts qui cliquettent sur nos assiettes brise le silence.

Ce n'est qu'une fois le café servi, alors qu'une douce torpeur m'envahit et que je serais prête à m'offrir une bonne sieste, que Natacha balance :

— Bon, maintenant, terminés les secrets de Laurette. On est là pour tout déterrer et on ne partira pas avant.

Un fou rire me prend. Pourvu que ce confinement s'éternise et qu'elles aient pris suffisamment de culottes pour survivre jusqu'à la fin des temps. Parce qu'on n'est pas sorties de l'auberge.

— Bonne chance, bon courage…

Feuille n° 9

Tu disais :

La victoire est une salope.

Tu disais :

Je n'ai jamais mis les pieds à l'ambassade d'Allemagne, ni avant ni après l'Occupation

Tu disais :

Je n'ai jamais voulu avoir le téléphone tellement j'ai toute dépendance, toute affiliation en horreur.

Et pourtant.

Et pourtant, il y avait Lucette et Bébert. Lui, tu l'as traîné dans tes bagages jusqu'à la fin. Tu lui as fait traverser l'Europe dans un sens puis dans l'autre.

Et pourtant.

Mon ventre s'est arrondi et tu m'as congédiée comme on congédie une bonne qui aurait brûlé les draps de famille et bu un armagnac rescapé de la Grande Guerre.

Tu m'as jetée, tu m'as rayée de ton existence. Et fini le désir, fini le lyst, finis ces mots murmurés à mon oreille, finie la passion, finie la folie.

Il me restait de toi une photo. Volée. Celle qui prouvait bien que tu avais été à l'ambassade. Celle qui recelait tous tes mensonges, tes turpitudes, tes lâchetés.

La seule capable de ne plus te faire aimer de moi.

Magalie

On a fini par décider de s'installer dans le bureau de Paul. J'y dormirais sur le canapé avachi, Natacha prendrait la chambre d'Agathe et cette dernière se coulerait dans les draps de Laurette. Je sentais bien que l'idée ne l'enchantait guère, mais que l'une de nous utilise la pièce lui était encore plus désagréable.

Par terre, on a commencé par déposer les piles savamment arrangées par Agathe.

Les lettres à Antoine, on a décidé d'un commun accord qu'elles n'avaient pas trop d'intérêt.

Nous restait à étudier le journal intime (non daté, bien sûr, c'était plus rigolo comme ça !) et les feuillets épars, avec leurs mots en danois, où se mêlait de l'anglais. À vue de nez, on en avait pour des semaines. À moins de comprendre où Laurette allait avec tout ça. Encore fallait-il que c'eût été le cas. Ce dont je doutais fort, mais je gardais mes réflexions pour moi.

Agathe a choisi de se charger du journal intime.

Natacha et moi, on s'est partagé les bouts de papier.

« Bien, a commencé l'enquêtrice. On va d'abord essayer de dater tout ça, à la première lecture. Histoire d'avoir une trame qui tienne la route, OK ? Ensuite, on avisera. »

Nous avons opiné comme de bonnes élèves bien sages et le silence est tombé sur la pièce, chacune concentrée sur sa tâche.

Agathe lisait, sourcils froncés, et prenait des notes de temps à autre sur un calepin posé à côté d'elle.

Natacha soulignait des passages au crayon à papier. Nous n'avions pas le choix, le bureau n'étant pas équipé d'une photocopieuse, ce qui nous aurait quand même permis d'aller un peu plus vite en besogne, puisque Agathe nous avait expressément demandé de ne pas détériorer les écrits de Laurette. Vu l'état de certains des bouts de papier, je n'étais de toute manière pas sûre qu'ils passent l'année.

J'ai d'abord observé ma pile un bon moment. J'ai repensé à Laurette, à ce que je savais d'elle. Si peu, au bout du compte. Et ces connaissances m'étaient-elles nécessaires pour comprendre ce que j'avais sous le nez ? Ne fallait-il pas au contraire aborder tout ça comme si l'auteure de ces lignes m'était totalement inconnue ?

J'ai fermé les yeux pour mieux me concentrer. Mais les images de Lise tombant de la falaise sont venues m'envahir.

J'ai quitté la pièce, soudain étouffante, laissant les autres à leur travail. Je ne crois pas qu'elles aient remarqué mon absence.

Dans le couloir, la tentation a été trop forte. J'ai avancé jusqu'à la porte de la chambre de Laurette, que je n'avais jamais franchie. J'ai tourné la poignée sans faire de bruit. Et me suis faufilée à l'intérieur.

Il faisait sombre, les volets étaient fermés. J'ai distingué un lit à la courtepointe rose pâle. Une coiffeuse ancienne dans un coin. Un fauteuil placé face à la cheminée. Une commode, ancienne, elle aussi. Ça sentait la lavande et le bois ciré. Le renfermé et la poussière. Une porte ouvrait sûrement sur un petit cabinet de toilette ou un placard mural. Le bois en était délicatement gravé de roses trémières et de capucines, m'a-t-il semblé.

Je ne retrouvais rien de Laurette dans cette pièce au charme suranné. La femme que j'avais connue était vive, intemporelle. Un peu sorcière, très perspicace. Là, j'avais le sentiment d'avoir pénétré dans l'antre d'une vieille dame. Ne manquaient que quelques pelotes de laine dans un panier, des aiguilles à tricoter et des poils de chat sur l'oreiller.

Alors que me fallait-il croire ? Ce que ce décor offrait à ma vue, l'univers d'une mamie un peu frappadingue, à l'hygiène déclinante, ou ce que j'avais appris d'elle au temps de notre cohabitation ?

J'ai refermé la porte et suis retournée dans le bureau de Paul où m'attendait une liasse de feuilles remplies d'une écriture parfois difficile à déchiffrer.

Feuille n° 10

Jeg elskede dig. Tu vois, j'emploie le passé.
Du elskede mig ikke. Tu vois, j'emploie la forme négative.
Jeg dansede med Lucette og hun gift med dig.
Jeg var gift med min mand.
Lucette était mariée. Avec toi. J'étais mariée. Pas avec toi. Mais…
Min søn er din søn.
For 60 år siden. Mere eller mindre. Mere. Mère. Mor. Mort.
L'enfant de la mor, de la mort, de l'amour.
60 ans. Plus ou moins.
Du ville ikke.
Jeg ville ikke.
Personne ne voulait. Ni toi, ni moi.
Moi ce que je voulais, c'était toi. Et continuer à danser.
Mor. Mère. Mort.
En søn. En søn er født. En elsker er død. Død. Dad. Papa.
Født. Dans ce mot, on sent l'enfant qui se déplie, se déploie, s'étire. Un enfant est né.
Du ville ikke.
Jeg ville ikke.
Isjomfruen. Vierge des glaces. Tu m'appelais ainsi parfois. But virgin I was not. And with you, I was melting and melting again.
Still, the Virgin wanted the little Rudy. And at the end, he falls, and falls and drowns.
And dies. Mor. Mort. Mère.

Agathe

Je n'arrive pas à trouver le sommeil. Je me tourne et me retourne entre les draps, repousse l'édredon, éternue, me demande si je ne suis pas allergique à sa composition, si la poussière de la pièce ne va pas m'étouffer, si je n'aurais pas chopé le Covid. Je suis prise de suées, je vais mourir, c'est sûr, seule à l'hôpital, comme un chien et d'ailleurs, qui s'occupera de Clim ?

Voilà que j'ai froid maintenant. Puis chaud de nouveau.

Je soupire, tente une méditation de pleine conscience, essaie d'accueillir mes ressentis, mes émotions. Mais le simple fait de respirer m'épuise, mes pensées divaguent, j'ai envie de banana split et d'une grenadine au soleil chez Marco. J'ai envie que Laurette me serre dans ses bras et me rassure, avec cette lueur dans le regard qui n'appartient qu'à elle.

Des passages de son journal intime me hantent, se mêlent, s'embrouillent tandis que je cherche à identifier la cause de mon malaise. Physique, avant tout.

Mais le corps s'exprime quand les émotions restent bloquées quelque part entre mon plexus et ma gorge et si je le pouvais, je crierais à la lune, à la nuit, à la mort.

Je tente de me concentrer sur ce que j'y ai appris. La vision qu'il m'offre de ma grand-mère est autre, prouvant une fois encore qu'on ne connaît jamais personne.

Il date un peu, d'avant son arrivée sur l'île. Après, si elle a continué à écrire, c'est ailleurs, et je n'ai pas encore retrouvé ces documents. Si ça se trouve, derrière un placard, je vais mettre la main sur un squelette auquel il faudra offrir la paix éternelle. Mais celui-là ne hante pas les couloirs de la demeure, contrairement à son homologue de Canterville.

Mes pensées s'égarent, du côté d'Oscar Wilde. Reviennent à Laurette. S'il y a bien une femme qui a vécu entourée d'ombres, c'est elle. Dans son journal, certaines ont pris forme. Sa tante, dans l'Oxfordshire, caricature de la Britannique aux yeux bleus, au teint de porcelaine, à la démarche altière, cultivant ses roses dans son cottage un peu croulant. Ce que raconte Laurette ressemble à une sorte de version *made in England* des *Malheurs de Sophie*. Puis, voilà ma grand-mère à Paris. Manquent des pans entiers de chronologie. En revanche, j'ai trouvé en pagaille dans ces pages des descriptions de fêtes, de soirées folles et enivrées, d'amants dont le nom n'est qu'une simple initiale. Une Laurette débridée y laissait cours à ses pulsions les plus folles, à ses désirs de femme, se foutant comme de l'an quarante de ses enfants. Mauvaise mère, aucun doute là-dessus. D'ailleurs, les noms de maman et de Robert n'apparaissent nulle part. La disparition de leur père n'est pas plus évoquée. Ce ne sont que détails de tenues, plus affriolantes les unes que les autres, recettes de cocktail à faire tourner la tête, marques et teintes de rouge à lèvres... Je savais ma grand-mère libérée, mais à ce point ! Elle aurait eu trente ans à notre époque, ce n'est pas sur Tinder qu'on l'aurait trouvée, mais sur Wyylde. J'ai ressenti une sorte de malaise, à pénétrer ainsi dans son intimité. Moi, ce que je voulais, c'était dénicher la trace des anecdotes dont elle avait bercé mon enfance. Les sorties en mer, les bains de boue en Roumanie, la première fois qu'elle avait conduit, les vacances en famille sur l'île. Tout pour prouver à Robert qu'il se trompait, qu'il ne savait rien, qu'il ne comprenait rien, que ma Laurette était vraie, la seule et unique, qu'il se plantait, qu'il ne l'aimait pas.

Puis le ton se calme, l'écriture se fait plus sage. Laurette penche alors vers des citations d'écrivains, de philosophes. L'une d'entre elles m'a particulièrement frappée. *La réalité tue, la fiction sauve.* Javier Cercas. Est-ce pour cela qu'elle racontait des histoires ? Y trouvait-elle une autre manière de parler d'elle, tout en ne dévoilant rien de son quotidien ? Elle dévore à cette époque des romans noirs, relit le théâtre classique. Parfois, quelques mots d'anglais viennent ponctuer sa prose. Comme s'ils restaient toujours ceux ayant sa préférence quand il s'agit de parler de sentiments. Le français est réservé au corps, à la crudité de rapports sexuels sans amour.

Aucune date, nulle part. J'ai reconstitué une vague chronologie, mais à quoi me sert-elle ? Finalement, je regrette d'avoir ouvert ce carnet, d'être tombée dessus. Je crois ne pas trop apprécier la femme qui s'y trouve. Je suis sûrement plus conformiste ou plus romantique (voire idiote ?) que ma grand-mère. Pourtant, je n'ai pas biberonné aux contes de fées, loin de là. C'est pas Aline qui m'aurait vanté les mérites du prince charmant, ça se saurait. Non, maman préférait me lire des contes et légendes du monde entier, des récits guerriers des chevaliers de la Table ronde, des histoires de sorcières vraiment méchantes et d'hommes vraiment faibles et lâches. Il n'empêche... Il m'est toujours impossible de faire le deuil de ce fantasme : un coup de foudre, un homme fort et doux à la fois, des regards complices, des désirs communs. Et des enfants, peut-être aussi quand même... Des niaiseries, s'accorderaient ma mère et la sienne. Oui, sûrement, mais des niaiseries auxquelles je m'accroche parce que, autrement, que me reste-t-il ?

Dans l'obscurité, mes yeux se sont fixés sur les roses de la porte du placard, et à force d'essayer d'en dessiner mentalement les contours, je me calme. Mon souffle retrouve une certaine régularité. S'apaise. Ça va mieux. Inspirer. Bloquer. Expirer. Recommencer.

Le placard.

J'y ai jeté un rapide coup d'œil, quelques jours après le décès de Laurette, sans pousser plus loin mes investigations.

Je me lève sans bruit, attirée par lui. On pourrait presque croire qu'il m'appelle. Salut à toi, fantôme de l'île.

Il grince quand j'en tourne la poignée, la porte semble résister, comme si j'allais trop loin, comme si profaner son contenu ne m'était pas encore permis.

J'hésite. Il a peut-être raison. Robert aussi. À quoi sert de remuer tout ça ?

La porte cède. J'y vois une permission accordée par Laurette. Sa présence est si prégnante dans cette chambre.

Des rangées de vêtements sur des cintres en bois. Une légère odeur de naphtaline, je me souviens qu'elle se plaignait souvent des mites qui s'invitaient chez elle, gourmandes et affamées. Je découvre un manteau que je ne l'ai jamais vue porter, le climat de l'île ne s'y prêtant pas. Un tailleur Chanel. Un chemisier de soie.

Les cintres chantonnent quand j'y passe la main. Douce musique.

Je recommence.

Deux tombent, puis un troisième.

Derrière, une sorte de cavité fermée par une planche mal ajustée. Je me fige. Mon cœur s'emballe.

Une cache à bijoux ? Ou l'endroit parfait pour dissimuler d'autres lettres, d'autres photos ? On est bien d'accord que les squelettes dans les placards ne sont rien d'autre qu'une fantaisie d'écrivain ?

La lumière diffusée par la lune ne suffit plus.

Je fais jouer l'interrupteur près de la porte. La pièce s'éveille, ses contours se détachent avec une netteté effrayante.

Je n'ai aucune difficulté à retirer la planche.

Des piles de livres s'offrent à ma vue.

Je sors le premier qui me tombe sous la main.

Det 3. Årtusindes Hjerte. D'Ursula Andkjær Olsen. Du danois, encore.

Je le feuillette. De la poésie. Incompréhensible, évidemment.

Le suivant est un énorme pavé de la même auteure. Un recueil de ses textes, de 2000 à 2010.

Soudain prise de frénésie, je m'empare d'une dizaine d'ouvrages qui manquent me tomber des bras sur le chemin jusqu'au lit, où je les laisse enfin s'éparpiller.

De la poésie, encore de la poésie. Danoise. Traduite en anglais, traduite en français, pas traduite. Un dictionnaire danois-français et son reflet, un français-danois. Et des contes d'Andersen. Dieu merci, en français.

Je me jette dans le fauteuil de Laurette et me plonge dans la lecture des contes, cherchant en premier celui que Léontine m'a demandé de lui lire. *La Vierge des glaces*. L'histoire du petit Rudy. Tombé dans une crevasse, sauvé, et réclamé par la Vierge qui jamais n'abandonnera son projet. Rudy, qui cherche à s'élever au-dessus de sa condition en tombant amoureux de la fille du meunier. Rudy qui répond aux défis les plus fous du père de sa dulcinée et l'emporte. Rudy qui s'élève ainsi, toujours plus haut, toujours plus loin. Hors de portée du désir de la Vierge. Rudy et Babette, la veille de leur mariage, qui rament jusqu'à une petite île sur un lac. Et la barque qui se détache. Et Rudy qui plonge. Pour ne plus réapparaître. La Vierge des glaces a gagné.

Je referme le livre, nauséeuse, épuisée.

Qu'est-ce que tout cela veut dire ? Ça ne peut pas être une coïncidence.

Feuille n° 11

Jeg hedder Laurette.

Tu me disais : Du er smuk. J'entendais smoke. Belle. Fumée. La beauté comme des volutes de fumée, aussi éphémère, aussi volatile, aussi prête à disparaître.

Je lisais des poèmes et je lisais des contes. Tales. At tale. Tu vois comme les mots, eux aussi, dérivent et disparaissent, changent d'un monde à l'autre. Des contes qui deviennent vérité, puisque dits. Jeg taler. Je parle. La vérité sort de ma bouche. ÆRLIGHED. SINCÉRITÉ. Légère comme l'air, min kæreste. Kærlighed. Amour. Kær. Cher. Cher à mon cœur, et à mon cul.

Jeg har ingen hænder, jeg kan
sgu da sagtens fucke dig alligevel.

I have no hands but you can still
get fucked.

Je n'ai pas de mains, je peux
pourtant t'enculer sans problème.

Couillon misérable.

Natacha

Agathe est excitée comme une puce quand nous nous retrouvons au petit déjeuner.

— Les filles, je suis tombée sur toute une bibliothèque cachée dans le placard de Laurette. Poésie danoise, essentiellement. Et en vo.

Mon enthousiasme en prend un coup. Elle s'imagine quoi, Agathe ? Qu'on va vite se coller sur Babel et Deepl (quand même plus fiable que Google trad) et sortir de ce confinement bilingues en danois ? Sérieux ? J'ai même jamais eu envie d'aller me promener par là-bas. Trop froid comme climat, faut pas déconner. Sans parler qu'avant qu'on capte ici le moindre réseau, on aura tous repris une vie normale.

Un coup d'œil à Magalie me confirme qu'elle ne saute pas non plus de joie.

— Ça peut expliquer certaines choses, avance-t-elle prudemment, mais sincèrement Agathe, tu crois qu'en nous plongeant dans tout ça, on va éclaircir le mystère des écrits de Laurette ? Il serait peut-être plus simple de s'en tenir à une traduction automatique ?

Agathe souffle d'énervement sur une mèche de cheveux rebelle. Elle est tout ébouriffée, les cernes lui mangent le visage, ses lèvres sont d'une pâleur à faire peur à n'importe quel revenant anémié. Elle va trop loin avec tout ça, c'est malsain.

— Je ne vous demande pas de vous taper l'œuvre intégrale d'Ursula…

Mais bon Dieu, qui est cette Ursula, pensé-je *in petto*, jamais entendu parler !

— … mais je suis sûre qu'on y trouvera des explications, voire des citations qui ont inspiré certains de ses textes à Laurette. Et que la clé est là.

La clé de quoi ? De l'engouement d'une vieille femme pour autre chose que la belote ?

— Et puis, poursuit notre amie, il y a aussi les contes d'Andersen, et notamment celui de la *Vierge des glaces*. C'est ce que Léontine me demande de lui lire en ce moment. Il y a forcément un lien.

Là, elle tient quelque chose, je dois bien le reconnaître. De dubitative, je deviens intéressée.

— OK. Tu la revois quand, Léontine ?

— Cette après-midi. Pour achever la lecture du conte. Et pas question qu'elle se défile, cette fois-ci. Je veux savoir pourquoi cette histoire semble tant les fasciner, Laurette et elle.

Et rageusement, Agathe mord dans sa biscotte dont Clim s'empresse de lécher les miettes tombées aux pieds de sa maîtresse.

Cette fille, là, sur la montagne, était fraîche comme neige récemment tombée, épanouie comme la rose des Alpes et légère comme un chevreau. Quoique créée de la côte d'Adam, être humain comme Rudy. Et il la prit dans ses bras, plongea le regard dans ses merveilleux yeux clairs, une seconde seulement et en cette seconde... eh bien, expliquez, racontez, dites-le avec des mots... était-ce la vie de l'esprit ou celle de la mort qui l'emplit, fut-il soulevé ou sombra-t-il dans le gouffre glacé, d'une profondeur meurtrière, plus profond, toujours plus profond ? Il vit les murailles de glace comme du verre bleu-vert. Des crevasses sans fin béaient alentour et l'eau dégouttait en tintant comme un carillon, avec, de plus, une clarté de perle, brillante comme des flammes bleuâtres, la Vierge des glaces lui donna un baiser, un courant glacial traversa ses vertèbres pour pénétrer son cerveau, et il poussa un cri de douleur, s'arracha, tituba et tomba, ses yeux furent pris d'un éblouissement, mais il les ouvrit. Les puissances mauvaises avaient fait leur œuvre.

La Vierge des glaces, op. cit.

Léontine

Agathe arrive, j'entends son pas sur le perron. Un pas décidé, franc, massif. Je soupire, me signe. C'est aujourd'hui que tout sera dit, je le sens, je le sais. J'ai reculé la dernière fois. Ça ne sera plus possible. Agathe a autant besoin de m'entendre que j'ai besoin de parler. De raconter. De me libérer des images de cette funeste après-midi, des sensations qu'elle fait encore naître en moi.

Un signe de croix.

Agathe frappe, entre, lance son salut habituel.

Je l'attends à la cuisine, appuyée, tremblante, contre la cuisinière. J'ai besoin de cette proximité qu'offre la pièce, au diable les consignes sanitaires, pour lui raconter toute l'histoire.

Sur la petite table en Formica, les *Contes* d'Andersen. J'y ai souligné une phrase. « Les puissances mauvaises mènent leur jeu, hors de nous et en nous. » Elle résonne si fortement en moi. Et la prière ne m'apporte pas toujours le réconfort qui m'est si nécessaire.

Agathe est figée sur le seuil de la pièce. Nos regards se rencontrent, s'affrontent. Dans le sien, je lis une force guerrière, la peur de la déroute, le désir de l'emporter, la volonté farouche de connaître la vérité, qu'importe le prix à payer.

Que découvre-t-elle dans le mien qui lui fait soudain baisser la tête, épaules affaissées ? La reddition, sûrement. La peine.

Elle s'ébroue la première.

— Comment allez-vous, Léontine ?

En réponse, je lui offre un pauvre sourire, caché par mon foulard grège.

— Et toi, ma petite Agathe ?

Elle s'assoit, nous verse le thé.

— Deux de mes amies sont à la maison en ce moment. Elles m'aident à trier les affaires de Laurette. On est tombées sur pas mal de choses que je ne m'explique pas. Mais vous, ajoute-t-elle avec une pointe de défi dans la voix, vous êtes capable de m'apporter des réponses.

Je prends place en face d'elle et caresse doucement la couverture du livre.

— Oui, soufflé-je.

Je suis tellement épuisée. Pour autant, je ne renoncerai pas maintenant.

— Oui, répété-je d'une voix plus ferme. Tiens, prends le livre. Nous allons achever notre lecture, puis je te parlerai.

Agathe

Le livre repose entre nos deux tasses.

Rudy a été rattrapé par la Vierge des glaces. Il a disparu dans l'eau bleue et claire du lac. Il ne reste rien de lui, elle l'a emporté.

Léontine fixe un point derrière mon épaule, mais je sais bien qu'elle ne voit plus rien de ce qui l'entoure, qu'elle est ailleurs. J'attends patiemment qu'elle parle.

Un soupir fend l'air. Puis elle se lance.

— À l'époque, ton oncle devait avoir huit ou neuf ans. Avec Laurette, comme je te l'ai déjà dit, nous étions proches, sans être amies. Mais je passais souvent chez elle, parfois même à l'improviste. Elle était…

Elle fouille sa mémoire, à la recherche du mot le plus juste pour décrire ma grand-mère.

— Elle était… jeune, encore. Indomptable. Sauvage, libre et fière. Et très belle. Un mélange explosif, bien sûr. Je crois qu'elle n'avait pas eu l'habitude qu'on lui refuse quoi que ce soit. Avec Robert, elle se montrait parfois très dure. Lui, comme beaucoup de petits garçons, ne cherchait qu'à plaire à sa mère. Mais je sentais qu'il s'en méfiait, comme s'il avait conscience de marcher sur la crête d'un volcan prêt à entrer en éruption. Il restait toujours à distance respectable.

« Avec Aline, ta mère, Laurette n'était pas beaucoup plus câline, ni maternelle. Je me souviens d'une fois où la petite était venue en courant lui apporter un dessin, dont elle était très fière. Elle y avait représenté les falaises de la propriété, et une silhouette, comme un ange, qui s'envolait vers la mer. Laurette y avait à peine jeté un coup d'œil et j'avais retrouvé Aline en train de pleurer dans les escaliers, quand j'étais entrée dans la maison pour me laver les mains.

Léontine marque une pause, boit une gorgée de thé. Elle a l'air épuisée. Un élan de tendresse me pousse vers elle, mes doigts frôlent les siens. Elle réagit à peine, elle qui a tant peur du virus.

Soudain, je m'en veux de pousser cette si vieille dame dans ses derniers retranchements. Quand suis-je devenue si égoïste ?

J'ouvre la bouche pour l'empêcher d'en dire plus, pour lui affirmer que tout ça n'a plus d'importance. Laurette est morte, ma mère et Robert ne sont plus des enfants. Qu'importent le passé, les secrets de famille, les silences ?

Mais Léontine reprend à voix basse, avant que j'aie eu le temps de parler.

— Ce jour-là, ta grand-mère avait bu. Ce que j'avais pris pour une carafe d'eau claire était en réalité du gin pur. J'aurais dû m'en rendre compte plus tôt, mais j'avoue que moi-même, j'étais un peu pompette. J'avais exceptionnellement avalé deux verres de vin au déjeuner. Et comme je n'étais pas habituée à l'alcool, ils m'étaient vite montés à la tête. Laurette émaillait ses phrases de mots que je ne comprenais pas, ce que j'imputais à mes réflexes amoindris. Et puis, elle s'est mise à me raconter l'histoire de Rudy. Il était évident qu'elle voyait en la Vierge des glaces un double d'elle-même. Ou un être à affronter, pour en prendre le dessus. Ce n'était pas très clair. Elle répétait par instants, excuse ma vulgarité, « Vierge des glaces contre Pute de feu ».

Léontine se signe.

— Quoi qu'il en soit, le conte me bouleversa. Dans le récit qu'en offrait Laurette, parfois incohérent, les crevasses des Alpes se transformaient, devenant les falaises de sa propriété. Et à plus d'une reprise, elle fit le même lapsus, appelant Rudy Robert.

« Plus le récit avançait, plus son regard se faisait fou. Moi, je m'étais mise à pleurer. Parce qu'elle me terrorisait ? Parce que l'alcool me faisait perdre ma lucidité ? Je ne saurais le dire.

Léontine marque une nouvelle pause. Ses mains tremblent quand elle s'empare de sa tasse. Je ne respire plus, je ne bouge plus, happée par son récit.

Laurette en Vierge des glaces. Une puissance maléfique, dissimulée sous la beauté des montagnes alpines. Qui a droit de vie et de mort sur ceux qui franchissent ses cols. Obsédée par l'enfant qui lui a échappé. À qui, sans le désirer, elle a offert une seconde naissance lors de son sauvetage. Une erreur. Il devait mourir. Il devait être sien. Elle rêvait de le dévorer.

— Ta grand-mère me glaçait le sang. J'avais la sensation de tomber à mon tour, de me noyer, comme le petit Rudy. Le charme a été rompu quand Robert a fait son apparition. Il n'aurait pas pu choisir plus mauvais moment. Laurette l'a longuement fixé. Comme s'il était un intrus, comme si elle le voyait pour la première fois. Ou qu'elle le reconnaissait enfin.

« Un sourire mauvais a étiré ses lèvres. On aurait dit qu'elle montrait les dents. Plus Cerbère que Vierge des glaces. J'ai frémi, me suis à moitié levée, prête à prendre l'enfant dans mes bras pour le protéger de sa propre mère. Mon geste a suffi à faire reprendre contenance à Laurette. Elle s'est contentée de renvoyer son fils d'un geste de la main sans équivoque. Il a tourné les talons, mutique.

Léontine reprend une fois encore son souffle. Au fil des respirations, je la sens revenir au moment présent, à sa petite cuisine rassurante, à nous.

Ses yeux cherchent les miens. Ne les quittent plus.

— J'ai compris alors à quel point Laurette détestait son fils. Pour moi qui ne pouvais avoir d'enfants et en désirais tant, ç'a été comme un coup de poignard. Je ne sais pas pourquoi elle nourrissait de tels sentiments à son égard, je ne peux pas t'aider sur ce point. Ce que je sais, en revanche, c'est que de ce jour-là, elle a déclaré les falaises dangereuses et a interdit à quiconque d'y mettre un pied. Au fil du temps est née cette fable de l'enfant qui en serait tombé. Moi je pense que cet enfant, c'était Robert. Et que nuit après nuit, comme la Vierge des glaces cherchait à s'emparer de Rudy, Laurette rêvait de pousser Robert dans le vide.

Je n'arrive plus à soutenir son regard. Elle le sent, se détourne, tandis que je me concentre sur mes doigts, les comptant et les recomptant pour calmer les battements de mon cœur. Revenir au moment présent. À l'ici et maintenant. Calmer mon souffle court. Reprendre la maîtrise de mon corps. De mes émotions.

Je n'ai connu de Laurette que la façade d'une grand-mère aimante, drôle, un peu fofolle, libre. La femme dont vient de me parler Léontine, je ne l'aurais pas aimée. Ce désir de toute-puissance… est-il lié à la maternité ? Après tout, donner la vie, c'est aussi offrir la mort.

Je cherche à me raccrocher à une explication plus rationnelle. Laurette aurait-elle souffert d'une dépression postnatale non diagnostiquée à la naissance de Robert ? On ne parlait pas de ces choses-là, à l'époque.

L'argument me semble un peu faible. Laurette n'aurait pas ainsi détesté son fils huit ans après un accouchement douloureux. Je n'y comprends plus rien.

Faut-il que j'en parle à cœur ouvert à Robert ?

Un murmure me parvient aux oreilles.

— Longtemps, je m'en suis voulu. Aurais-je dû aider les enfants ? Les protéger plus ? Mais je n'ai vu que ma propre douleur de ne pas être mère, elle m'aveuglait. Et je les ai abandonnés à leur sort.

Léontine se lève, sa chaise racle le lino.

Elle pose sa main fragile sur mon épaule en passant devant moi.

— Ma petite Agathe, je crois que ça suffit pour aujourd'hui. Je te dis à dans deux jours.

Ses pantoufles traînent sur le sol, elle n'a plus la force de lever les pieds pour avancer. Et moi, je ne suis pas encore prête à quitter cette pièce, à retrouver le semblant de vie qui m'attend au village, et le spectre de Laurette à la maison.

Feuille n° 12

Jeg hedder Laurette.

Jeg hedder venterum. Ventre. Salle d'attente.
My name is waiting room.
Je m'appelle vestibule.

Jeg venter. J'attends.

Jeg hedder Alt, sådan at når man kalder mit navn, så vil alting ske.
My name is everything, so that when you call my name, everything will happen.
Je m'appelle Tout, ainsi quand on appellera mon nom, alors toute chose se produira.

Kun er jeg venterum. Je ne suis plus qu'un vestibule. Une salle d'attente. Rouge.
Jeg er mor. Mor. Mère. Mort. Morte.
Jeg har en søn. Du har en søn.
Je suis mère. Je suis morte.
J'ai un fils. Tu as un fils. Nous avons un fils.

Natacha

J'ai trouvé une vieille chaise longue au bois abîmé par les intempéries et l'ai traînée dans une tache de soleil. Il fait bon aujourd'hui. Les oiseaux gazouillent. Clim ronfle à mes pieds.

Yeux fermés, je laisse la chaleur m'envahir. Je retrouve les odeurs du lieu, la touche salée de la mer non loin, le parfum qui s'échappe en douce de la maison, celui de la terre qui se réchauffe, de l'humus et des herbes mortes. Dans ma tête, Laura Fabian hurle *Je t'aiiiiimmmmme…* évidemment, j'ai oublié le reste des paroles. Mais en l'entendant, je réalise que ça fait un moment que ça ne m'était plus arrivé. Alors que je suis la reine pour chantonner des vieux trucs ringards, le plus souvent sans aucun rapport avec la situation. Voilà que Rihanna et ses diamants s'en mêlent, avant que Placebo ne prenne le relais. *Protect me from what I want… Alone at the end of the rave…* la, la, la… *protect me, protect me.* Plus sombre, quoi. Limite à en regretter Laura et sa glotte qui s'agite dans le vent.

Une ombre cache le soleil. Je me décale sans ouvrir les yeux.

Magalie est encore enfouie sous une pile de papiers, concentrée, ne lâchant pas prise. Un vrai chien de chasse.

Moi, cette pause me fait du bien.

Sincèrement, Agathe a tort de remuer toute cette boue. Il n'en sortira rien de bon pour elle. Laurette, à mes yeux, avait quand même tout du profil psychotique. Ses sautes d'humeur, ses silences, ces personnages qu'elle adoptait et qui changeaient selon le jour et l'heure. Son adaptation à un public imaginaire. Ses alter ego étaient nombreux. Signes d'une personnalité pas entièrement construite. Ça me suffisait. Nous ne nous marchions pas sur les pieds, et dans mon boulot, j'en avais vu d'autres bien plus terrifiantes qu'elle. Oh, bien sûr, elle avait peut-être zigouillé un type ici ou là. Allez savoir. Bien plus commun qu'on ne le pense. Si les seuls meurtres commis étaient ceux qui hantent les pages des faits divers, on ne foutrait pas grand-chose en PJ. Ça serait peinard.

Il y en a toujours qui passent au travers des mailles du filet, c'est comme ça. Suffit de mater quelques saisons de *Dexter* pour comprendre que ce n'est pas si compliqué.

Non, ce qui m'inquiète, c'est Agathe. Le temps est arrêté. Elle s'agite dans cette sorte de vortex, et il n'en sortira rien de bon.

Quand elle aura fini de déchiffrer les notes de sa grand-mère, quand elle aura déterré ses multiples vies, souligné ses mensonges infinis, qu'en fera-t-elle ? Il vaudrait mieux qu'elle se contente de ses souvenirs de glace et de grenadine, de meringues et de lectures de polars.

Mais bon, je ne vais pas user ma salive à l'en convaincre, il est déjà trop tard pour ça.

Je t'aiiiiiiimmmme, je t'aimmmmmmeeeee, comme… comme quoi, bordel ?

Feuille nº 13

… Et vellystigt forhold til effektivitet. Jeg får tingene gjort jeg er en vinder. Naturen

er en sjofel rad ligesom mig. Mand og mus ! Jeg er noget som bare sker

… Une relation voluptueuse à l'efficacité. Je fais que des choses soient faites je suis une gagnante. La nature

est une garce comme moi. Homme et souris en perdition ! Je suis ce qui t'arrive
malgré toi.

Souris, petite souris. Souris, smile, baby. I'll come and get you. I'll eat you alive. I'm a virgin. I'm a bitch. I am made of water and fire. I'm the beginning and the end. The one who will absorb you back. You won't be able to escape.

S'échapper. Escalader. Et tomber.

Un naufrage. A womb. A tomb. Tomber.

Un fils est né. Un fils mourra. Sammen. Semence. Sammen. Same.

Magalie

Je suis plongée dans la lecture de poètes danois quand Agathe entre dans la cuisine. Elle a une mine de déterrée.

— Ça va ? demandé-je en repoussant livres, notes, fiches et dictionnaires pour faire de la place au thé.

Elle se lave longuement les mains sans me répondre. Ses épaules tremblent. J'hésite à la prendre dans mes bras. Pas à cause du virus, non, mais parce que ce n'est pas le genre d'intimité que nous partageons. Au lieu de ça, je m'active donc à préparer ce foutu thé. On se croirait dans un roman britannique. Dès que ça ne va pas, y a toujours quelqu'un pour sortir un sachet de PG et en faire un breuvage bien noir, avec une touche de lait et de sucre. Beurk. Personnellement, je préfère l'élégance d'un thé russe aux épices, mais la question n'est pas là. Je sais déjà que dans les placards, il n'y aura que du thé noir. Laurette a gardé de son enfance, à son insu probablement, des habitudes bien ancrées. Et elle n'avait aucune raison de conserver pieusement mes boîtes de thé vert, thé abandonné le jour où les portes des Baumettes se sont refermées derrière moi.

Agathe se sèche les mains au torchon qui pend, accroché de travers à la porte du four, et se retourne enfin.

— Où est Natacha ? Autant que je vous explique tout une seule fois.

— Dans le jardin. Je vais la chercher.

Natacha a l'air assoupie dans sa chaise longue. Elle paraît si jeune ainsi. En me voyant approcher, Clim bat de la queue et étire les babines en un sourire canin empreint de bonté. Projection, sûrement, de ma part. Mais n'empêche, ce chien, c'est quelque chose !

Il se lève, achève un bâillement, et sans que j'aie besoin de prononcer un mot, s'achemine tranquillement vers la cuisine. Sa maîtresse a besoin de lui, il le sent.

— Natacha ? Natacha ?

Ses paupières frémissent. Elle ouvre les yeux.

— Me suis endormie, je crois.

— Je vois ça. Agathe est rentrée. Elle nous attend dans la cuisine.

À ces mots, elle se redresse. Dans ma voix, elle a dû sentir que quelque chose n'allait pas.

— OK.

Il n'aura pas fallu dix minutes à Agathe pour nous raconter les deux heures passées avec Léontine. Elle a parlé comme en pilote automatique, le regard perdu dans le vide.

J'attends que Natacha prenne la parole. La rationnelle du groupe, c'est elle.

— Bon. Si je comprends bien, aucun enfant n'est jamais mort dans cette propriété ? demande-t-elle, terre à terre.

— Non, souffle Agathe.

— Et ta grand-mère souhaitait la mort de son propre fils.

— Oui.

Le silence s'installe de nouveau. Je ne suis pas mère, je ne mesure pas les implications. Est-ce pire de vouloir tuer son fils que celui du voisin ? Sûrement, oui. En attendant, Laurette n'est jamais passée à l'acte.

— En attendant, reprend Agathe, faisant écho à mes propres pensées, elle n'est jamais passée à l'acte.

— Ben non.

— Et, te connaissant, tu aimerais comprendre pourquoi cette haine.

Agathe relève enfin la tête.

— Oui, répond-elle d'une voix plus ferme. Et je suis sûre que la réponse se trouve dans tous ce fatras de notes.

Je le crois aussi. Natacha opine.

Y a plus qu'à. Continuer à fouiller, creuser, débusquer les cadavres cachés de Laurette.

Moi, la seule question que je me pose est celle-là : Laurette se croyait-elle immortelle, au point de ne pas effacer toutes ses traces, de ne pas jeter ses papiers au feu quand il en était encore temps, ou s'imaginait-elle, comme toujours, tellement plus forte que les autres que les détruire lui était complètement indifférent ?

En ce qui me concerne, je penche pour la deuxième option. Mais où qu'elle se trouve aujourd'hui, paradis ou enfer, j'espère qu'elle souffre à en mourir de la douleur de sa petite-fille. Oui, vraiment. Comme si on lui perçait le corps d'aiguilles passées au feu, de tessons de bouteilles aiguisés. Quelle salope, cette Laurette.

Je me lève et me détourne vers l'évier, pour que mon mépris et ma rage ne se lisent pas sur mon visage. Agathe n'a pas besoin de ça. Elle est déjà en train de perdre sa grand-mère une deuxième fois. Et le bébé emporté par l'eau du bain n'est rien d'autre que son enfance.

Feuille n° 14

Un jour, j'ai feuilleté tes cahiers. Ils traînaient sur ta table. Ramassis de mots gribouillés à la va-vite dans les geôles danoises.

Moi aussi la Sirène d'Andersen m'a fait venir à Copenhague et puis elle m'a assassiné, *y as-tu écrit.*

Jeg læste. Jeg læste.

Je lisais. Je lisais.

Je berçais mon ventre au rythme des mots d'Andersen. Je retrouvais la Vierge des glaces, ma vieille amie.

En søn. Je l'attirais à moi et le repoussais. J'étais son souffle et son ressac. J'appuyais sur mon ventre. Venterum. Vestibule. Waiting room. J'appuyais pour qu'il en sorte. Ou pour qu'il y étouffe. Jeg var dens mor. J'étais sa mère. J'étais sa mort.

Je tenais son existence entre mes cuisses serrées. Je n'avais qu'à les ouvrir pour que le barrage cède et qu'il soit emporté par les eaux bouillonnantes qui avaleraient tout sur leur passage. Rugissantes. Leurs cris et leurs rires démoniaques. Sirène sans queue. Humaine à qui chaque pas est souffrance. On ne meurt jamais d'amour. On meurt de ne pas être assez aimé.

I was a womb. I was a tomb.

En søn er født. Un fils est né. Une étoile est morte. J'ai poignardé la Sirène. J'ai noyé Rudy. Et je tuerai encore. Yes, I'll kill again.

I'm a womb, I'm a tomb.

Robert

Je n'ai rien compris à l'appel de Natacha hier soir. Il faut dire qu'elle était particulièrement énigmatique et qu'en plus, elle chuchotait dans l'appareil. Je n'entendais qu'un mot sur deux, mais cela a suffi à me faire passer une nuit presque blanche.

J'ai cru comprendre qu'elle était sur l'île avec Magalie et Agathe. Qu'elles avaient mis la main sur des papiers de Laurette. Là, elle a coupé court pour me demander si je connaissais les contes d'Andersen. J'ai dit que oui, bien sûr. Qui ne les connaît pas ?

Elle m'a alors interrompu. J'ai trouvé ça un peu cavalier, mais au fil des ans, j'ai appris que Natacha, quand elle a une idée en tête, ne se laisse pas distraire par des digressions inopportunes. D'un ton presque agressif, elle m'a questionné sur la Vierge des glaces. J'ai hésité un moment, je la confondais avec la Reine des neiges. Il faut dire qu'on nous rebat les oreilles avec cette dernière chaque année. Mais quand Natacha m'a parlé de Rudy, la mémoire m'est revenue. Bien sûr, c'était sur ce texte que, lorsqu'elle en avait le temps et l'envie, Laurette m'apprenait à lire. Sauf erreur de ma part, l'une de ses nounous le lui lisait quand elle-même était enfant.

Je me suis souvenu des chamois et de la lumière des glaciers. Des exploits de Rudy et du cousin de Babette, avec qui elle l'avait trompé. Des chats du meunier qui par moments racontaient l'histoire. Et de la fin de Rudy, qui m'avait toujours marqué.

— Ah, chouette, a-t-elle commenté, plutôt platement je dois bien le reconnaître. Donc, Rudy, ça te parle ?

— Mais oui ! Laurette adorait ce conte.

— Tu sais pourquoi ?

— Non…

C'est vrai, je ne m'étais jamais posé la question. J'étais parti du principe, projection erronée de ma part, qu'elle souhaitait ainsi partager avec moi un doux souvenir de sa propre enfance. Au ton de Natacha, je comprends qu'une fois encore, je me suis illusionné. Laurette avait sûrement d'autres motifs, bien moins tendres.

Natacha ne s'est pas éternisée après ça. Mais moi, j'ai passé une bonne partie de la nuit à me triturer les méninges. Pourquoi ma mère aimait-elle tant cette histoire ?

Je me suis souvenu avoir dans ma bibliothèque, quelque part, le livre de Christophe Carlier, *La Clef des contes*. C'est avec lui que j'ai achevé ma nuit.

Il n'est pas 9 heures, et je bâille. Je me suis laissé emporter par ma lecture, y ai pioché quelques petites choses qui pourraient intéresser Natacha et de plus nombreuses qui m'ont donné envie d'aller fouiller plus loin.

J'ai commandé sur Internet les *Contes* d'Andersen, collection Folio. Je n'ai plus qu'à patienter jusqu'à leur arrivée.

C'est vers Magalie que s'orientent maintenant mes pensées. Comment vit-elle ce retour sur l'île ? Certes, quatre années ont passé, et il est évident que sa détention l'a changée. D'après Natacha, elle est devenue une femme plus forte, moins effacée, enfin en accord avec elle-même. Malgré tout, ce retour sur les lieux du crime doit la chambouler.

Je me secoue, attrape une feuille de papier et note ce que j'ai retenu de ma lecture nocturne :

Le conte est une narration brève, qui met en scène du merveilleux.

Le conte offre une place particulière aux femmes. Elles y sont mauvaises dans 80 % des cas.

Le conte offre des solutions satisfaisantes à tous les problèmes de la petite enfance. Il est toujours formateur.

Puis, je m'installe dans mon fauteuil préféré et laisse dériver mes pensées.

Naissance. Mort. Le cycle de la vie. Rudy qui naît une deuxième fois du ventre de la Vierge des glaces. Symbolique judéo-chrétienne ? Non, peut-être pas… La mère qui tue. L'eau liquide du lac. Le liquide amniotique. L'eau symbole de vie qui devient symbole de mort…

Je me redresse brutalement. Laurette aurait-elle souhaité ma mort ? Non…

Mais une petite voix en moi me chuchote avec tendresse que je l'ai su de tout temps, que l'enfant que j'étais restait sur ses gardes pour assurer sa survie. Que sa mère était mauvaise et particulièrement à son encontre. Et que sûrement, pour elle, mon existence symbolisait quelque chose. Mais quoi ?

Je m'affaisse dans mon fauteuil. Triste, bouleversé, anéanti. Je n'ai pas envie d'apprendre tout cela, que mes craintes enfantines me soient confirmées. Grandir dans son indifférence a été suffisamment dur. Je n'ai pas besoin qu'on y ajoute la violence, un désir de m'exterminer. Mais le psychiatre en moi reprend le dessus. Et me mentir n'est plus possible, j'ai connu dans mon cabinet trop de patients que j'ai menés sur cette route en douceur, en leur tenant la main. Pour ne pas mourir de manque d'amour, de manque de soins, l'enfant se construit en faux self, offrant à son tortionnaire l'image rêvée que ce dernier souhaite voir. Faux self, enfant du placard, syndrome de Stockholm… je connais tout cela, je sais en déceler les traces chez les autres. Il faut croire que j'ai été beaucoup moins doué quand il s'est agi de les lire en moi. Et jusqu'au bout, j'ai cherché cette approbation maternelle qui m'a toujours été refusée de tout temps. Adoptant durant les derniers mois de la vie de Laurette le comportement du fils parfait. Prévenant, soucieux de son bien-être. J'étais là, mais ne faisais que l'irriter. Et après tout, c'est peut-être cela que je recherchais alors. Que ma présence soit un papier de verre sur ses plaies à vif. Qu'elle la fasse grincer des dents. Qu'elle l'horripile. Et que Laurette craque.

Mais elle a tenu bon. Son regard est resté froid et méprisant jusqu'au bout. Ses lèvres scellées. Elle a gagné.

Feuille n° 15

Du var rød. Red. Rouge. Cramoisi.

Il y avait du bruit, du sang, du rouge. Jeg var mor. J'étais mère. Dans le bruit le sang et le rouge.

Je ne t'ai pas reconnu. Je ne l'ai pas reconnu en toi. Je n'ai pas su qui tu étais ni ce que tu étais. J'ai pensé un temps que cette chose qu'on nommait enfant ne venait pas de moi.

Jeg var smuk. J'étais belle. And then, I was smoke. Liquéfiée, déliquée oui déliquée. Après le sang et les cris, il ne restait rien de moi. You killed me. You rise from my death. Mor. Mort. Morte.

Tu étais le mauvais génie, et l'enfant béni. Le diable et le dieu. Le mâle. Le fils. Appelé à devenir homme. Et je me suis haïe de t'aimer si peu. En naissant, tel un vampire, tu avais sucé, aspiré jusqu'à la dernière trace de ma féminité.

You killed me. And then, I've been killing you, day after day, lightly, slowly, carefully. Sans que tu ne remarques rien.

Tu m'as volé mon âme, mon cœur, ma jeunesse, ma beauté.

Tu as détruit mon amour. Tu m'as assassinée.

Et tu as payé pour ça.

Gift. Gift. Gift.

Jeg har dræbt din kone. Du var gift.

Un fils est né. Une fille est morte.

Magalie

Installées dans le jardin, sous un rayon de soleil printanier bienvenu, nous faisons le point. De notre position, mon ancienne maison est cachée à ma vue. Je pourrais presque croire que c'est la première fois que je mets les pieds ici, que je suis en vacances sur une petite île paradisiaque du sud de la France, que la vie est belle. Presque.

Agathe se lance la première.

— Bon, voilà où on en est. Le journal intime de Laurette ne m'a pas appris grand-chose. Elle a visiblement cessé de le tenir depuis des décennies. Elle y parle surtout toilettes, sorties, amants, enfin, rien de très passionnant, ajoute-t-elle en rougissant légèrement.

Natacha opine, tout en prenant des notes.

— Léontine a levé le voile sur cette histoire d'enfant qui serait mort en tombant de la falaise, poursuit-elle. Il ne s'agit de rien d'autre que d'une transcription ou traduction du conte d'Andersen, *La Vierge des glaces*.

Nouveau hochement de tête de Natacha. Agathe marque un temps.

— Maintenant, ce qui nous reste à comprendre, c'est pourquoi Laurette nourrissait une telle haine envers Robert. J'ai toujours su que ce n'était pas l'instinct maternel qui l'étouffait, mais de là à inventer un truc pareil… Vous avez trouvé quoi, dans ses notes ? Et le lien avec le Danemark ? J'ai du mal à croire que sa seule passion pour les contes l'ait poussée à apprendre la langue !

Je me passe la langue sur les lèvres. J'ai pas mal avancé de ce côté-là.

— Je n'ai pas encore toutes les réponses. J'ai traduit ce que Laurette a écrit, mais, comme on en a convenu, certaines phrases, bien plus élaborées, sont sûrement tirées des recueils de poésie qu'elle gardait cachés. Il ne me manque que cette pièce pour terminer le puzzle. Je suis sûre qu'avoir une vision plus complète de ces poèmes ouvrirait des portes. Les recherches ne vont pas être faciles, parce qu'elle a quand même un paquet de livres et que les phrases ont l'air d'être piochées un peu au hasard. La seule chance d'aller plus vite, c'est qu'elle les ait soulignées dans les bouquins.

Natacha intervient.

— Je m'y collerai cette après-midi. Dis-nous déjà ce que tu as découvert.

À mon tour de me pencher sur mes notes.

— J'ai tenté dans un premier temps d'établir une chronologie. La plupart des textes commencent par « Jeg hedder Laurette », ce qui veut dire : je m'appelle Laurette. Ensuite, elle évoque un amant dont je ne suis pas encore sûre de l'identité. Elle dit qu'elle l'aime, mais qu'il est marié à une certaine Lucette. *A priori*, ça serait sa prof de danse.

Je relève la tête. Seule la perplexité se lit sur le visage de mes amies.

— Je n'ai jamais entendu Laurette parler de cours de danse, souffle Agathe.

— Bon, tant pis. De ce que j'ai compris, ce type l'aurait mise enceinte. Ce qui aurait marqué la fin de leur relation.

Silence autour de la table.

— Il serait le père de Robert ? ose enfin formuler Natacha.

— Je crois, oui. Ça expliquerait le rapport compliqué de Laurette à son fils.

Plus personne ne pipe mot. Nous sommes chacune plongées dans nos pensées. Clim, avachi aux pieds de sa maîtresse, émet un bâillement à réveiller les morts. Ce chien dégage vraiment une énergie folle ! Impossible de m'empêcher de bâiller à mon tour.

— OK, reprend Agathe. Donc, il nous reste à identifier ce type, à trouver de quels poèmes sont extraites ces phrases mystérieuses, et…

— … à décider de ce que tu diras à Robert, conclut Natacha.

Comme de bien entendu, le soleil choisit ce moment opportun pour disparaître derrière un nuage. Qu'aurait-il pu faire d'autre que nous laisser dans le noir ?

Agathe

Je suis partie pour la plage avec Clim. J'avais besoin de m'éloigner, de réfléchir à tout ça. Plus je fouille, moins je reconnais la femme que je découvre. Et plus la tristesse m'envahit.

Je m'accroche à mes souvenirs d'enfant, comme à une bouée mal gonflée. Aux mots de Léontine, décrivant la fierté de Laurette à me promener en landau sur l'île. Aux bruits des griffes de Clim sur les rochers pour me ramener au présent.

Respiration abdominale. Ancrage. Ici et maintenant. J'inspire, je bloque, j'expire. Et recommence.

Mon cerveau s'apaise. Je laisse mes pensées filer. Peut-être ainsi trouverai-je les dernières réponses, et surtout, la plus cruciale de toutes : dire à mon oncle que son père n'était pas son père. Ou pas.

Robert est né en 1956. Laurette vivait à Paris. Elle prenait des cours de danse avec une certaine Lucette. Visiblement, le mari de cette dernière, ou le couple, avait passé un temps au Danemark. D'après ce que Magalie avait précisé, il y avait probablement fait de la prison. Nous n'avions plus qu'à entrer dans la barre de Google quelques mots clés pour trouver la réponse. Ce qui était impossible ou presque depuis la maison. Réseau pourri, tout ça, tout ça.

Bien sûr, je me cherchais des excuses. Je pouvais appeler une copine parisienne et lui demander de lancer la recherche. Natacha n'avait qu'un coup de fil à passer pour parvenir au même résultat. Il nous suffisait de descendre au port, où le portable passait mieux. Pourtant, aucune de nous ne l'a proposé. Comme si laisser planer encore un temps le mystère nous permettait de reprendre notre souffle. Comme s'il n'y avait finalement aucune urgence à trouver ces réponses.

Le dernier rempart sur l'intimité de ma grand-mère menaçait de céder. Avais-je vraiment envie d'en arriver là ? Il me suffisait de tout jeter au feu, ou au tri sélectif, d'achever le démembrement de la bibliothèque de Paul, de lessiver la cuisine et de quitter les lieux. Définitivement.

Laurette resterait alors Laurette, tout du moins en partie.

Clim aboie, me tirant de mes pensées. Je lui souris et il vient se frotter à mes jambes.

Où irons-nous, une fois la maison liquidée ? Voilà la seule question que je devrais me poser.

J'inspire. Bloque. Expire. Encore. Et encore. Avant de me laisser tomber dans le sable. Clim me saute dessus, tortille des fesses, tente de me lessiver le visage avec sa longue langue rose. Mon Dieu, que ce chien a mauvaise haleine !

Je ris, fourrage dans ses longs poils, lui frotte le dos. Il en gémit de bonheur. Si tout pouvait être aussi simple qu'une vie de chien !

Je m'allonge, les yeux rivés sur ce ciel d'un bleu qu'on ne rencontre qu'ici. Une chose est sûre, je ne retournerai pas à Paris. Pour le reste… qui sait comment nous sortirons de ce confinement, à quoi ressemblera ce monde d'après qu'on espère tous différent de celui d'avant ? Avec ma part de l'héritage, peut-être pourrais-je chercher une maison au milieu de nulle part et y élever des poules ? Je vendrais mes œufs au marché, me lancerais dans les confitures maison. Ou je pourrais reprendre ma formation de masseuse ? Et ce CAP plomberie qui m'attirait tant un moment ?

Je soupire. Quitter la France ? Repartir à l'étranger ? C'est aussi une option. Acheter un camion, le retaper, vivre sur la route ? Pourquoi pas ?

Clim ronflote, son flanc collé au mien. Sa chaleur se diffuse dans mon corps. La confiance absolue qu'il me porte me submerge. Je le serre contre moi, lui susurre des mots doux à l'oreille et sa queue bat en cadence.

Je ne vais rien décider. On va poursuivre cette enquête, maintenant qu'on y est engagées jusqu'au cou. Et puis, on verra après.

Feuille n° 16

Jeg…

Jeg er…

Jeg var…

En søn. Mor. Mort.

Mère morte.

Qu'y a-t-il à ajouter ?

I lost the last picture I had of you. Our son destroyed it. On my birthday. Quelle ironie.

Il ne me reste rien de toi. Seul le son de ta voix résonne parfois encore à mes oreilles. I wish I could forget. But our son reminds me of you.

Ce cauchemar ne prendra jamais fin.

I'm not A waiting room anymore. I'm IN a waiting room.

Venterum. Jeg venter. I wait. J'attends. Jeg venter ikke. Je n'attends pas.

Rum. Room. Soute et intervalle.

Venterum. Salle d'attente.

Jeg venter. J'attends.

Magalie

Plongée dans les recueils de poésie, je ne vois pas le temps passer. Une évasion égoïste avant tout. Ainsi, j'oublie la maison de gardien, Lise et les falaises. Je crois que Natacha l'a compris quand j'ai suggéré de faire tout ça à sa place. Elle n'a pas cherché à me convaincre du contraire.

Je me suis attaquée aux anthologies, sans succès. Les mots défilent, je n'y comprends rien, n'ai aucune idée de la façon dont ces mots, ces successions de consonnes se prononcent. Grisant et perturbant à la fois. Quelle chose étrange qu'une langue étrangère…

Il me reste les ouvrages plus simples. J'attaque par le bilingue danois-français. *Trois poètes danois*. Les premiers poèmes sont d'Ursula Andkjær Olsen. Laurette possède aussi une anthologie de cette dernière. Comment ne l'ai-je pas remarqué plus tôt ?

Fébrile, je tourne les pages du petit recueil. Oui ! Là, des vers sont soulignés. Plus loin, Laurette a encadré des phrases. Je les reconnais, je les ai déjà vues.

Je farfouille dans le tas de ses écrits. Retrouve la bonne feuille. Je ne me suis pas trompée !

Mon excitation est de courte durée. Les citations tirées de là sont finalement peu nombreuses. Et à titre personnel, je ne peux qu'adhérer à certains de ses choix, comme ce « la nature est une garce comme moi ». À moins que je ne sois naturellement garce ? Ou une garce comme la nature ? Allez savoir.

Je suçote mon crayon à papier. Goût de l'enfance. Sucer.

Hop, hop, hop, on arrête là tout de suite ! Même si la frustration commence à me gagner, je ne suis pas là pour me remémorer mes meilleurs plans cul des mois passés.

Concentration.

Ursula machin truc. Je crois avoir vu d'autres livres d'elle dans la pile de Laurette. Oui ! Les voilà !

Det 3. Årtusindes Hjerte. Est-ce que *Third-Millenium Heart* serait sa traduction en anglais ? J'ouvre le dictionnaire danois-français. Bingo ! *Hjerte* = cœur = *heart*. L'ouvrage ne semble pas traduit en français, ou alors, si c'est le cas, Laurette s'est passée de cette traduction. C'est probablement elle qui a écrit les vers en français, depuis l'anglais ou le danois.

Je me plonge dans la version anglaise. Je suis loin d'être bilingue, mais je devrais m'en sortir.

Le texte est fort, violent. Je comprends ce qui a attiré Laurette dans cette littérature sans concession. Ça dégueule de mots qui tous suscitent chez moi des réactions physiques. Et en même temps, c'est incisif. Dérangeant aussi. Cru. Je ne sais comment le définir.

Je prends des notes à la pelle. J'analyse, cherche. Rature, gribouille, rêvasse. J'ai oublié Laurette et le pourquoi du comment. J'oublie tout pour ce RED et ce vestibule. D'ailleurs, pourquoi a-t-elle privilégié ce terme à celui de salle d'attente, plus proche de l'anglais ? Je passe le dictionnaire en revue. Tâtonne, hésite. On dirait que l'auteure a inventé ce mot. *Rum*, chambre, mais aussi soute. Intervalle. *At Venter* : attendre. Quelque chose qui attend dans le ventre ? Et pourquoi je pense au ventre ? Parce que entre « venter » et « ventre », seules deux lettres changent de place ? Ou parce que la soute est aussi le ventre d'un navire ?

J'associe des mots et des sons, des images et des pensées fugaces. Me replonge dans l'anglais, puis le danois, en hésitant, en tâtonnant. Je cherche derrière les vers et leur rideau de fumée ce que l'auteure a bien voulu dire. De quoi parle-t-elle exactement ?

Je relis mes notes. Je relie le particulier à l'ensemble. Les poèmes à leur contexte. Puis au reste des élucubrations de Laurette.

Soudain, je sais.

Tout ça est en lien avec l'enfant. Celui que Laurette porte.

Tout ça ne parle que de Robert.

C'est ainsi que Laurette s'est replongée dans ses souvenirs. Mais quand ? Et pourquoi à ce moment-là ?

J'étudie de plus près la graphie de mon ancienne propriétaire. Les lettres ne sont pas si fermes que ça. Et le recueil danois est sorti en 2012. La version anglaise en 2017… Laurette a forcément écrit tout cela après…

Natacha

Je n'ai pas pu m'en empêcher.

Maintenant, je sais. Qui est le père de Robert.

Le bout des orteils tanguant dangereusement à l'aplomb de la falaise, le regard perdu sur la mer, je fume une cigarette volée à Magalie. Personne ne viendra me chercher ici, et, étonnamment, c'est depuis ce point précis que mon portable passe le mieux. Je m'en étais rendu compte lors de la reconstitution du meurtre de Lise. Quand je vivais sur l'île, je venais souvent là, fumer en cachette de mon fils, passer un moment sur Instagram. C'est aussi d'ici que j'ai appelé Robert.

Il m'a suffi d'un coup de Google, et hop, j'avais la solution. Trop fastoche.

Il faut dire que Laurette n'a pas été avare d'indices. Suffisait de tout bien reprendre dans le bon sens.

Le Français le plus célèbre à avoir été emprisonné au Danemark est Céline. Louis-Ferdinand. Il y a trouvé refuge à la fin de la Seconde Guerre mondiale. Il y avait planqué des lingots, le salaud. Jamais aimé ce type, jamais pu lire en entier un de ses bouquins.

Mais je n'ai aucun doute. Lucette était sa femme et danseuse. C'est sûrement elle qui donnait des cours à Laurette, une fois le couple installé à Meudon. Comment Laurette est tombée sur elle, c'est une autre histoire. On ne le saura probablement jamais et quelle importance ?

Ma cendre s'envole sous une bourrasque. Bordel, je donnerais tout pour foutre le feu à ce putain d'endroit maudit. Cette pauvre Agathe, bercée dans un passé familial fait d'actes de bravoure et de résistance… Non, impossible de lui apprendre la vérité.

Et Robert ? Il a le droit de savoir, non ? De comprendre enfin pourquoi sa mère ne l'aimait pas. Enfant bâtard. Remarque, elle devait pas baiser souvent avec son mari, la Laurette, pour être si sûre que le rejeton n'était pas de lui.

Est-ce que cette nouvelle apporterait du réconfort à Robert ? Lui permettrait de vivre ces vingt prochaines années en paix avec lui-même ? Je ne crois pas qu'on oublie ses blessures d'enfance. Ni qu'on en guérisse un jour. Même à son âge, le comportement de sa mère reste une souffrance inexpliquée.

Nouvelle cigarette. Nouvelles tergiversations.

Putain de bordel à queues. Chier. Merde.

Feuille n° 17

Lucette er død.
Du er død.
Mor. Mort. Morte.
I survived. You all died.
He survived. Our son. Your son.
Rudy died. Rudy er død. Robert er ikke død.
Et j'irai cracher sur vos tombes, wombs, tombes, wombs.
Tombe, tomber, tomber, tomber.
Jeg skal
komme ud af intet som den mytologiske taber jeg er !
Je vais
sortir du néant comme la perdante mythologique que je suis !

La Sirène ne m'a pas tuée. Je suis la Vierge des glaces, la Pute de feu. J'ai eu votre peau.

J'ai eu votre peau comme j'ai dévoré l'âme de l'épouse du fils. Gift. Mon cul. Elle a payé, elle a mouru. Empoisonnée. Gift. Poison.

Et le fils est mort un peu. Le fils est né. Un fils est né. Et il est mort à moitié.

Jeg elskede ikke jer. Je ne vous aime pas. Je ne vous ai jamais aimés.

Et toi, mon fils, l'homme sans enfant, l'homme aux mariages stériles, cette haine du fruit de tes entrailles t'a été épargnée. Béni sois-tu. God blessed you.

Jeg hedder Laurette. Perdante mythologique. Vierge des glaces. Pute de feu.

Fuck you all.

Magalie

Le dîner a été morose. D'un commun accord, sans avoir besoin de l'énoncer, nous avons parlé de tout sauf de Laurette. Natacha a bien essayé de balancer deux trois vannes, histoire de détendre l'atmosphère, mais les rires étaient forcés, les regards restaient tristes, perdus ailleurs.

À peine le repas terminé, Agathe nous a annoncé qu'elle était fatiguée et allait se coucher. Natacha et moi sommes restées dans la cuisine un moment.

Puis je lui ai proposé de boire un dernier verre dans le bureau de Paul.

Le silence qui règne entre nous est étrange. Comme si toute tension nous avait quittées. Je n'en avais pas pris la mesure avant qu'elle ne disparaisse.

Natacha soupire.

— J'ai fait une recherche Google, m'avoue-t-elle.

— Tu as trouvé du réseau ?

Je suis surprise, nous ne sommes pas sorties de la propriété aujourd'hui. Au village et au port, ça passe mieux.

— Oui. Du côté des falaises. Et je sais tout, ou presque.

À mon tour de soupirer.

— J'ai bien avancé aussi de mon côté.

— On compare ce qu'on a appris ?

— OK.

Je déplace quelques piles de livres et de papiers sur le bureau de Paul, à la recherche de mes notes.

— Bon, Laurette a utilisé beaucoup de citations d'un recueil de poèmes danois d'Ursula Andkjær Olsen. Je me suis demandé pourquoi celui-là en particulier. Il y en avait d'autres parmi les ouvrages retrouvés par Agathe. Et puis, j'ai compris. L'auteure y parle d'une grossesse, probablement d'une fausse couche, même. Ça ne saute pas aux yeux à la première lecture, mais quand tu analyses plus finement…

Natacha opine.

— Bref, Laurette a eu un enfant non désiré. Un fils. Il ne peut s'agir que de Robert.

— Oui, ça semble évident. Et pourquoi ce lien avec le Danemark ?

— Aucune idée.

Natacha reste silencieuse un moment.

— Moi, je sais qui était l'amant de Laurette.

Je me fige. Natacha semble hésiter un instant. Puis se lance.

— Céline.

— Céline ?

— Oui.

Elle développe :

— Céline a fui au Danemark à la fin de la Seconde Guerre mondiale. Avec sa femme, Lucette, et leur chat, Bébert…

Je frissonne. C'est bien de Laurette d'appeler son fils non désiré du nom du chat de son amant.

Natacha n'ajoute rien. J'assemble tout ce que j'ai appris à la lecture des poèmes, des notes de Laurette, de ce que Natacha vient de me révéler.

— Laurette s'est mise à écrire ces notes après 2017, si je me fie aux dates de publication des recueils. Pourquoi ? Pourquoi après tant de temps ? Qu'est-ce qui a ravivé sa haine ?

— Je crois avoir la réponse… Lucette est morte en novembre 2019. C'est sûrement le déclencheur. Et puis, Laurette commençait à gâtiser sévère à ce moment-là…

— Elle aurait tout écrit en deux mois, alors ? Juste avant son propre décès.

— Oui… ce qui explique probablement pourquoi elle n'a pas pris le temps de jeter tout ça au feu. Elle était bizarre les derniers temps de sa vie. Enfin, encore plus que d'habitude, quoi ! précise Natacha avec un petit gloussement sans joie.

Je n'ai pas connu cette Laurette. Celle dont je garde le souvenir était étrange, oui, un peu perchée sûrement, mais conservait une telle maîtrise d'elle-même.

— Quand tu penses qu'elle a envisagé de tuer son fils… et tout ce délire autour de la Vierge des glaces. Flippant.

Comment ne pas être d'accord ?

— Il y a même pire…

Natacha relève la tête, surprise.

— Quoi ?

— Laurette a empoisonné la première femme de Robert. Comment, je n'en ai aucune idée, mais elle l'écrit clairement dans ses textes. À moins que ça ne soit un délire ?

Mais à l'expression de Natacha, je sais déjà qu'il n'en est rien.

— La première épouse de Robert est morte après un repas de Noël chez Laurette, m'apprend-elle. Officiellement, une allergie quelconque qui n'aurait pas été décelée… Comment… ?

— Elle l'a empoisonnée. Il m'a fallu un bon moment pour le comprendre. Elle écrivait plusieurs fois de suite « gift ». Je suis restée sur l'idée qu'il s'agissait de l'anglais pour « don, cadeau ». Tout comme son « mor » qui m'a perdue un moment. M.O.R. Je croyais à une faute d'orthographe, mais quand j'ai regardé dans le dictionnaire danois-français, j'ai découvert que « mor » voulait dire « mère ». Du coup, j'en ai profité pour chercher ce « gift » au cas où. Il signifie « poison »… mais aussi « marié ».

C'est bien du Laurette de se régaler d'un tel jeu de mots. Le mariage comme poison, il fallait y penser.

Le silence retombe. Je frissonne. Comme si quelqu'un marchait sur ma tombe.

Agathe

J'ai appelé Léontine pour lui dire que je ne pourrais pas venir aujourd'hui.

Je n'ai pratiquement pas fermé l'œil de la nuit. J'ai entendu les filles chuchoter longuement, dans le bureau de Paul. J'ai hésité à aller coller mon oreille à la porte, pour renoncer. J'en avais déjà trop appris.

Il était plus de 2 heures du matin quand elles se sont séparées. Je suis restée allongée dans mon lit, sans bouger, pendant des minutes qui sont devenues des heures.

J'étais triste, j'étais en colère, j'étais perdue.

Si je n'avais pas ouvert ce foutu placard… Si je n'avais pas proposé de ranger cette foutue baraque… Si j'avais une vie plus conventionnelle et pas des mois à tuer en plein confinement… Si je n'avais pas commencé à faire la lecture à Léontine… Si je n'avais pas une copine flic et l'autre repris de justice… Si, si, si…

Il était trop tard pour revenir en arrière.

Robert n'était pas le fils du mari de Laurette.

Laurette ne l'aimait pas.

L'amant de Laurette avait été prisonnier au Danemark.

Laurette se prenait pour la Vierge des glaces. Ou son double encore plus maléfique.

Robert et Rudy. Prénoms commençant par la même lettre.

Je ne voulais pas en savoir plus. C'était déjà trop pour moi.

Oh bien sûr, ma naïveté n'allait pas jusqu'à croire qu'il n'y avait rien d'autre à découvrir. Je me doutais bien que si les filles avaient passé une partie de la nuit à papoter, ce n'était pas pour échanger des tutos maquillage.

Mais pour moi, le chemin s'arrêtait là.

Il ne me restait qu'une décision à prendre : allais-je donner ces papiers à Robert ? Ou garder tout ça pour moi ?

Ce n'est qu'au petit matin que j'ai trouvé un semblant de sommeil, peuplé de rêves étranges, de Vikings aux dents ensanglantées, de chiens hurlant à la mort, de danses macabres et de squelettes aux os trop blancs.

Dans la cuisine, Natacha et Magalie sont déjà installées à la table du petit déjeuner.

— Salut les filles.

— Hello, bien dormi ? me demande Natacha, l'esprit ailleurs.

Magalie lui décoche un coup de coude peu discret. À ma tête, la réponse est évidente. J'ai des cernes de panda, le cheveu en berne, les traits plus tirés qu'un string taille 36 sur un cul taille 44. Je ne prends donc pas la peine de répondre et me sers un café.

— Et vous ?

— Bof, répondent-elles d'une même voix.

— On voulait te dire… poursuit Magalie.

Je lui coupe la parole.

— Non. Enfin, pardon, mais si ça a trait à Laurette, je ne veux pas en savoir plus. Ce que j'ai déjà appris me suffit. En tout cas pour le moment.

Natacha opine. Magalie mord dans sa biscotte.

Natacha

Magalie et moi repartons demain.

Le temps est magnifique. On pourrait presque croire aux lendemains qui chantent. Pour une fois, l'air qui me traverse la tête est d'occasion. *On dirait le Sud*…

Nous marchons toutes les trois sur la plage. Clim trottine, pattes dans l'eau, nous précédant.

Agathe rit à gorge déployée, Magalie racontant sans pudeur ni fard certaines de ses rencontres Internet.

— Attends, attends, c'est pas tout ! Le type a tenu à me montrer des photos de sa femme et de ses enfants avant de partir ! Et il m'a dit… il m'a dit…

Magalie est à son tour prise d'un fou rire. Elle s'arrête, se plie en deux, cherche à reprendre son souffle.

— Arrête, je vais me faire pipi dessus, prévient Agathe.

Magalie repart de plus belle, elle est à deux doigts de s'écrouler dans le sable.

— Il m'a dit… trouve-t-elle enfin la force de poursuivre, que quand il la fessait, il avait l'impression de voir un plat de gélatine se renverser.

Cette fois, je me joins au chœur. Nan, mais sérieux ! Me voilà à imaginer un gros tas de *jelly* verte et tremblotante. Beurk.

Agathe est la première à reprendre un peu son sérieux.

— J'en ai mal aux côtes, se plaint-elle.

— Ouais, ben moi, j'ai frôlé la fuite urinaire, renchérit Magalie.

— Et moi, j'ai une crampe à la mâchoire !

Bras dessus, bras dessous, nous reprenons le chemin de la maison. L'heure autorisée touche bientôt à sa fin. Il y a des habitudes qu'on prend sans même s'en rendre compte.

Magalie

J'ai déchiré en un million de confettis la dernière page écrite par Laurette, celle où elle reconnaît avoir tué Colette. Après tout, elle divaguait aussi suffisamment souvent pour avoir peut-être inventé la chose. Agathe souffrait déjà trop et n'en avait pas fini. Inutile d'ajouter à sa peine.

J'ai regardé le tas de feuilles. Le choix chronologique que j'y ai opéré n'est peut-être pas le bon. De toutes, j'en ai retenu une quinzaine pour étayer mon raisonnement. Les autres étaient trop compliquées à utiliser, soit parce que illisibles, soit parce que uniquement rédigées en danois. Je n'avais ni le temps ni l'énergie de m'y plonger, à la recherche de nouveaux maléfices. Malgré tout, les détruire ne m'appartient pas.

Un dernier coup d'œil autour de moi, pour être sûre de n'avoir rien oublié. Cette fois, il n'y aura pas de retour ici. C'est terminé.

Je m'assois sur le canapé où j'ai passé les dernières nuits. J'ai plié les draps qui reposent sur l'accoudoir. Les ressorts me rentrent dans les fesses. La vue sur le village, puis la mer plus loin, est superbe. Le bougainvillier commence à fleurir.

Je repense à celle que j'étais la première fois que j'ai mis les pieds sur l'île, et chez Laurette. Je la revois, avec ses miettes de meringue collées à la commissure des lèvres, et son regard reptilien. Froid et clairvoyant.

Je me revois aussi, pâle, terne et effacée, vivant ma féminité et mes désirs comme une punition divine, m'infligeant des supplices hors de propos. Depuis, je fuis tout ce qui a trait à l'osier.

Le fantôme de Lise me souffle à l'oreille. Je ne me retourne pas. D'une certaine manière, elle est tombée toute seule de la falaise, emportant avec elle une bonne partie de moi. Grâce à elle, finalement, je suis enfin en paix. Sa chute est ma rédemption. Je suis libre. Quelle ironie. La femme-statue m'a rendu service en s'envolant vers sa dernière demeure. Dans mon histoire, elle n'aura été qu'un personnage secondaire, ne prenant la première place qu'une fois disparue. Paradoxal, mais vrai. Je n'ai jamais pensé à Lise que comme à une extension de Jacques. Il y avait lui, d'abord, avant tout, et elle, derrière, dans l'ombre. Durant les mois qu'elle a passés à me harceler, elle a commencé à prendre corps, vie, forme. Mais tout au fond de moi, c'était encore lui que je cherchais à travers elle. Puis il y a eu sa chute. Là, elle est devenue vivante. Un être doté d'émotions, d'un corps. Au moment même où tout cela disparaissait. Aujourd'hui, quand il m'arrive de penser à elle, c'est l'image de la Lise tortionnaire qui me revient. Jamais celle de la femme humiliée, pétrifiée sur son fauteuil roulant. Jamais.

Lise, je vais la laisser là, son spectre assis sur les draps sales. Je ne l'emmènerai plus avec moi nulle part. C'est fini.

Je me lève et m'approche du grand miroir qui surplombe la cheminée. Il est piqué, ses dorures s'écaillent. Je plonge les yeux dans ceux de mon reflet.

Je m'observe. Froidement. Note les rides plus profondes au front et autour des paupières. Le regard plus franc. Le port de tête assuré. Moi, invisible ? Certainement pas. Fini aussi ce temps-là. Je vis enfin pleinement ma sexualité, j'écoute mes désirs, je ne trompe personne.

On frappe à la porte.

Sans regrets, j'abandonne mon observation. À chaque pas qui me rapproche de la porte, j'achève ma dernière mue.

J'ouvre, sourire aux lèvres.

Robert

Agathe boit son thé à petites gorgées. Je lui trouve l'air fatiguée. Je réitère mon offre.

— Tu es sûre de ne pas vouloir rester à la maison quelques jours ?

— Non, c'est gentil, mais j'ai déjà perdu assez de temps avec la maison et le confinement.

Je hoche la tête. Oui, elle a perdu assez de temps. Sa vie est ailleurs.

— Merci, en tout cas, de t'être chargée de tout. Je mesure combien ça a dû être pénible.

— Oui, effectivement.

Un de mes sourcils se dresse. Ça ne ressemble pas à Agathe d'être aussi directe. Je lui laisse l'occasion de poursuivre. Elle ne la saisit pas.

— Bon, je vais y aller, dit-elle en se levant.

— Je te raccompagne.

Nous sommes arrivés à la porte d'entrée quand elle se retourne vers moi.

— Au fait, j'oubliais. On a trouvé tout un tas de documents dans les papiers de Laurette. J'ai pensé que ça t'intéresserait.

Elle sort de son sac une liasse de feuilles disparates.

— Merci.

Je déchiffre la première. *Jeg hedder Laurette*… Qu'est-ce que c'est que ce charabia ?

Agathe m'observe.

— Mais…

— À toi de décider ce que tu souhaites en faire.

La porte claque derrière elle.

Léontine

— Bonjour, Pierre.

— Bonjour madame Léontine. Ça sera quoi, aujourd'hui ?

— Mettez-moi une tranche de foie de veau, je vous prie. Et… Oui, tiens, je vais prendre aussi une barquette de pieds paquets.

Le boucher s'affaire, tout en poursuivant la discussion.

— Ça nous fait du bien, hein, de pouvoir sortir de nouveau ? Et puis, avec ce beau temps…

— Oui, l'été sera chaud.

— Ah peuchère ! Déjà 19 degrés ce matin, à 6 heures…

— Alors que nous ne sommes qu'en mai…

Puis le voilà qui change de sujet.

— Ce sont les nouveaux propriétaires de la demeure qui seront ravis. Il paraît qu'ils vont faire creuser une piscine. À débordement ! Rien que ça ! Juste au niveau des falaises, vous voyez ? Ils auront une belle vue en faisant leurs longueurs. Et puis…

Mais je n'écoute plus. Je ne savais pas la maison vendue.

Quand le confinement a pris fin, Agathe est partie. Après la lecture de la *Vierge des glaces*, rien n'a plus vraiment été pareil. Je la sentais distraite, absente. Alors que pour ma part, je m'étais soulagée d'un poids immense. Le silence que j'avais laissé s'étendre au-dessus de ma tête et des falaises m'avait étouffée à petit feu. Aujourd'hui, je respire plus librement.

J'ai retrouvé avec plaisir mes romans noirs américains aux détectives écorchés par la vie. C'est Justine, la fille de Pierre, qui vient maintenant me faire la lecture. Elle est plus exubérante qu'Agathe, bien plus jeune aussi. Nous rions beaucoup.

Je prie souvent pour Agathe. J'aimerais qu'elle me donne de ses nouvelles. Mais je ne crois pas que nous la reverrons un jour ici. Que viendrait-elle y faire ?

Je n'ai qu'un seul regret : ne pas lui avoir donné avant son départ cette photo de moi qu'elle aimait tant.

Natacha

Voici venu le temps, des rires et des chants… des monstres gentils… l'île aux enfants… le paradis…

Là, en matière d'airs cons, je me surpasse !

Un coup de pagaie. Mon paddle franchit l'extrémité est de la presqu'île. Il serait si facile de ramer jusqu'à l'île. Si facile et si inutile.

Je poursuis ma route, lui tournant définitivement le dos.

Note de l'autrice

Céline a bien été emprisonné au Danemark à la fin de la Seconde Guerre mondiale. Il avait fui la France, accompagné de Lucette, sa femme, et de Bébert, leur chat.

En prison, il a écrit sur des cahiers, publiés à la NRF sous le titre *Cahiers de prison, février-octobre 1946* (Gallimard, 2019, édition présentée et annotée par Jean Paul Louis). C'est d'eux que sont tirés les propos attribués à Céline dans les notes de Laurette.

Les auteurs et les vers danois cités dans ce roman existent bien, vous les trouverez dans la bibliographie qui a nourri mon imagination. J'ai choisi de ne pas proposer de traduction de ces pages à la fin de l'ouvrage, mais plutôt d'en offrir une, parcellaire, dans chaque extrait des feuilles de Laurette. Un mot dans une langue l'entraîne à penser dans une autre, par un effet d'assonance, d'allitération, ou de proximité orthographique, comme entre *mor* (mère, en danois) et mort, ou entre *venter* (attendre, au présent) et ventre. Transcrire le tout en français n'aurait pas eu beaucoup d'intérêt.

Ne cherchez pas à Porquerolles la maison de Laurette. Emportée par le mistral, calcinée par un incendie, ou tout simplement parce qu'elle n'a jamais existé.

L'île n'a servi que de toile de fond à ce récit, une île réinventée, redessinée. Et que j'aperçois tous les jours depuis la plage. Comme toutes les îles, elle reste un mystère, un bout de terre sorti des eaux qui nargue le continent.

Remerciements

Un immense merci à Laila Flink Thullesen, qui m'a fait découvrir la poésie danoise et bien plus encore. C'est à elle et à Christine Berlioz que l'on doit la traduction dans ces pages de *Det 3. Årtusindes Hjerte*, de la poétesse Ursula Andkjær Olsen, traduction non publiée à ce jour en France et qu'elles ont si généreusement accepté que j'utilise.

Laila m'a aussi aidée pour les passages en danois, et j'en avais bien besoin ! S'il reste des erreurs, elles me sont entièrement imputables.

Hélène Amalric, sans vous et sans Hélène Gedouin, ce texte n'existerait pas. Très cliché, mais très vrai. Merci (entre beaucoup d'autres choses) pour votre patience.

Merci à mon agent, Anna Soler-Pont, et à toute l'équipe chez Pontas Agency, pour vos conseils, votre enthousiasme et votre confiance.

Merci à tous les acteurs invisibles de la chaîne du livre chez Marabout qui ont permis à ce livre d'être ce qu'il est. Merci à Isabelle Macé, pour sa relecture et ses suggestions, et à Colette Malandain pour ses corrections.

Merci au mistral, aux cigales, à la chaleur de l'été, aux chiens qui sentent mauvais, à la mer agitée, aux double ou triple vies, aux vieilles maisons hantées, aux monstres gentils, aux désirs inavoués, aux îles, aux amants, aux glaces qui fondent trop vite et aux rêves.

Merci aux auteurs, aux traducteurs, aux lecteurs d'exister, d'écrire, de traduire, de lire, d'en parler, d'être présents sous une forme ou une autre tout au long du processus créatif aboutissant à la naissance d'un roman. Parmi eux, une mention spéciale à Frédéric Grellier, qui m'a appris à traduire un peu plus à l'oreille, et à qui je dois beaucoup. Je n'oublie pas non plus Jean-Paul Delfino, ami, complice, pourvoyeur de madeleines et d'encouragements sans cesse renouvelés.

Merci aux copines qui me pardonnent mes innombrables annulations de dernière minute quand Laurette et Agathe me retiennent. Stéphanie, tu te reconnais ?

Et surtout, merci à mon fils (tu sais pourquoi, autrement pose-moi la question si jamais tu as un jour l'audace, le courage et la persévérance nécessaires pour arriver jusqu'à cette page !).

P-S : Merci au beau gosse de la Fossette qui m'a patiemment nourrie de tiramisu maison durant toute la dernière partie de mon travail sur ce roman et qui a supporté mes absences, mes soliloques, mes crises de doutes, mes élucubrations en danois, le tout sans jamais perdre le sourire.

Bibliographie

Sur Céline

François Gibault, *Céline, 1944-1961, Cavalier de l'Apocalypse*, Mercure de France, 1985, 396 p.

David Alliot et François Marchetti, *Céline au Danemark 1945-1951*, préface de Claude Duneton, Éditions du Rocher, 2008, 126 p.

Louis-Ferdinand Céline, *Cahiers de prison, février-octobre 1946*, édition présentée et annotée par Jean Paul Louis, Gallimard, « Les cahiers de la NRF », 2019, 226 p.

Littérature danoise

Hans Christian Andersen, *Contes*, traduction et édition de Régis Boyer, Folio Classique, 1992 pour la traduction française, 1994 pour la préface et le dossier, 476 p.

Karen Blixen, *La Ferme africaine*, nouvelle traduction du danois par Alain Gnaedig, Gallimard, 2005 pour la traduction française, rééd. Folio, 2006, 506 p.

Ursula Andkjær Olsen, Morten Søndergaard, Naja Marie Aidt, *Trois Poètes danois*, traduit du danois par Christine Berlioz et Laila Flink Thullesen, Éditions du Murmure, 2011, 178 p.

Ursula Andkjær Olsen, *Samlet, poesi 2000-2010*, Gyldendal, 2011, 869 p.

Inger Christensen, Pentti Holappa, Tomas Tranströmer, Jan Erk Vold, Sigurdur Pálson, *Il pleut des étoiles dans notre lit, cinq poètes du Grand Nord*, préface et choix d'André Velter, traduction de Janine et Karl Poulsen, Gabriel Rebourcet, Jacques Outin et Régis Boyer, NRF, Gallimard Poésie, 2012, 123 p.

Ursula Andkjær Olsen, *Det 3. årtusindes hjerte*, Gyldendal, 2012, 214 p.

Ursula Andkjær Olsen, *Third millenium heart*, translated from Danish by Katrine Øgaard Jensen, co-publication by Action Books and Broken Dimanche Press, 2017, 210 p.

Inger Christensen, *La Vallée des papillons & Lettres en avril*, traduit du danois par Karl et Janine Poulsen, Rehauts, 2018, 76 p.

Susanne Jorn, *Linedanserfarver, couleurs funambules*, poèmes traduits du danois par Christine Berlioz et Laila Flink Thullesen, Éditions Grèges, 2018, 105 p.
Morten Søndergaard, *L'Attrape-soleil*, traduit du danois par Christine Berlioz et Laila Flink Thullesen, Éditions Joca Seria, 2020, 112 p.

Autres

Christophe Carlier, *La Clef des contes*, Ellipses poche, 2016, 120 p.

DE LA MÊME AUTRICE

Documents

Adolescentes et violentes, Michalon, 1999

Femmes de détenus, Buchet-Chastel, 2006

Biographie

Hemingway à 20 ans, Le Diable Vauvert, 2011

Jeunesse

Miami Dog – Mon chien à Miami, Talents Hauts, 2010, réédition en 2019, livre bilingue

Romans

Lola, Sérieux ! Pygmalion, 2018, J'ai Lu, 2019

Alice, Superbe ! Pygmalion, 2018

Zoé, Fantastique ! Pygmalion, 2019

L'Évangile selon Tinder, co-écrit avec Thierry Maugenest, Robert Laffont, 2021

PAPIER À BASE DE
FIBRES CERTIFIÉES

MARABOUT
s'engage pour l'environnement
en réduisant l'empreinte carbone
de ses livres.
Celle de cet exemplaire est de :
650 g éq. CO_2
Rendez-vous sur
www.marabout-durable.fr

Composition Nord Compo

Imprimé en France en février 2023
par Normandie Roto Impression s.a.s. 61250 Lonrai
Pour le compte des Éditions Marabout
(58, rue Jean-Bleuzen – 92178 Vanves)
N° d'impression : 2300776
Dépôt légal : mars 2023
ISBN : 978-2-501-160-780
8062877